VALTELLINA
ADDA
AUSTRIA
MAR NERO
FIUME DRAVA
ARLECCHINO
e BRIGHELLA
LECCO
BERGAMO
CITTÀ ALTA
e CITTÀ BASSA
VENEZIA
(MERLUZZO)
FIUME
ADDA
FOCE
DELL'ADIGE
CREMONA
PARMA
FOCI DEL
PO
REGGIO
EMILIA
MODENA

Frontiere Einaudi

www.einaudi.it

ISBN 978-88-06-25766-8

Marco Belpoliti

Nord Nord

Einaudi

A Ernesto

Nord Nord

Qualsiasi cosa facciamo comincia prima di noi, noi continuiamo uno svolgimento. In certi momenti c'è qualcosa nell'aria, che arriva come un suono, nel sentito dire in cui viviamo immersi: e questi sono incontri avventurosi, o piccole forme di risveglio, o l'annuncio della nostra sorte.

GIANNI CELATI

BRIANZA I

Il Valle

Siamo usciti di casa e abbiamo preso il sentiero che corre lungo il torrente. Subito il Bandana s'è fermato per spiegare che questo loro non lo chiamano il Molgora bensí il Valle, e che le carte portano nomi diversi da quelli che loro usano. Quasi a ogni passo si blocca e indica qualcosa attorno. Al primo bivio, dove ci si inerpica sulla sinistra, ha detto: – Lí c'è una strada romana. Il lastricato lo si vede ancora –. Noi abbiamo proseguito costeggiando il Valle.

Tu non sei mai salito lungo questa strada sterrata che va verso la collina. L'unica volta che sei venuto da queste parti siamo stati nel rettangolo verde che c'è davanti alla casa, chiuso da una bassa ringhiera, quasi un terrazzo. Guarda verso il colle Montevecchia. Per quanto tu sia senza dubbio un uomo della Pianura, hai adottato la montagna come tuo habitat naturale, dall'Appennino alle Alpi, e cammini anche piú a settentrione, perfino in Finlandia. Adesso che ti sei ritirato da quasi ogni impegno, non fai altro che marciare in giro per il mondo. Peccato, perciò, che quella volta non siamo saliti su per la mulattiera. Sono sicuro che questo tratto, dove l'acqua forma una serie di pozze, ti sarebbe piaciuto.

Come ci si possa trasformare da abitanti della Pianura in montanari – tu, peraltro, molto piú di me per via dell'altitudine del luogo dove vivi molti mesi l'anno –, non saprei dirlo. Ma questa qui, nonostante salga sino a novecento metri sul livello del mare, alla fine è solo una collina. Siamo nella zona subalpina, o meglio pedemontana, un complesso variato di colline piú o meno distinte, di dolci ondulazioni, di brevi piani e piccoli laghi, che chiamano Brianza, e piú in là, Lecchese. Al massimo io posso dire di essere un collinare, non un montanaro.

Appena arrivato qui, ormai oltre trent'anni fa, mi spiegarono che questo gruppo di case dove ho vissuto, e dove vivo seppure saltuariamente, Mondonico, non è il primo paese della pianura, ma l'ultimo della montagna. Forse sono venuto proprio in questo luogo per via del bassopiano che si apre davanti, per quanto piú in là si veda distintamente il rialzo elegante del Montevecchia. Una soluzione di compromesso la mia, in confronto a quella che hai scelto tu: dove stai, le montagne ti cingono senza scampo.

Al primo ponticello ci siamo arrestati e il Bandana ha spiegato che l'edificio che c'è lí davanti è stato manomesso; in origine esisteva solo una parte dell'attuale costruzione. Mi ha indicato due spuntoni di pietra in aggetto nel muro, lunghi cunei. Lí, ha detto, era fissata la ruota del mulino. Poi abbiamo ripreso ad andare su allegramente costeggiando il torrente e fermandoci a guardare i piccoli specchi d'acqua. – Ci si poteva tuffare una volta, – ha commentato lui.

Nel bosco umido di tronchi marci e con alberi sradicati da frane e vento ci sono le salamandre. Escono solo con la pioggia e qualcuna finisce sotto le ruote delle rare auto di passaggio che salgono verso «il mulino» e le case abbarbicate sopra il Valle. Queste sono tutte sul lato sinistro andando in direzione della sorgente, mentre la costruzione che chiamano ancora «il mulino» è tra i due bracci del torrente. Il contatto tra la vettura, che sale o scende, e le salamandre capita soprattutto giú verso il ponte di mattoni, un manufatto dell'Ottocento che il Bandana ha ampiamente studiato: sarà l'argomento di uno dei suoi prossimi libretti.

Quando la si vede spiaccicata sulla terra battuta, la salamandra appare lucida e lustra, quasi brillante, ma è un evento raro, perché per la maggior parte del tempo loro se ne stanno acquattate dentro le piante morte e gli alberi disfatti, là dove non è bello mettere le mani per cercarle. In tutti questi anni ne ho vista solo una morta, e questo dopo qualche tempo che ero arrivato qui, e mi ha fatto specie.

Non so se lo sai, ma ci sono molte leggende e miti che riguardano questo animale altamente enigmatico, dotato d'una pelle nera tendente al blu e maculata di giallo, che ne fa un anfibio strano e insieme fascinoso. La tassonomia d'origine linneiana della salamandra – adesso faccio io il Bandana con te – è complessa e intricata, e l'ordine degli Urodeli, detti anche Caudati per via della coda, cui appartiene, si perpetua da trecento milioni di anni con nove famiglie e circa cinquecentosessanta specie, e con ventuno generi diversi nella famiglia specifica dei Salamandridi.

Qui, sotto il monte San Genesio, dove sono venuto ad abitare, tutto sembra remoto. Che dico? Remotissimo. Forse per questo ho chiesto al Bandana, dopo anni che lo conosco, di accompagnarmi a vedere le Pietre. Nel suo libretto che mi ha dato – titolo in dialetto di queste parti: *La piòta del murne* – si comincia dal Cretaceo. Tra i centotrentacinque e i sessantacinque milioni di anni fa qui c'era un mare poco profondo, che poi diventò piú incavato nel corso dell'Eocene, ossia all'incirca tra i cinquantasei e i trentaquattro milioni di anni fa, poco in confronto alla datazione degli Urodeli e dei loro antenati.

Nelle pagine del libretto del Bandana, stampato in proprio da una tipografia locale, non si parla delle salamandre e neppure dei gamberi che ci sono nel Valle, ma probabilmente loro, o almeno i loro progenitori, stavano qui da prima. Magari insieme con i dinosauri. Di queste bestie terrorizzanti, ma amate dai bambini per motivi che non so spiegarmi, ce ne erano probabilmente anche qui. Nemmeno di loro fa parola il Bandana, benché pure lui sia a suo modo un dinosauro.

L'ultimo libello in carta patinata a colori che ha pubblicato è dedicato ai funghi, *Ul Func Barben*: il porcino, l'*Amanita caesarea*, il «bedolino», il «rossino», il gallinaccio o finferlo, tutti ovviamente non velenosi, ma ci sono anche quelli come l'*Amanita muscaria*, che mi mostra con il bastone scostando il verde del bosco ed erompendo in un'esclamazione di soddisfazione. Quando deve cercare qualcuno dei mangerecci, si sposta furtivo un poco di lato, dietro a qualche rialzo, e mi dice di andare avanti. Io obbedisco.

Mentre entriamo nel fitto degli alberi, evitando i rovi cresciuti copiosi, lasciando dietro di noi l'acqua che saltella sui sassi levigati, mi domando come hanno fatto le salamandre o le loro antenate a sopravvivere all'ultima glaciazione che ha modellato questo territorio durata centomila anni, piú o meno. Non lo chiedo al Bandana, non posso. Lui col suo bastone è già su, svelto come uno stambecco, mentre io arranco con due bastoncini di alluminio, quelli del *nordic walking*, simili al paio che utilizzi tu - mi hai raccomandato di usarli soprattutto in discesa, perché meglio non logorare le ginocchia vista la nostra età.

Nord Nord

La bussola è qui sul tavolo. Ce l'ho dalle scuole medie, un dono di mio padre. Forse temeva che mi perdessi o forse era solo un oggetto tecnico di quelli che piacevano a lui. Un fatto pratico: un figlio deve avere una bussola. Non l'ho usata molto, sebbene in passato ogni volta che si partiva per un viaggio a piedi – quella che un tempo era un'escursione e che adesso chiamano trekking – la infilavo nello zaino. Come quando con Filippo abbiamo tentato la traversata dell'Appennino reggiano, per poi desistere dopo qualche giorno di cammino. L'ho portata con me in Nepal, quando siamo andati a camminare intorno all'Annapurna con un gruppo di amici di Ferrara e Bologna. È servita a poco. Quindi l'ho riposta in un cassetto e ci è rimasta per anni insieme a un coltellino svizzero ricevuto sempre in dono nel periodo della prima adolescenza.

La bussola è nera, di forma rettangolare e sui lati ci sono i segni per misurare le distanze sulle mappe, segni bianchi a indicare la scala di tracciatura, centimetri da 0 a 5. Al centro lei: rotonda con i gradi, nominati di venti in venti da «0» a «340», e le lettere N, E, S, W per i quattro punti cardinali nord, est, sud,

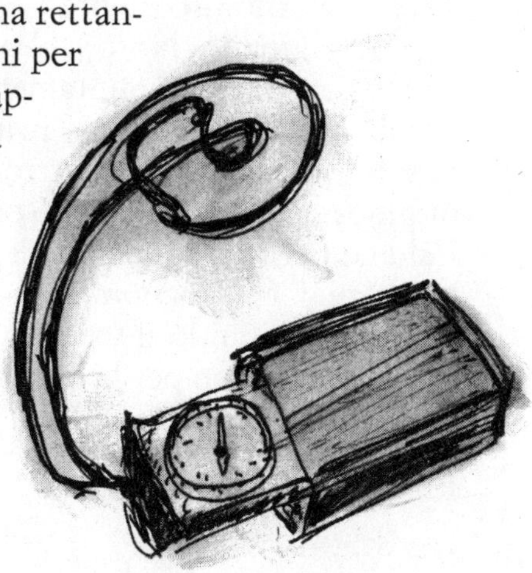

ovest; poi la rosa dei venti. Un oggetto perfetto, rassicurante e di certo potente. C'è pure un anello con un cordino anche lui nero. Serve per appenderla al collo, ma non l'ho mai portata cosí, al massimo la tenevo in mano. L'ho tirata fuori dal cassetto perché mi indichi dov'è il Nord. Proprio qui alle mie spalle.

Ho allineato l'asse nord-sud e sono 175° sud. Del resto la casa è orientata in questo modo: le finestre guardano quasi tutte verso il Montevecchia e nei giorni di bel tempo, quando tira un po' di vento, si vedono le colline prospicienti l'Appennino, direi verso Pavia, o almeno cosí credo. Il Nord è dove c'è il monte San Genesio e dove finisce la Brianza. Lo dice lei, la bussola, come non crederci?

Il Nord è solo un'idea, un fatto cangiante, qualcosa di relativo e persino di elusivo, come so da tempo e come mi hai confermato anche tu quando ti ho confidato il mio proposito di scrivere di questo tema. Quel giorno eravamo fuori dal ristorante dove ci vediamo di solito a Roma e ti ho parlato della mia idea. Tu mi hai ascoltato in silenzio. Poi ci siamo congedati senza piú fare cenno al Nord. Ma dopo qualche ora mi hai inviato una email in cui ti dichiaravi stupefatto della mancanza di punti cardinali in Dante e Petrarca. Non ci volevi credere e hai controllato: i quattro punti cardinali sono termini stranieri, per cui mi hai consigliato di usare nello scrivere «settentrione» e «mezzogiorno», «oriente» e «occidente».

Hai ragione. «Nord», il principale punto cardinale rilevato attraverso il puntamento della Stella polare, è una parola dell'antico inglese introdotta all'incirca intorno al IX secolo d.C. Tutti e quattro i termini hanno la medesima origine anglosassone e sono poi entrati nelle nostre parlate italiane per la mediazione dello spagnolo, e Nord, in particolare, deriva da *norte*. Ho verificato subito dopo la tua email consultando il web. In effetti il piú antico testo in volgare, siciliano per la precisione, in cui figura il termine inglese *North* è del 1358 e si tratta della traslazione della storia della conquista normanna della Sicilia, opera di un frate, Simuni da Lentini, il cui nome e la cui vita sono registrati nel *Dizionario biografico degli italiani* dell'Enciclopedia Treccani: fra Simuni scrive *North* proprio per spiegare l'origine del nome del popolo che viene da «settentrione».

Poi ho reperito un'altra informazione. In un libro stampato a Venezia nel Cinquecento, Giuseppe Moleto usa lo stesso termine citando il vento che «viene dalla parte del Polo a noi elevato, o sempre apparente», detto dai marinai «tramontana», mentre «quelli del mare Oceano il dicono *North*». Ecco il punto che cercavo di spiegarti lí per strada, appoggiato a uno degli ombrelloni richiusi del ristorante: «sempre apparente». Eri perplesso, o almeno a me cosí è parso, per cui rientrato al Nord, sono salito in Brianza nella mia casa e ho cercato nel cassetto la vecchia bussola. Segna immancabilmente il Nord e anche quando sono uscito qui fuori e sono andato su nel ronco, per vedere girare l'ago magnetico, continuava a segnare quel punto alle mie spalle. La mia è una modesta bussola da carteggio, detta anche bussola da orientamento, o meglio da camminatore. C'è poco da darsi delle arie anche se sono stato in Nepal prima di te, alla fine degli anni Settanta, quando avevano aperto ai turisti occidentali le vie delle montagne, a patto che camminassero, e noi abbiamo camminato per quasi un mese. Sono un escursionista della domenica, in fin dei conti, allora come adesso. Non come te che cammini davvero e di solito lo fai piú in alto, piú a Nord, anche se sei della Pianura. Su questo ho solo da imparare da te. Ma della relatività del Nord sono arciconvinto.

Lui, il Nord, si sottrae sempre a ogni nostro tentativo di raggiungerlo, come mi conferma un libro che ho tirato fuori dallo scaffale, una lettura di quasi vent'anni fa, sottolineata a penna, non a matita come faccio oggi. Questi segni mi ricordano che è passato cosí tanto tempo da quando ho cominciato a pensare con insistenza al Nord, al luogo dove sono finito a vivere, un Nord che però non è *il* Nord. Provo a spiegarlo.

I primi a farmelo osservare sono stati parecchi anni fa i miei amici inglesi. Quando parlavo di questo posto dicevo: è a nord. E loro subito a farmi notare come in nessun altro Paese quanto in Italia il Nord sia mutevole, fluttuante e incerto. Tutti dicono: «È piú a nord». È vero che siamo un Paese del Sud dell'Europa, lo stivale che si allunga fin giú nel Mediterraneo, tuttavia in nessun altro luogo come qui si usa indicare con tanta insistenza il Nord proprio come fa ora la bussola sul tavolo della cucina. La guardo e penso: il Nord che adesso mi indica è relativo, non è assoluto.

Mi immagino là in alto, dietro le mie spalle la montagna magnetica che attira la barretta del mio strumento: là è il Nord. Dietro il monte San Genesio, dietro il monte Barro, e ancora piú indietro, dietro il Resegone e la Grigna, là c'è la Svizzera e poi piú in alto i Paesi che vedo sulla carta geografica che ho prontamente disteso sul tavolo. Mi dice un amico: qui a Firenze diciamo «Germania» per dire il Nord, ovvero «lassú». E qui si pensa alla Gran Bretagna, e piú su ancora: la Scandinavia. E poi su, oltre il Circolo polare artico.

E non c'è solo questo. Il fatto è che il Nord qui è diventato negli ultimi quarant'anni qualcos'altro. Si parla di regioni del Nord, come sai bene. Noi che siamo nati in Emilia siamo o no gente del Nord? Cosí sono andato ad aprire il mio *Atlante storico*, opera dell'Istituto Geografico De Agostini, e ho preso le pagine dedicate alla geografia dell'epoca romana. Nella didascalia sotto la cartina che mi interessa c'è scritta l'espressione che mi avevi detto tu di usare: «Italia settentrionale».

Sono le regioni augustee dell'Italia settentrionale, frutto dell'ingegno politico dell'imperatore. A sinistra la *Transpadana* con Augusta Taurinorum (Torino), e con Mediolanum (Milano), ovvero i territori sopra il Po, con in alto le città di Augusta Praetoria (Aosta), Oscela (Domodossola), e Clavenna: è la XI regione augustea; di fianco *Venetia et Histria* con Verona, Patavium (Padova), Altinum e Aquileia fino ad arrivare a Pola, sotto Mantua (Mantova), Hostilia, e Cremona, città al confine con il Po: la X regione. Sotto ancora ci sono le due regioni *Liguria* ed *Aemilia*, rispettivamente la IX e la VIII, separate tra loro da una linea retta che sembra tagliare via la città di Dertona (Tortona) dall'*Aemilia* per includerla nella *Liguria*, oltre naturalmente a Genua (Genova) e all'estrema sinistra Nicaea (Nizza). La nostra *Aemilia* va da Placentia (Piacenza) ad Ariminum (Rimini) lungo l'asse della via Emilia, mentre in alto il suo confine è tracciato dal corso del fiume Po. Sotto le Marche attuali non ci sono e si passa alla VI *Umbria* e alla V *Picenum*, e quindi all'*Etruria*, la VII, che termina con Roma. Ma qui siamo già nel Meridione, almeno per la mia geografia è troppo in basso. A fare da confine tra nord-ovest e nord-est c'è il fiume Oglio, affluente del Po, che nasce dal Corno dei Tre Signori, una montagna del gruppo Ortles-Cevedale, dove ha origine anche il Noce. L'Oglio, come sai, è l'immissario e l'emissario del lago d'Iseo.

Scusa tutta questa geografia, ma sapendo quanto sei preciso e rigoroso non mi tengo sulle generali e voglio entrare nei particolari, che poi in definitiva sono tutto. La prima considerazione che mi vien fatto di fare è: *Liguria* ed *Aemilia* cosa sono? Nord o Sud? Noi siamo di Reggio e siamo nati perciò in «Cispadania», ovvero nelle terre che stanno a sud del Po, zona che comprende Ferrara e Bologna – la prima non c'è neppure sulla carta di Augusto, mentre la seconda si chiama Bononia, cosí come Reggio è Regium Lepidi, niente piú che un accampamento romano in origine.

Sono tornato indietro, alle storie di Pianura che ti ho già raccontato? No, certo che no. Ma non intendo farla lunga con le regioni romane, vengo al dunque: non solo la Padania non esiste, ma anche il Nord non c'è. Si tratta del frutto di un equivoco creato da due signori, due patrioti risorgimentali pure espatriati per qualche tempo per salvarsi dalle prigioni austriache: Cesare Correnti e Pietro Maestri. Probabilmente sai qualcosa di entrambi, vista la tua onnivora curiosità per lo scibile in generale. Il primo, milanese, nato nel 1815, deputato del Regno di Sardegna prima e del Regno d'Italia dopo, era un funzionario amministrativo in origine e coltivava anche la statistica. Il secondo, pure lui milanese e coetaneo del Correnti, era un medico e aveva la medesima vocazione per la statistica al punto che venne preposto alla Direzione di statistica presso il ministero dell'Agricoltura, dell'Industria e del Commercio del neonato Regno d'Italia – la statistica, se non sbaglio, è stato anche uno dei mestieri di cui sei vissuto, giusto?

Questo Maestri dopo il primo Censimento nel 1861 divise il Belpaese in «compartimenti statistici» per l'aggregazione dei dati. Poi, però, senza colpo ferire quei compartimenti, ovvero le divisioni omogenee del territorio italiano stabilite a fini statistici, diventarono le regioni e scivolarono dentro la Costituzione del 1947, con qualche aggiunta dovuta alle varie vicende politiche e belliche successive all'Unità d'Italia, ma a quanto pare senza che nessuno verificasse nel dettaglio confini dei territori, inclusioni ed esclusioni, limiti territoriali, bacini fluviali e altre cose consimili.

La storia delle ripartizioni territoriali per ragioni statistiche l'aveva già raccontata Correnti sull'almanacco «Il Nipote del Vesta-verde» del 1855, e poi ne scrisse anche Maestri lasciando un appunto molto preciso: la cosa andava rivista, perché non aveva a disposizione tutti i dati e molte informazioni all'epoca erano introvabili. Un bel pasticcio per cui quello che chiamiamo Nord non è davvero il Nord anche se l'asta della mia bussola punta lí, cioè dietro le mie spalle.

Ora è evidente che le divisioni territoriali dipendono dalle scelte politiche. Ad esempio, Augusto per frantumare l'unità dei Sanniti, i piú pervicaci e battaglieri tra i popoli italici, salvo forse i Liguri, li separò in due regioni, per quanto risultarono pure in seguito comunque «i piú insofferenti al regno della servitú feudale» – la frase è di un professore incrociato negli anni universitari intorno ai Settanta a Bologna, Lucio Gambi, che ha scritto le cose piú interessanti su tutta questa storia delle regioni, e quindi anche del Nord Nord.

L'Italia è un aggregato di territori e province che esorbitano dalla nomenclatura regionale, la quale appiattisce tutto. Per dire, ci sono territori specifici che si chiamano Lunigiana e Garfagnana – che entrambi abbiamo frequentato in anni giovanili –, poi il Montefeltro, da cui proviene uno dei miei maestri, poi ci sono la Lomellina, il Canavese, il Polesine, la Franciacorta e persino la Gera d'Adda, sotto Bergamo, costeggiata dal maggior affluente del Po. Per non dire del Chianti, nome conosciuto internazionalmente, e la Brianza. Sono distretti, e si tratta di territori che vedevano anticamente frizioni tra domini diversi, come quelli dei Longobardi e dei Bizantini, oppure marche di confine come la stessa Brianza, dove si dovevano controllare merci in entrata e in uscita e cercare di disciplinare gli obblighi militari dei residenti. L'Italia ha portato con sé, sino all'entrata nella cosiddetta modernità, una consapevole tradizione di autonomismi locali in cui il Nord contava ben poco. E per chiuderla qui ti trascrivo una citazione di Carlo Cattaneo nelle sue *Notizie naturali e civili su la Lombardia* (1844): «Il nostro popolo, nell'uso domestico e spontaneo, mai non diede a sé medesimo il nome geografico e istorico di lombardo». Anche la Lombardia forse non esiste. Non credi possa bastare?

Le pietre

La glaciazione è un argomento che piace al Bandana, come ad altri storici locali. Probabilmente fa vanto raccontare che lungo questo declivio, che ora rimontiamo, c'era la lingua quasi terminale d'un grandissimo ghiacciaio che si estendeva dalla Valtellina sino a pochi chilometri da Monza, la «capitale» della Brianza, laggiú in basso. Erano colate di ghiaccio e neve che serravano sotto di sé le valli oggi invece riempite dal lago di Lecco e di Como, e dal fiume Adda. Con i ghiacci sono scesi sino a questo luogo dei massi. Sono quelli che vengono chiamati «erratici».

All'inizio nessuno sapeva spiegarsi perché fossero lí, visto che erano di conformazione minerale differente rispetto alla geologia del luogo. Qui li chiamano *truànt*, i «trovanti», e il Bandana è un loro cacciatore. Credo li abbia esplorati tutti qui attorno, sin da quando era bambino e camminava scalzo per i boschi: erano talmente puliti da poterci camminare cosí, come mi dice mentre gli tengo dietro su per un costone non tanto ripido. Sono decisamente fuori allenamento.

La loro storia probabilmente tu la conosci, una delle tante cose di cui sei esperto. Nel Settecento si credeva che fossero i resti di monti scomparsi, erosi da acqua e vento, oppure che si trattasse di qualche rimasuglio di esplosioni, forse vulcaniche: sassi lanciati a grande distanza. Poi un ingegnere svizzero, tale Ignaz Venetz, nell'Ottocento, studiando i ghiacciai, ipotizzò che fossero stati loro a trascinarli cosí lontano dal loro punto originario. Tutto rotola in basso, anche le montagne, o almeno parti di esse. La forza di gravità vince su tutto.

Questa forza io la devo combattere mettendo un piede davanti all'altro su una ripa un poco scivolosa per via delle piogge della settimana scorsa, ma per quanto mi sforzi di essere a mio agio in salita, il piede lo spingo meglio in pianura. Nonostante le arrampicate di gioventú a Marola, nell'Appennino reggiano, e nonostante i trekking alpini e himalayani, io sono della Bassa. Cosa posso farci? Per fortuna c'è il Bandana con i suoi massi erratici da visitare qui sopra nei boschi, tra Mondonico e Campsirago, a farmi salire. Tu lo sai che quasi tutte queste pietre trascinate in basso dalle lingue bianche sono diventate nei millenni luoghi di culto? Ecco la questione per cui sono qui, al seguito della mia guida: vi si celebravano riti.

Alla fine del sentiero ripido siamo arrivati sulla strada principale, quella selciata, che il passaggio prima dei motociclisti e poi dei ciclisti ha deturpato. Le pietre messe a dimora secoli fa sono spesso divelte dal transito rapido e imperioso delle ruote gommate; la loro forma e disposizione è stata pensata per i piedi dei camminatori e tutt'al piú per gli zoccoli degli asini, che qui erano lo strumento di locomozione e di trasporto della legna e di altri prodotti verso il piano. Ho ereditato anni fa una slitta da asino – perché i pattini erano meglio delle ruote – dal Carlino, il mio dirimpettaio, quando lui è morto, e a mia volta ho regalato quello strumento di trasporto a Federico che colleziona oggetti della civiltà contadina ormai scomparsa.

La strada selciata è durata per secoli, probabilmente almeno dieci o addirittura venti, se è vero, come dice il Bandana, che qui ci sono passati tutti, in particolare i Romani che posavano le loro selci piatte e grandi per farci transitare i carriaggi. Dice che queste pietre, estratte dal torrente, levigate e sottili, sono state usate dagli uomini del Neolitico per le loro case, per i pavimenti, com'è scritto nel suo libretto. Siamo in una zona scistosa, di rocce prodotte dalla sedimentazione di fondi marini, trasformazione di argille pressate dalle azioni geologiche nella crosta terrestre. L'Italia scistosa contrapposta all'Italia basaltica, ovvero quella delle rocce effusive di origine vulcanica, nere, scurissime, come in certi luoghi del Sud. Al Nord prevalgono le rocce fatte a strati, effetto di depositi lenti e di schiacciamenti progressivi, di compressioni prodotte dall'orogenesi.

A mio avviso la stessa natura dei caratteri umani, man mano che si sale verso il Nord, diviene scistosa, mentre scendendo a Sud riflette i getti eruttivi. Due tipologie temperamentali degli italiani, con diverse gradazioni. Ad esempio, la differenza tra la gente dell'Emilia e quella della Lombardia. Poche centinaia di chilometri di distanza creano delle diversità ben visibili: piú estroflessa la natura degli emiliano-romagnoli e piú asciutta e taciturna quella dei lombardi, sebbene siano tutti ben piantati coi piedi, e non solo sulla regione scistosa. Ma anche questa è una di quelle certezze che vacillano, perché basta guardare la conformazione geologica della Norvegia, nel Nord piú Nord, passami il termine, per scoprire che lassú c'è una cintura magmatica, la trans-scandinava, le cui rocce si sono solidificate nel Mesoproterozoico, piú di un miliardo di anni fa. Insomma neppure con la geologia si è sicuri, e la Terra per come è fatta, un mistero dei misteri, è tutta un continuo ribaltamento di certezze.

Adesso siamo arrivati alla prima delle pietre. Per quanto io sia di casa qui ormai, la mia richiesta di vederle non era mai stata soddisfatta. Ho pensato: qui io sono uno straniero, è per questo. Poi un giorno ha acconsentito. Forse voleva prima conoscermi meglio? Oppure è stato proprio perché sono un forestiero e non sono uno di qui che mi ci ha portato alla fin fine? La diffidenza è un sentimento davvero strano, e riguarda tutti. Comunque sia ora ci siamo.

Mentre ci avviciniamo al luogo sacro, incontriamo un altro uomo che sale dalla direzione opposta. Ha un vecchio zaino con le cinghiette di cuoio aperto sulla schiena, come se fosse una cesta. Ci fermiamo. Il Bandana l'apostrofa da lontano. L'ha riconosciuto: è un suo rivale nella ricerca dei funghi, o in questa circostanza – visto che siamo a ottobre – della raccolta delle castagne. Mi dice quasi sottovoce che lui sa dove sono i marroni, i castagni innestati, e pure i funghi. Dove passa lui, non resta nulla, aggiunge. L'altro quasi non risponde: – Dove li hai messi? – gli chiede il Bandana. Parla dei funghi o delle castagne? I primi sono al maschile, le seconde al femminile. Insomma aspetta che si allontani per farmi vedere le pietre.

La prima grande pietra è posta in verticale. Tutta coperta di muschio, si presenta con quel manto verde che la fa cosí strana, tanto da sembrare un vegetale duro. L'ha battezzata «Sasso coppellare». Intende riferirsi alle piccole concavità rotonde che si trovano sulla cima della pietra; sembrano dei piccoli crogioli o una serie di forni dove si effettua l'affinazione dell'argento. Metto le mani dentro le vaschette scavate nella pietra. – Raffigurano dei seni, – mi dice il Bandana.

Mi rammento di una pagina di un libro di Marija Gimbutas, l'archeologa di origine lituana, che trattava il culto della «Dea Madre» nell'Europa neolitica. Contiene immagini simili. Forse piú che i seni, ci vedo l'utero della dea, fonte della nascita, ma al contempo luogo della morte, secondo la studiosa. La sua tesi è che queste immagini della divinità vadano interpretate in senso simbolico: l'individuo esce dal sesso della dea e poi vi rientra morendo. Si tratta di un rito di continue rinascite. Perché per il Bandana sono dei seni? Hanno il medesimo significato delle vulve?

Questo bosco che contiene alberi molto vecchi si trova in una zona prossima alla sorgente del Molgora, che sgorga poco sopra, a Campsirago. È ricco di massi erratici, ma anche di luoghi adatti a vivere. Il Bandana sostiene che qui s'era installato l'uomo di Neanderthal, e poi è arrivato quello di Cro-Magnon. – I primi erano sicuramente in questi territori, – ribadisce. Non so se lo hai letto, ma qualche settimana fa hanno pubblicato la notizia di una ricerca sulla propensione degli abitanti della provincia di Bergamo a contrarre il Covid-19. È saltato fuori che molti possiedono geni dei neandertaliani, e questo li ha resi deboli davanti all'aggressione del virus. Come sai i Cro-Magnon sono i meravigliosi disegnatori delle grotte di Lascaux. Salvo straordinari ritrovamenti futuri però qui in giro non ci sono tracce del Paleolitico superiore, epoca in cui fiorirono quei valenti antenati, cioè tra i 40 000 e i 10 000 anni fa. Che siano tanto vecchie le pietre scavate del Bandana? Non so dirtelo.

Faccio appena in tempo a farmi queste domande che, girando intorno al sasso, scendiamo qualche metro piú in basso e troviamo quello che il Bandana ritiene, con l'approvazione di alcuni archeologi, una pietra sacrificale. Il masso è piatto, proprio sotto un'altra pietra mobile di forma rotonda. Mi piego a guardare là dove indica il Bandana: sembra davvero un manufatto umano. C'è anche il gradino, di cui naturalmente lui ha scritto nel suo libretto. Guardando in giro non ci sono altre pietre simili. Vicino c'è la fonte di Campione, una località abitata da tempo immemorabile.

Continuiamo a camminare fino a che non raggiungiamo il paese di Campsirago, certamente il villaggio piú antico della zona, che figura in varie cronache del passato. Poi dopo una breve sosta prendiamo un altro sentiero. Non dico quale perché il Bandana mi ha fatto promettere di mantenere il segreto. Voleva mostrarmi la sua pietra piú preziosa, la piú enigmatica e suggestiva, quella che campeggia sulla copertina del suo opuscolo *La triplice cinta*. L'ha cercata per decenni, dice. Ne aveva sentito parlare dai vecchi del paese già da bambino. Dopo cinquant'anni l'ha trovata, ripulita e fotografata. L'ha battezzata con il suo nome: «La pietra Bandana».

Sono tre quadrati scavati nel sasso, uno dentro l'altro, collegati da segni orizzontali e altri in diagonale negli angoli, cosí che sembra una cinta, ovvero un muro difensivo, dice il Bandana. Per lui è una pietra dei Templari, ma è anche una pietra adorata dai Celti, che vivevano qui prima della conquista romana. Altre pietre simili si troverebbero lungo la via Francigena. Qui vicino c'era un vecchio cimitero e qualcuno ricorda ancora le sue croci in legno. Ma i rovi, gli alberi, l'abbandono dei boschi hanno fatto sparire le tracce di tutto, compreso l'oratorio di San Bernardo iniziato nel XII secolo e non ancora completato nel 1611. Era la chiesa dei Templari? – Potrebbe, – dice lui, dopo aver ricoperto accuratamente il sasso inciso con la terra che prima aveva tolto, aggiungendo foglie, ricci dei castagni e qualche legno marcito. Seppellisce sotto questa coltre vegetale e minerale la sua pietra che chiama il Sacro Graal.

La sua idea, mi spiega, è che la triplice pietra indichi il luogo in cui sorgeva la «piccola Troia». Il Bandana lega il tutto alle origini del nome Brianza: secondo lui, deriva dal nome dell'esule troiano Briono, giunto al seguito di Enea, che qui costruí, in uno speciale punto d'osservazione, posto tra la valle Abduana a est e il fiume Lambro a ovest, la sua città, in ricordo di quella d'origine nel 700 a.C. Gli alberi alti e la vegetazione impediscono di guardare in giro. Non si vede né l'Abduana né il Lambro. Ma certo quando Schliemann fissò la sua attenzione sulla collina di Hissarlik quante possibilità aveva di trovare Troia? Chi gli credette? E anche lui era un archeologo dilettante.

La discesa non è agevole, le ruote delle biciclette hanno scavato dei fossati là dove una volta c'era il sentiero e l'acqua piovana ha fatto il resto. Sono stanco, molto stanco. Non so cosa avresti detto tu se fossi stato qui. Certo saresti stato ben piú allenato di me con tutte le escursioni e il trekking che fai in giro. Quando arriviamo a Mondonico io sono esausto.

Ma davvero la Brianza si chiama cosí per questo personaggio mitico? Sarei curioso di sentire un tuo parere.

La casa

È stata costruita con i sassi presi dal Valle. Non ne ho mai parlato con il Bandana, ma sono pressoché sicuro che provengano dal torrente. Li devono aver portati su a mano o forse con le carriole, una grossa fatica. Come sai, l'edificio è composto di tre parti. La prima è la casa vera e propria, con il portone e il cosiddetto portico morto aperto verso il Valle; successivamente è stata aggiunta la stalla con sopra il fienile, probabilmente nell'Ottocento, e un locale intermedio che congiungeva i due fabbricati, dove c'era il pollaio; lí si tenevano gli animali piú piccoli, probabilmente anche i maiali. Tutto è in pietra, intercalato qui e là da mattoni rossi inseriti nel muro a mo' di tamponamento tra un sasso e l'altro. La forma è squadrata: due parallelepipedi, uno piú lungo e uno corto, cosí che la forma complessiva è quella di una L ribaltata, con il lato breve in alto, a sinistra.

Possiedo un disegno che mi è stato donato quando sono venuto ad abitare qui e che Anna ha incorniciato e appeso al muro della sua casa di Edimburgo, prima dell'ultimo trasloco. Tracciata da una mano infantile non priva di talento, un bambino di dodici anni di nome Giorgio, uno dei figli del precedente proprietario, racconta bene la Cascina di via La Ca'. Le proporzioni non sono giuste, e anche la prospettiva non è appropriata, tuttavia l'anima della casa c'è tutta.

Si tratta di una casa solida senza essere di grandi dimensioni. La sua peculiarità è la vetrata che nel bozzetto è resa da una fitta quadrettatura. Di legno, con piccoli riquadri di vetro, questa superficie conferisce alla casa, come hai visto quando sei stato qui, una caratteristica molto particolare. Le corrisponde il grigliato del fienile, che è rimasto intatto anche dopo che sono venuto ad abitarvi e ho fatto vari lavori per ricavarci lo spazio per lo studio.

Il tratto del disegno è minuzioso e i particolari resi con dovizia di dettagli: il portone con la vite che ora non c'è piú – era stata sostituita da un grande rampicante, ma era un nido per i topi e l'ho tolto –, e poi la rosa, che è il vero vanto dell'edificio. Segue i due archi del piccolo portico e a piantarla è stata la precedente proprietaria. Cresce rigogliosa e ogni maggio produce una cascata di fiori rossi; questi si sfaldano via via in tanti piccoli coriandoli del medesimo colore, che stazionano sul prato o sotto le arcate per mesi fino all'arrivo dell'inverno e del vento freddo. Vorrei davvero che una volta tu venissi qui a vederla nel suo pieno fulgore.

Nello schizzo c'è anche la scala a pioli appoggiata al muro per salire nel fienile; l'accesso un tempo era esterno, mentre ora ci si va dall'interno, dopo che ho aperto un'antica porta murata sotto una volta di mattoni. La scala c'è ancora, l'ho conservata nella vetrata dove stazionano le piante grasse di

Giulia, e quelle venute dopo, e il limone che è trasportato fuori a ogni primavera, per ricoverarlo poi dietro la vetrata ai primi freddi.

L'anima della casa, come sai, è qualcosa d'immateriale, per quanto appartenga totalmente agli aspetti tangibili dell'edificio, a partire dalla sua stessa forma. Il suo spirito sembra alimentarsi di sensazioni impalpabili; sono quelle che riguardano gli aspetti esterni e anche interni; ad esempio, la forma delle ante delle finestre e quelle dei vetri, sulla facciata; dentro, gli odori: il legno delle antiche travi che provengono da essenze differenti dei boschi qui intorno della montagna verso San Genesio. Poi la luce che entra dalle piccole aperture, cosí ben disegnate nel ritratto fatto a mano.

C'è sempre qualcosa di particolare negli edifici rustici, quelli delle case contadine del tempo passato. Chi arriva salendo il breve acciottolato qui lo coglie subito. Si tratta di qualcosa di unico, che non si è perso nell'intervento cui è stata sottoposta la vecchia cascina quando l'ho acquistata. L'atmosfera è un *quid* impercettibile del tutto simile alla sensazione che si prova quando entri in un'abitazione e ti salta agli occhi la bella tovaglia sul tavolo della cucina, oppure un semplice vaso con i fiori e altri oggetti d'uso quotidiano che suggeriscono immediatamente con la loro presenza qualcosa di rassicurante e piacevole insieme.

Abita la casa uno spirito curioso, ma pacifico, che non è né il mio né di quelli che hanno vissuto in questo edificio nei secoli passati – dieci e piú persone a un certo punto, cosí mi è stato detto. Quando sono arrivato, come credo d'averti confidato molto tempo fa, ero preoccupato che la casa non mi accogliesse e che io fossi costretto ad andarmene per incompatibilità di carattere. Salivo e scendevo la scala interna ed ero, nonostante fossi giovane, molto stanco, come se la casa volesse togliermi energie: un avviso. Nel corso del tempo poi tutto si è rovesciato e ora avviene il contrario: arrivo qui stanco e mi rinnovo.

Lo spirito, direbbe il Bandana se lo interrogassi, è quello del sasso grigio che si vede all'esterno come all'interno. Soggiorna nella stanza della vetrata in particolare, o almeno lí si sente piú forte. Ma anche nella stanza del camino lo si percepisce quasi per osmosi. Non prendermi in giro: è proprio cosí.

Lí in quella stanza con l'ampio focolare è stata costruita ex novo una scala in legno partendo dalle tavole d'un albero stagionato proveniente dall'Africa, qualcosa che l'anima della casa ha inglobato, come se fosse stato tagliato direttamente dalle querce del bosco. Lo spirito della casa ha accettato volentieri le migliorie che sono state fatte nel corso del tempo. I muratori hanno disfatto la vecchia scala interna di gradini di legno con la levata molto alta, da camminatori di montagna, che era nella vetrata incassata tra due muri di sasso, scomoda e malconcia. La scala è sempre stata l'elemento architettonico piú importante d'un edificio, quello che dà la forma alla costruzione, ne stabilisce i quarti di nobiltà. Quella che c'era era una scala umile, fatta al risparmio e un poco pericolosa. Al suo posto adesso c'è una specie di cantina; in alto, dove sbarcavi saliti i gradini, ora c'è una cabina-armadio.

La mia casa appartiene a quella categoria che gli studiosi chiamano «architettura minore». Non l'ha progettata nessun architetto, nessun ingegnere – anche se poi il calcolo della scala nuova è opera di uno di loro. L'edificio è venuto su attraverso il lavoro meticoloso di maestranze locali, e disegnato seguendo modelli conosciuti, già sperimentati, con misure che sono quelle delle altre vecchie case di questo luogo. Per questo aderisce perfettamente al clima del sito.

Il colore dell'intonaco è grigio nella zona della vetrata, la parte sistemata dalla precedente proprietaria, mentre nel resto della facciata i muratori rinnovandola hanno inserito una punta di giallo nella sabbia del cemento, che fa risaltare di piú il rosso dei mattoni che compongono il grigliato. Il loro scopo, mi hai sentito molte volte ripeterlo, era quello di mantenere fresco il fienile ventilandolo, e insieme di ripararlo dai raggi del sole schiacciandoli a terra. La forma della casa si inserisce perfettamente nel paesaggio tanto da sembrare il suo completamento. Se la guardi a distanza, se sali sul ronco di fronte, ti vien fatto di pensare: sta proprio bene lí.

Possiede un'armonia che non sempre trovo nelle case di città, e che alimenta pensieri ariosi e gentili. La casa ha contenuto cose tanto diverse, storie e persone, anche piccoli e grandi drammi, ma tutto questo, compresa la fatica e il dolore che erano nella vita dei suoi abitanti, adesso sembra scomparso: l'architettura cosí semplice ed efficace smorza tutto. I luoghi non sempre conservano la memoria del passato, anzi spesso la dimenticano o la fanno dimenticare. Sarà giusto oppure no?

Salendo su per la montagna con il Bandana, lui che è nato e vissuto qui e i suoi avi pure, mi è parso di capire che ogni sasso o pietra, ogni acciottolato o ponticello conservi una memoria che noi umani non possediamo. Ora cerco di recuperare qualcosa di tutto questo attraverso le parole del Bandana e compulsando vari libri. La memoria è legata alle persone, alla loro esistenza, e resta nelle parole di chi racconta.

Per abitare bene una casa non è necessario essere in pace con sé stessi. Occorre piuttosto consegnare la propria anima al luogo, dolente o allegra che essa sia. La casa, questa casa di sassi, stempera con la sua forza e il suo peso ogni cosa, cosí che ogni pensiero, anche quelli piú neri, diventa infinitamente piccolo a confronto con il suo stare lí da secoli. Non so se sia una riflessione che riesci a condividere. Ho pensato di parlarne con Giovanni, di queste sensazioni. Anche lui ha una casa di pietra, ma intorno alla sua abitazione c'è un paese di pietra, un paese aspro e duro, con sassi di forma diversa da quelli raccolti nel letto del torrente dai costruttori.

Forse invece di parlare dello spirito della casa avrei dovuto dirti che qui ci sono i Lari e i Penati. I primi proteggono tutti quelli che vivono nella dimora, o che sono collegati a essa, tanto che per gli antichi Romani, che sono passati da qui, come dice il Bandana, la parola *lare* era sinonimo di «casa». In un libro ho scoperto che chi giunge alla casa deve sempre salutare il *Lar familiaris*; cosí come, quando si parte per un viaggio, si deve annunciare ai propri Lari che si va a trovare *alium Larem* – come dice un personaggio in una commedia di Plauto –, e li si invoca nel percorso. I *Penates* sarebbero invece i protettori del padrone di casa, della sua famiglia e dei suoi parenti. Traggono il loro nome da un luogo della casa, il *penus* che è il ripostiglio delle provviste. Ma nel libro, si specifica che i Penati non vegliano tanto sulla conservazione o abbondanza delle provviste, ma piú in generale sul benessere della casa stessa e dei suoi abitanti. L'origine della parola che dà loro il nome indicherebbe letteralmente «la parte piú intima, il fondo».

Ora, nella casa c'è un oggetto. Si tratta d'un vecchio mobile degli anni Quaranta, che ho ereditato da mio padre. È di legno, composto da tre ante di vetro in cui sono riposte le stoviglie, tra le quali ce ne sono alcune che provengono dalla Ceramica Arcore – che conosci bene perché anche tu a casa hai delle loro ciotole –, oltre ai bicchieri e ai vecchi piatti di mia madre che uso di solito. Il mobile ha una storia: proviene da un ufficio dell'Ige che è l'acronimo di Imposta generale sulle entrate, introdotta nel 1940 e sostituita dall'Iva solo nel 1973. C'è anche un'etichetta scritta a mano – «*rimborsi Ige*» – con elegante calligrafia, incollata sul legno di un montante; sta a indicare il punto in cui erano archiviate le pratiche. L'ha acquistato all'incanto mio padre. Io l'ho trasformato in una dispensa con le derrate alimentari che lascio qui per ogni evenienza: zucchero, sale, tè, riso, scatolette, conserve, marmellate eccetera.

Credo che l'anima della casa risieda proprio in questo spazio. Lí, nella dispensa, ci sono i Penati e i Lari, i protettori miei e della casa. A poca distanza c'è la stufa a legna insediata nella casa quando sono venuti a starci i miei genitori. Lí dentro vivono invece i Mani, che sono i defunti, gli antenati vissuti nei secoli passati. Ogni volta che accendo il fuoco parlo con loro, gli chiedo di essere benevoli, al mattino, prima di togliere dalla stufa la cenere del giorno precedente per portarla fuori vicino alla rosa. Svolgo questo compito con molta delicatezza per non disturbare i Mani, che poi sarebbero «i benevolenti». Dico loro che se vorranno potranno scaldarsi con le fiamme, che tra poco arderanno nel vano di metallo, e chiedo loro di continuare a restare lí dentro finché possono, per portare fortuna alla casa e ai suoi abitanti, anche se so benissimo che i Mani non intervengono quasi mai nella vita dei vivi. Ma chi può dirlo?

Non mi importa molto che tutto questo sia vero o falso, perché la mia è una credenza, e perciò funziona come tale, non in ragione di un qualche effettivo risultato. Probabilmente questo ti farà sorridere, ma credo sotto sotto che anche tu per quanto ti proclami laico, se non apertamente ateo, hai delle credenze, sebbene non sappia quali siano. Poche, ma molto salde, questo sí. Ne sono certo, e mi basta.

Ladybird beetle

Sono arrivate anni fa, forse dieci o dodici, e si sono piazzate a fianco del portone. S'addensano a gruppi alla fine dell'autunno, quando cominciano i primi freddi e cosí formano dei grumi scuri di colore rossastro. Nel garage scavato sotto la casa ci sono migliaia di coccinelle. Trascorrono qui i mesi che vanno da ottobre a marzo, senza uscire, senza muoversi, senza nutrirsi. Sono in letargo. Poi ai primi caldi cominciano a sparire pian piano, fino a che non ne resta nessuna, o meglio ne restano moltissime morte sul pavimento di cemento del locale interrato, una piccola strage darwiniana.

Trent'anni fa, quando ho acquistato la casa non c'erano. Lo ricordo bene, poi, non so come, sono arrivate. All'inizio non le avevo notate, ma adesso quando giungono le prime avvisaglie dell'incipiente freddo scendo in garage per guardare se sono già lí. Sono le mie rondini: non della primavera bensí dell'inverno. Non so dirti perché svernino proprio qui. Nessuno qui attorno ce le ha. Probabilmente entrano da un pertugio, un interstizio minimo che esiste tra l'androne di legno e la parete, che in quel punto è strombata, poiché il locale – che chiamo garage ma che in realtà è un deposito di oggetti obsoleti o cose di famiglia

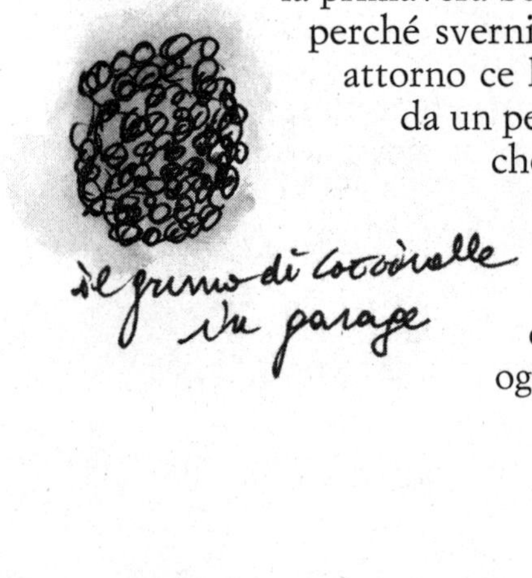

ereditate dai miei – ha una correa di cemento tutto intorno e lo stipite è tagliato obliquamente verso l'interno.

Nelle giornate calde di febbraio non bisogna aprire la porta piú a lungo di qualche minuto, perché altrimenti le coccinelle sentono i raggi del sole e si risvegliano immediatamente e provano a uscire. Nelle mezze stagioni non ricovero neppure la macchina in garage, per non disturbare il loro sonno. Ho fatto delle fotografie con il cellulare per mandartele, ma si capisce ben poco. Si vede una macchia scura e non si distinguono le singole coccinelle, cosí la larga chiazza sul muro, per quanto estesa e spessa, sembra una stranezza senza particolare identità.

In questi anni ho cominciato a documentarmi su questo insetto dal corpo arrotondato, quasi semisferico chiuso nel suo carapace liscio e brillante di colore rosso vivo. Nessun insetto è cosí amato dagli umani come la coccinella. Viene considerata festosa e capace di allegria; figura in tantissimi libri per bambini, cartoni animati, pubblicità. Non so dirti perché. Forse è per via del colore – da cui, come sai, trae il nome: dal latino *coccinus*, «scarlatto», che a sua volta deriva dal greco *kókkinos*, «di colore scarlatto». Oppure sarà per la forma tondeggiante o invece per i punti neri? Si tratta di un fatto estetico o altro? Ho letto che in confronto a tanti altri insetti possiedono una forma che il nostro occhio, e quindi la nostra mente, afferra facilmente e che troviamo molto gradevole.

Si dice che la coccinella porti fortuna, e pertanto non rischia di essere schiacciata come altri fastidiosi insetti, ad esempio i ragni, verso cui esiste una vera e propria fobia. Per quanto, questo temutissimo produttore di fili sospesi non è affatto un insetto, bensí un aracnide, come gli scorpioni, gli acari e le zecche. Gli scorpioni qui in casa ci sono, come sai, ma sono piccoli e stanno nascosti in alto sui muri; spuntano all'improvviso d'estate quando fa molto caldo, poiché, nonostante le pareti siano di pietra e spesse, qualcosa della calura esterna arriva anche dentro l'edificio. Finora sono riuscito a non farmi pungere, che dico, pinzare, da loro. Nei boschi qui attorno non credo vi siano zecche, o almeno cosí mi ha detto il Bandana e chi li frequenta per procurarsi legna da ardere – qui tutti hanno una stufa che si accende tra la fine dell'autunno e l'inizio dell'inverno. Probabilmente dipende dal fatto che non ci sono piú animali come pecore e capre che le attirano. Le greggi di transumanza passano di qua al cambio di stagione, ma non entrano nei boschi. Se verrai qui a quel tempo li potrai vedere in basso nell'ampio pianoro vicino alla chiesetta di Mondonico o sulla strada, insieme agli asini e alle capre che vengono portate verso la pianura.

Lo sai che una zecca può stare per anni in attesa di un animale, di cui poi sugge il sangue? Appesa a qualche albero, a un cespuglio, sui fili d'erba, tra le foglie secche, aspetta il momento propizio per farlo. Si lascia cadere e s'appende letteralmente alla propria vittima, oppure le corre incontro e si arrampica. Una volta, molti anni fa, avevo dormito una notte in un rifugio per animali sull'Appennino e m'era capitato di trovarmene una addosso.

Le coccinelle sono diventate l'animale totemico della casa. Sono sicuro che tu sai già qualcosa di loro. Si tratta di un insetto della famiglia *Coccinellidae*. Il suo nome inglese è *Ladybird beetle*, che significa insieme «signora uccellina» e «scarabeo». Sembra che sia un'allusione alla Vergine Maria (*Lady*) abbinata alla capacità di questo insetto di volare, con la precisazione che è un coleottero come lo scarabeo (*beetle*). Di scarabei non ne ho visti molti in questi anni, mentre di scarafaggi, con cui vengono spesso confusi, ce ne sono parecchi intorno a casa, e a volte anche dentro, in cucina in particolare, per quanto cerchi di tenere pulita la stanza e custodisca con cura le derrate alimentari. Non sono gli scarafaggi che risalgono gli scarichi dei bagni e non somigliano neppure agli scarafaggi di città neri e lucidi. Di colore rossiccio, posseggono una forma piú affusolata, come dei piccoli siluri; non sono nemmeno molto veloci sul pavimento come invece i loro cugini cittadini. Una volta hanno infestato la mia casa a Milano, per cui abbiamo dovuto chiamare uno specialista che ha spruzzato il suo liquido sul pavimento e negli angoli di casa, in particolare vicino al water.

Chi ha battezzato l'ordine delle coccinelle, immagino tu lo sappia, è stato Aristotele 2300 anni fa. Lo ha chiamato *pterón*, «ala», e *koleón*, termine che indica la loro guaina di protezione. Per quanto amatissime, possiedono alcune prerogative che le rendono meno graziose e inoffensive di come parrebbero a prima vista. Cercando tra i libri dedicati ai coleotteri, infatti, qualche anno fa ho scoperto un biologo olandese di nome Menno Schilthuizen, il quale in un suo scritto ha spiegato che la forma del pene delle coccinelle è il risultato della selezione sessuale. Il maschio di *Cycloneda sanguinea*, ad esempio, possiede due appendici su entrambi i lati del pene a forma di bacchette da batteria che gli servono per tamburellare sulla femmina durante l'accoppiamento; sembra che questo provochi un piacere ulteriore. Gli entomologi che le hanno studiate riferiscono di rapporti sessuali che durano a lungo, dalle tre alle nove ore, e in cui i maschi avrebbero orgasmi della durata di un'ora e mezzo. Un altro studioso, Greg Hurst, ha appurato che durante i rapporti sessuali si trasmettono a vicenda un batterio, una specie di pidocchio, che si trasferisce da una coccinella all'altra provocando danni. Non ho capito se si tratta di una malattia venerea o qualcosa del genere.

Le piccole e allegre coccinelle hanno poi l'abitudine di praticare il cannibalismo. Quella *quatuordecimpunctata*, cioè con 14 puntini bianchi, che si nutre di afidi e psille, se scarseggiano gli afidi, di cui è particolarmente ghiotta, sventra e mangia i propri simili, cominciando dalle larve; la stessa cosa fanno anche le larve tra loro. Una coccinella adulta mangia da 50 a 70 afidi al giorno. Un autorevole entomologo russo, uzbeko in particolare, scomparso negli anni Sessanta, Vladimir Vladimirovic Yakhontov, ha calcolato che nel corso della bella stagione, una coppia di coccinelle e la loro prole divorano circa 57 000 afidi. Come il professore accademico delle Scienze abbia fatto a contare ogni singolo afide non lo so.

La cosa piú interessante che ho imparato leggendo delle inquiline stagionali del garage non è però la sessualità e neppure il cannibalismo, bensí la livrea. Le coccinelle non sono tutte uguali. Basta osservarne quattro o cinque nell'arco di poche ore e nel medesimo luogo. Ci sono coccinelle a 2 oppure a 7, le piú diffuse in Italia, ma anche a 14, a 16, a 22 e a 24 punti. I punti, o macchie, hanno forme diverse: rotonde, a punta, ovali, zebrate, a bande. Ci sono anche insetti con la livrea nera o bruno chiara, piú scialba rispetto alle altre. Dipende dal fatto che il carapace è rivestito di peli sottili che lo rendono opaco. All'interno della stessa specie – oltre cento in Italia – vi sono caratteristiche molto variabili.

A detta degli entomologi ogni livrea corrisponderebbe a una sottospecie che si trova solo in un certo territorio o regione. Secondo altri dipenderebbe invece dal clima, se secco o umido. C'è anche chi ha analizzato il loro regime alimentare per trovare una spiegazione. La coccinella rossa sarebbe cosí perché consuma prede animali, che contengono questo pigmento. Prive di quel cibo, le larve diventano rosa invece che rosse. Ma questo non spiegherebbe la forma del disegno. Alla fine alcuni entomologi hanno concluso che la variabilità delle livree dipende dall'alto numero di combinazioni possibili tra le varie «razze».

la coccinella

Guido Ceronetti, che avevo conosciuto anni fa a Lugano, ha fondato un'associazione battezzata «Insetti senza frontiere». Secondo lui noi umani saremmo arrivati sul Pianeta solo un miliardo di anni dopo di loro: deposti sul suolo da alcune misteriose astronavi provenienti dal funesto Titano, satellite di Giove, dotato di cieli senza luce. La prima coppia umana lasciata sulla superficie terrestre avrebbe imitato le mosche e la loro lieta fertilità e capacità di riprodursi, cosí in meno di un secolo si sono formati interi popoli.

Ceronetti inneggia alla libertà di pungere degli insetti ed eleva un peana ai ragni, animali sacri per eccellenza, e sostiene che collezionare insetti trafitti è pari a un crimine. La sua associazione «Insetti senza frontiere» avrebbe proposto al Congresso americano e ad altri parlamenti nel mondo che una volta al mese, per la durata di un giorno, preferibilmente festivo, questi luoghi pubblici venissero resi visitabili da scarafaggi, cimici fetide, scarabei, formichine e formiconi, e nel contempo si aprissero alla visita libera i frigoriferi e i frigobar di alberghi, motel e case.

La sera in cui ho incontrato Ceronetti in Svizzera andammo a cena da amici ticinesi. Il poeta recava con sé una sportina di tela, uno shopper come si chiamano adesso, dove aveva riposto i componenti del suo pasto vegetariano: olio, gallette, misteriose boccette di liquidi, semi e altri intrugli con cui condire le verdure bollite che s'era fatto preparare dal cuoco.

Anni dopo mi ha fatto recapitare qui a Mondonico un suo libro con il medesimo titolo dell'immaginaria associazione. Nel volume, aperto dal manifesto per la difesa degli insetti, c'è un pensiero che ti trascrivo: «Facile è amare insetti che troviamo bellissimi, rari, figli del musicale ronzare lontano dei Tristi Tropici – difficile l'amore per mosche, scarafaggi, zanzare. Se li ami, se gli concedi un angolo della tua carne perché si sfamino, sei già rinato Buddha».

Per fortuna le coccinelle del garage non sembrano molto interessate a me. Loro vivono solo un anno, per cui il calduccio del luogo, dove ripongo le vecchie cose di casa che non oso gettare via, consente a quelle nate in primavera o in estate di superare l'inverno e di volare nella bella stagione successiva.

Tu di recente, dopo aver venduto la casa dei tuoi genitori, ti sei preoccupato di traslocare le tue e le loro cose, e hai provveduto a fare un repulisti di oggetti e carte. Io non ci riesco. Perché mai?

MILANO

Macchie

– Cosa vedi? – Siamo a Milano e io sono seduto davanti a un signore con la barba e i baffi. Mia madre e mio padre sono rimasti fuori dalla stanza. Il barbuto, che indossa un paio di vistosi occhiali neri, mi ha messo davanti un cartoncino con sopra delle macchie. Credo sia uno psichiatra e questo, come ha detto mia madre introducendomi nella stanza, è un test. Per cosa?

– Mi sembrano due persone viste di profilo che si protendono verso qualcosa che non so bene cosa sia sotto di loro. Mi pare che lo tirino con entrambe le mani. Mentre al centro c'è una farfalla rossa e dietro di loro due cose rosse appese al soffitto.

– Bene. E quest'altro? – Toglie il cartoncino precedente e me ne sottopone un altro. Tutto nero, ha qualcosa di funebre. Come nell'altro l'immagine è simmetrica. Cosa si vede? Uccelli? Pipistrelli? Al centro mi sembra di scorgere una specie di sacerdote nero che alza le mani, come per invocare qualcosa. Indossa un vestito da cerimonia stretto in vita. Esito un po' a dirlo, per cui resto a lungo in silenzio.

Ogni tanto alzo la testa e guardo il barbuto. Incrocio ogni volta il suo sguardo. Sorride e aspetta che io apra bocca e dica qualcosa.

– Non so bene. Mi sembra una cosa molto strana. Al centro c'è uno vestito di nero con una testa dalla forma strana, forse un copricapo. Alza le mani in alto. Ha una cintura che gli stringe il vestito in vita. Non capisco cosa ha intorno...

– Prova a dirmi cosa c'è intorno a lui.

Esito. Cosa vorrà che dica? Invento.

– Ci sono degli uccelli che svolazzano, ma non capisco bene cosa siano. A destra ci vedo un gufo... forse sono due gufi. Perché lei mi fa queste domande?

– È un test, Marco. Serve a capire la tua personalità, per capire quale tipo di scuola vada bene per te.

Non ci credo. Sono sicuro che ha anche un altro scopo, nessuno me lo dice, men che meno lui.

Il barbuto continua con le sue tavole in bianco e nero e colorate. Adesso me ne mostra un'altra. Non c'è dubbio, questo è un pipistrello, o qualcosa che gli somiglia. Un pipistrello io non l'ho mai visto da vicino, solo in volo, la sera intorno ai lampioni delle strade a caccia di insetti. Mi fa paura e un po' mi attrae. È un vampiro? A qualcuno è entrato in casa e sono state urla e strilli.

– Mi sembra un pipistrello che sta aprendo le ali, ha due corna in alto, sulla testa, e anche le ali finiscono con delle punte rotonde. Ha un corpo piccolo e ali grandi.

Mi osserva con attenzione. Ho detto qualcosa che non va? Che test è mai questo. Le figure sono tutte simmetriche e sono ottenute versando del colore nero o altro dentro un foglio piegato a metà e poi lo si richiude. Un lavoro che abbiamo fatto già a scuola nelle ore di educazione artistica. Perché me le mostrano, queste tavole? Cosa vogliono da me? Non oso fare domande. Sto al gioco, basta che finisca presto.

Adesso mi porge un altro foglio. C'è il colore. Sembrano degli acquerelli come quelli che si fanno a scuola. Il nostro insegnante di arte delle medie ha provato a insegnarci questa tecnica. Risultati mediocri, tranne un mio compagno che è il piú bravo e fa sempre disegni colorati molto belli. Credo che abbia preso delle lezioni in passato o che lo abbia ereditato dal padre architetto. Vorrei essere capace come lui. Penso e divago con la testa. Ho capito. Devo descrivere quello che vedo ma inventando. Allora mi butto.

– In alto ci sono due forme che alzano le mani e si protendono l'una verso l'altra. Indossano dei vestiti come se fossero a teatro... forse danzano?

– Bene, bene. E sotto cosa c'è. Cosa vedi?

Sotto è tutto confuso. Non ci vedo niente: macchie verdi e macchie rosse. Sto in silenzio a lungo e continuo a fissare la tavola che il barbuto mi ha messo sotto il naso. Vorrei toccarla e prenderla in mano, avvicinarla agli occhi per vedere meglio. Capisco che non si può. Mi chino io. Non tocco il disegno, lo guardo solo. Altro lungo silenzio. Cosa posso dirgli?

– Non so. A me sembrano solo delle macchie. Non ci vedo niente.

– Non avere fretta, – mi dice il barbuto.

Io però mi sono già stancato. Se non vedo niente, non vedo niente. Cosa posso inventarmi perché la smetta di fissarmi?

– C'è un altro pipistrello verde. Anzi sono due e hanno le ali spiegate.

– Bravo. E sotto ancora cosa c'è? Cosa vedi?

– Sembrano due macchie di sangue. Qualcuno si è ferito? Deve aver appoggiato la mano che sanguina al foglio. Due macchie identiche. Anzi sono quattro macchie come se avesse voluto timbrare il foglio.

– Ottimo. E come avrebbe fatto a timbrare?

– Boh! Come quando ci si asciuga un taglio con un fazzoletto. Non lo so.

Se non ricordo male – la memoria oramai fa cilecca sempre piú e sono passati molti decenni – il barbuto e occhialuto mi mostrò un'altra carta o tavola che sia. Ci vidi due nani di profilo con in testa un cappuccio rosso come nella fiaba di Biancaneve, che si toccavano le mani destre per dare il cinque, mentre in basso i loro piedi cozzavano e il segno dell'urto in rosso, come in una piccola esplosione.

Ho avuto modo, lo immaginerai, di rivedere le immagini proposte dall'uomo barbuto e baffuto molti anni dopo, quando è uscita in italiano una biografia di Hermann Rorschach, per cui tutta questa faccenda m'è tornata in mente con molti dettagli; mi sono pure comprato un libro fra i tanti in circolazione con le istruzioni per imparare a leggere le macchie. Quello che non posso piú fare è chiedere ai miei quale fosse il vero motivo per cui mi avevano portato da questo psichiatra – era proprio uno psichiatra come mi disse tempo dopo mia madre senza ulteriori dettagli. La scusa era quella di aiutarmi a scegliere la scuola giusta per me, per le mie inclinazioni, ma credo che sia vero solo in parte. Come sai ho avuto un'adolescenza un po' turbolenta, niente di particolare. Diciamo che ho dato ai miei genitori qualche preoccupazione, per via del mio carattere un po' volubile, per cosí dire. Tu che mi conosci da tanti anni qualcosa, e anche piú di qualcosa, lo sai.

Perché ne parlo proprio qui? Perché per incontrare il barbuto mi avevano portato a Milano, al Nord, nella capitale morale d'Italia, la città di cui mio padre era innamorato dal giorno in cui, arrivando in auto da Reggio Emilia, all'inizio degli anni Cinquanta, scoprí l'esistenza dei semafori. Un colpo di modernità ai suoi occhi, per cui da allora Milano divenne la sua meta preferita. A un certo punto s'era pure messo a lavorare con aziende milanesi produttrici di vernici e articoli di belle arti come tubetti di colore e tele per artisti.

Quando sono arrivato a Milano in pianta stabile ho cercato il luogo dove mi avevano portato quel giorno. I ricordi erano legati a un certo crocicchio del centro e a un edificio specifico. C'è ancora, tuttavia non sono riuscito a ritrovare lo studio dello psichiatra. Lui doveva essere morto da un pezzo, dato che sono passati piú di cinquant'anni, per quanto circoli la leggenda che gli strizzacervelli vivano piú a lungo degli altri. Non è vero, visto che uno o due di loro che conoscevo bene sono morti anzitempo.

Ora di tutta questa piccola vicenda personale m'è rimasta la curiosità per il dottor Rorschach e le sue macchie d'inchiostro. Avevo indovinato quel giorno: era inchiostro. Lui, il creatore del test, si occupava di schizofrenici, maniaci depressivi e psicotici. Aveva anche un discreto talento per il disegno, e forse anche qui si tratta di eredità perché il padre era un pittore e insegnante di arte. Leggendo il libro su di lui, *Macchie d'inchiostro* di Damion Searls, mi sono posto una domanda: com'è possibile, osservando e descrivendo le figure nascoste nelle macchie, arrivare a comprendere il carattere di qualcuno? E poi gli aspetti inconsapevoli, di cui non si conosce l'origine: ansie, angosce, paure, ossessioni. Possibile che quelle chiazze in bianco e nero e a colori siano in grado di evidenziare la relazione che esisterebbe tra sé e il mondo circostante?

Hermann Rorschach è morto subito dopo aver terminato il suo libro *Psicodiagnosi* nel 1921, dove spiega il test che aveva messo a punto. L'editore ne stampò 1200 copie. Ma nel giro di qualche decennio queste venature, simili a quelle delle pietre, sono diventate il metodo piú diffuso per diagnosticare turbe oppure stati di normalità in ragazzi, donne, malati mentali, criminali, militari, prigionieri di guerra. Forse lo sai già. Nel libro di Searls si nominano almeno cinque metodi differenti per leggerle, cinque diverse scuole. Sono proiezioni, credo che si dica cosí, ritenute altamente significative. Le dieci tavole che il barbuto psichiatra mi sottopose sono servite a valutare persino lo stato di salute mentale dei criminali nazisti nel corso del processo di Norimberga.

Adesso so che quello che viene analizzato sono modi del vedere. Cosa capí dalle mie visioni lo psichiatra di Milano, non mi è stato mai comunicato, e neppure ho mai trovato tra le carte dei miei genitori, dopo la loro morte, il referto che deve aver stilato dopo che ebbi descritto le dieci tavole. L'esito piú evidente fu che, invece di iscrivermi all'istituto d'arte come desideravo, mi fu imposta la scelta tra liceo classico e liceo scientifico. Scelsi il secondo. Se solo avessi letto le macchie in modo diverso, dove sarei ora? Insomma sono bastate delle macchie d'inchiostro, delle chiazze, delle screziature dalla forma irregolare e dall'aspetto palesemente simmetrico, a cambiare la mia vita? Non ti sembra comico?

Il fiume di Milano

Milano è una città d'acqua, anche se non ha un fiume. Alla metà degli anni Novanta appena arrivato qui non me ne resi conto. Per fortuna comprai un piccolo libro pubblicato da Theoria, la casa editrice in cui aveva preso a lavorare Severino Cesari che per anni era stato il mio riferimento al quotidiano «il manifesto», insieme a Domenico Starnone. L'aveva scritto un architetto, Marco Comolli, e aveva un titolo che mi attirava: *La cancellazione dei Navigli*. Il sottotitolo, *Declino di un'affabilità urbana*, allora non lo colsi immediatamente.

Comolli spiegava due cose chiarificatrici per me che venivo dalle rive del Po. Milano si trova nel mezzo della Pianura e il suo territorio è attraversato da vari corsi d'acqua di piccole dimensioni – Olona, Seveso, Lambro – e da uno piú grande, ma che non entra nel suo territorio urbano, l'Adda, che è l'immissario ed emissario di uno dei laghi piú belli del Nord, il lago di Como. L'Adda gli ha poi fatto da confine nel corso dei secoli. Cosí alla sua sinistra, guardando la carta geografica, c'è un altro fiume, il Ticino, che una città l'attraversa davvero, Pavia, che è stata con i Longobardi una capitale, cosí come Milano, già città imperiale romana.

Nel libretto era scritto che il fiume di Milano sono i Navigli: fiume tranquillo e borghese che *Mediolanum* s'era costruita a sua immagine e somiglianza per gestire i traffici di cui era il baricentro. Insomma un fiume domato, sempre secondo l'architetto Comolli, che non aveva periodi di magra o di piena, in uno spazio urbano controllato.

La seconda cosa che imparavo da quelle pagine è che Milano è una città segnata dalla «terragnità». La parola mi suonava nuova ma perfettamente comprensibile. Anche la Pianura da cui venivo era fatta di terra, tuttavia quella della città in cui ero arrivato era differente. Città di nebbia e quindi di umidità, Milano è una vera città e non un borgo, come quelle dell'Emilia che conoscevo, seppure estese ed espanse. «Vera città» vuol dire non solo essere caratterizzata da una dimensione e una popolazione significative, ma vuol dire anche avere un centro e una periferia, o una serie di periferie. Milano è qualcosa d'altro. Dietro, verso Nord, da un lato c'è la Brianza, il suo Nord Nord produttivo, e dall'altro vi sono territori che erano stati, e in parte lo sono ancora, boschi e brughiere, come quelli che s'estendono dalla parte di Varese.

Spiegava Comolli che questa terra è umida e anche opima, ovvero grassa e pingue, per via degli estesi terreni alluvionali alle sue spalle, e sottoterra c'è una falda freatica enorme e alimentata da quei fiumi scesi dalle montagne e dalle risorgive, senza contare la serie di laghi disposti ad arco, invasi inestinguibili o almeno cosí sembravano allora. La nebbia di Milano, quella di cui parlano i romanzi, le poesie, le fotografie e i film, dava un carattere unico a questo luogo. Ma il centro di tutto per Comolli sono i Navigli. La nebbia la si produceva lí, a Milano, in mezzo ai canali. Non era qualcosa che calava dall'alto come nelle mie terre, a Milano la nebbia non scendeva, ma saliva.

Poi anche la nebbia è scomparsa e oggi non c'è quasi piú, se non in alcune rare giornate d'autunno o in pieno inverno. Il cambiamento climatico, con ogni probabilità. Anche se Comolli non lo diceva in modo esplicito, tutto era mutato quando negli anni Trenta i Navigli – in particolare il Naviglio Interno – erano stati chiusi, poiché erano diventati fogne a cielo aperto, sporchi e puzzolenti. La città voleva diventare assolutamente moderna: abbracciare la propria incipiente modernità.

Per farla breve, e usando le parole parche dell'architetto, Milano sorgeva su un terreno inzuppato d'acqua e sotto un cielo inzuppato di vapore. Adesso capisci perché in una mattina di luglio sono uscito e con il volumetto di Theoria nello zaino ho fatto il giro dei Navigli, o almeno di quello che resta visibile dei canali che la attraversano e che, di tanto in tanto, qualche sindaco o assessore vorrebbe riaprire per ridare a Milano le proprie vie d'acqua. Adesso sono alla Conca dell'Incoronata. Qui dovrebbe arrivare, secondo un progetto di qualche tempo fa, la prosecuzione del Naviglio Martesana: un lungo canale che entra in città riprendendo l'antico giro della Fossa Interna che abbracciava il centro, modellato sulle mura medievali – in origine era il fossato di difesa. Non ti preoccupare non la farò molto lunga, anche se di cose da dire ce ne sarebbero parecchie su questa città in cui vivo e che ora è diventata una città turistica alla pari di altre città europee con cui condivide lo stesso destino di globalizzazione.

Oggi la città è vuota: rari passanti. Arrivano due automezzi con a bordo dei giardinieri. Sono qui per la manutenzione delle aiuole e già altri stanno tagliando l'erba del prato all'altezza del canale ora privo d'acqua: un monumento al passato. A valle del Ponte delle Gabelle c'erano due rami, testimonia il cartello turistico informativo appeso lí di fronte. Piú avanti s'apriva il laghetto di San Marco, oggi in parte un parcheggio con una pompa di benzina da un lato, una delle poche rimaste in centro, e i ristoranti dall'altro. C'era qui anche una famosa «latteria», nome con cui a Milano si indicavano un tempo i ristoranti alla buona, ma ora ha chiuso: i proprietari sono troppo anziani. La segnalazione storica, ben impaginata e ben leggibile, ci ricorda che questa è l'unica conca del Naviglio Interno che ancora possieda i manufatti storici: i muri di sponda in blocchi di ceppo d'Adda, il ponte, anche lui in ceppo rustico, e poi le portine di legno di rovere, chiaramente rifatte successivamente però su modello antico. C'è anche un casello ottagonale che sembra il padre o il nonno di alcune architetture di Aldo Rossi. Questo è tutto ciò che resta dell'impianto realizzato sotto il duca Ludovico il Moro nel 1496.

Per proseguire il giro vado in fondo a via San Marco alla fermata dell'autobus 94 che segue il tratto dell'antico Naviglio. Il traffico è ancora fitto, nonostante l'estate iniziata, ma reputo comunque meglio attenderlo per raggiungere il laghetto di Santo Stefano a fianco della Ca' Granda. Non è proprio un reportage avvincente, ma ho deciso di fare questo giro in omaggio all'architetto Comolli, padre di uno scrittore che conosco, Giampiero. Mi sono rivolto a lui e a sua moglie, Gigliola, per avere una fotografia di Marco. Loro gentilmente me l'hanno inviata con una email, e l'ho scaricata.

Scendo dall'autobus e mi avvio verso via del Laghetto dove c'è un piacevole bar con sedie e tavolini all'aperto, al piano terra d'una casa che ricorda quelle di un tempo. Sono questi edifici che per Comolli costituivano il tessuto stesso della passata affabilità urbana di Milano. La fotografo. Non ha niente di speciale, ma è piacevole con i suoi due piani, le ante aperte e due balconcini fioriti al primo. Per circoscrivere lo spazio del bar, che è anche un luogo dove si può mangiare, dietro all'Università Statale, hanno messo dei vasi e delle fioriere.

Come saprai il nome Laghetto deriva dall'invaso d'acqua dove arrivavano le barche. Serviva per alimentare il cantiere del Duomo, che non è molto lontano da qui. La sua costruzione è durata piú di quattrocento anni, una cosa davvero curiosa per una città cosí attiva ed efficiente come Milano. Mi siedo e ordino una bibita. Rileggo le pagine del libro e trascrivo sul quaderno le componenti del sistema navigabile che collegava Milano ai laghi, ai fiumi e da lí al mare Adriatico. Te lo trascrivo qui: la Fossa Interna;

il Naviglio Grande, che viene dal Ticino e poi piega verso la Darsena di Porta Ticinese; il Naviglio di Bereguardo; il Naviglio Pavese che arriva fino a Pavia; il Naviglio della Martesana che proviene dall'Adda a Trezzo, passa da Vaprio e arriva alla Fossa; il Naviglio di Paderno parallelo all'Adda che permette di superare il tratto non navigabile del fiume cosí da connettere Milano con Lecco e Como: un fitto reticolo del passato.

Se dovessi descriverti come era composta la Fossa Interna riempirei due o tre pagine e non aggiungerebbe molto. Sono informazioni che trovi anche nel web, per quanto il modo con cui le presenta Marco Comolli è essenziale ed elegante insieme, distilla nostalgia per il tempo passato, ma ben trattenuta nonostante tutto. Si capisce che l'architetto, pur occupandosi di architettura di interni, ha una solida cultura in materia, oltre che una passione per il suo Naviglio.

Proseguo con l'autobus 94 per farmi portare fino all'altro luogo dove si vedono ancora i resti di un'antica Conca. Passo lungo via Francesco Sforza dove c'è il Policlinico. Anche qui vorrebbero riaprire il Naviglio: un lungo canale che dovrebbe arrivare a Porta Romana con la pista ciclabile da un lato e un senso unico per le auto. Anche in via Molino delle armi e vicino a piazza Vetra si vorrebbe creare una via d'acqua. L'acqua c'è ancora nella Conca di Viarenna, detta Conca del Vallone, che è stata costruita nel 1438 e piú volte rimaneggiata. C'è una cascatella d'acqua che esce da due bocche sotto un'edicola con il decreto ducale di esenzione di dazio per le barche che rifornivano il Duomo di materiali da costruzione e un grande stemma, ma non si riesce ad avvicinarsi perché l'invaso, oggi di colore verde per via delle alghe, è circondato da un'alta cancellata con le punte acuminate in cima.

L'acqua scorre e scende nella Darsena che è là in fondo: un percorso sotterraneo che vorrebbero riaprire. La Darsena è al di là della strada sempre molto trafficata. L'hanno

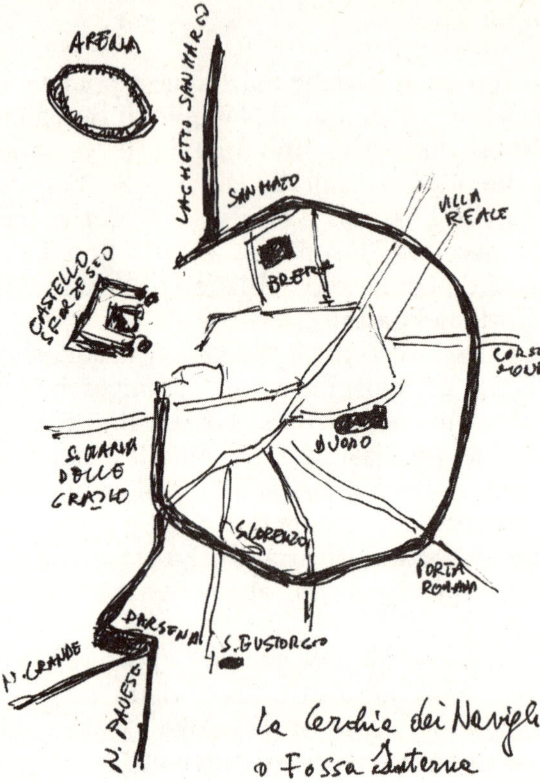

rinnovata di recente e ora è un piccolo laghetto. Il bacino artificiale originario era stato creato nel 1211. Comolli racconta tutto bene. Certo, guardando i quadri riprodotti nel suo libro, e le fotografie d'inizio Novecento incluse, il Naviglio era bello largo e ci circolavano parecchie barche. Nel complesso il reticolo di vie d'acqua assommava a centocinquanta chilometri, come un'autostrada di oggi. Certo allora andava tutto piú lento per forza di cose. Scrive l'architetto che i tempi di percorrenza erano di due o tre chilometri all'ora perché poi c'erano da superare i dislivelli nelle conche – non te l'ho scritto ma immagino che tu lo sappia – che sono delle chiuse e delle soste. L'ideazione la si attribuisce a Leonardo, certo quella dell'Incoronata era sua, e le conche erano venticinque all'epoca di Ludovico il Moro; ci sono anche degli schizzi e disegni nel Codice Atlantico. Dalla Darsena si dipartono il Naviglio Grande, il piú antico, e il Naviglio Pavese che è del 1812, epoca napoleonica. Tanta storia e tante vicende. Qui finisce la mia esplorazione di luglio.

Ora c'è una questione sollevata dall'architetto Comolli: l'«affabilità urbana», che è il centro del suo libro. Il termine viene da una radice indoeuropea, cosí il *Dizionario etimologico della lingua italiana*: *fari*, «parlare», con il suffisso *a* indica una persona che parla e ascolta in modo cortese e benigno. I due aggettivi sono perfetti. Per l'autore della *Cancellazione dei Navigli* l'affabilità ha a che fare con la bellezza. Ritiene che la città sia creata dal dialogo tra chi la abita e gli edifici che la costituiscono. La bellezza è un fatto non estetico ma relazionale, una relazione biunivoca, se ho ben inteso il suo pensiero. La lentezza del movimento dei barconi accentuava questo aspetto di dialogo. Certo oggi non sarebbe piú possibile ma per Comolli questo sviluppava la conversazione, la chiacchiera.

Secondo l'autore i milanesi possedevano una lingua sciolta come è necessario per una popolazione che si dedica al commercio e allo scambio, espansiva perché mercantile nel senso migliore del termine. Questo spiega la presenza di una letteratura dialettale che culmina con Carlo Porta, ma che è anche quella di epigoni come Enzo Jannacci e Dario Fo, il quale era del lago Maggiore, ma ha incarnato lo spirito cui tiene molto l'architetto Comolli, e con cui ha poi avuto il Premio Nobel: un attore e scrittore ciarliero.

Manca ancora un dettaglio per spiegare il rincrescimento per la chiusura dei Navigli. Intorno al fiume di Milano c'era tutta un'architettura che Comolli definisce *minore*, composta di manufatti come si vede ancora alla Conca dell'Incoronata: materiali, dettagli architettonici, proporzioni. La bellezza di Milano per l'architetto consiste in piccole invenzioni costruttive, soluzioni che erano pratiche e insieme belle senza voler affermare un elemento eclatante. Per spiegarsi lui accenna al fatto che la grande cucina in definitiva è sempre figlia della cucina casalinga. Aggiungerei un'altra parola che nel suo libretto non c'è forse perché sottintesa: «atmosfera». Una parola che coniuga insieme «vapore» (*atmós* in greco) e «sfera» e indica quel complesso di condizioni ambientali in cui si vive.

Marco Comolli è vissuto in un'epoca che, seppur tramontata già prima della Seconda guerra mondiale, forse in qualche modo perdurava nonostante tutto. La sua atmosfera era la nebbia che saliva dai canali, erano le modanature dei marciapiedi, dei canali, delle case, i dettagli che compongono quell'involucro gassoso che circonda le cose, le persone e soprattutto i luoghi. Ora l'atmosfera è dettata da altre cose e soprattutto forme, da altre relazioni. Non c'è nulla da fare. Le città come Milano cambiano nel tempo e le loro atmosfere mutano. Detto questo il volume dell'architetto Comolli mi ha fatto comprendere molte cose sulla città dove sono venuto a vivere e di riflesso anche sulla Brianza. Cosí ho capito che quella atmosfera che ho vissuto per lungo tempo, la Pianura, qui non c'è. Questa metropoli pur essendo nel bel mezzo della Padania non è una città di Pianura nonostante le quote altimetriche. È un'altra cosa come credo capirai leggendo queste pagine.

Milano calda

Ma tu hai visto la foto che Ugo Mulas ha scattato a Giulia Niccolai nel Padiglione americano nel 1964 ai Giardini di Venezia durante la Biennale? Si trova nelle pagine del volume che Alessandro, Nunzia e io le abbiamo dedicato dopo la sua scomparsa. Una foto meravigliosa, uno di quei miracoli che Mulas era in grado di produrre. Giulia è in piedi davanti a un'opera di Kenneth Noland. Indossa un abitino a fiori molto elegante e legge la pagina di un libro dopo averne ripiegata un'altra. Secondo te sta posando?

Mulas l'ha colta al volo o invece le ha detto: Giulia mettiti lí, vicino al quadro, e fai finta di leggere. A colpirmi sono le gambe sottili e il sandalo infradito raffinatissimo.

Non ho avuto modo di portare a Giulia questa fotografia, perché l'ho trovata solo dopo la sua morte grazie a Melina che ha scovato le immagini che riguardavano Giulia nell'archivio di suo padre e in quello di sua madre, Nini, anche lei una straordinaria fotografa. Sono sicuro che se avesse visto questa immagine Giulia avrebbe esclamato qualcosa come: «Che brutta cosa diventare vecchi!» Era molto spiritosa Giulia Niccolai, capace di improvvise battute di cui rideva lei per prima.

Mi ricordo benissimo la sera in cui l'avevamo invitata a leggere i suoi *Frisbee* per raccogliere fondi per finanziare «Doppiozero». C'erano anche Mariangela e altri poeti. Era affaticata, e ai Frigoriferi Milanesi non s'era ripetuta la magia accaduta al Rasi a Ravenna – in cui, leggendo pagine da *Harry's Bar*, ci aveva fatto ridere ed era stata applaudita piú volte. Per colpa del microfono – il maledetto avversario di sempre, per Mariangela – ma anche perché Giulia non si sentiva molto bene, in questa occasione milanese la sua lettura non aveva ottenuto il medesimo effetto. Poi avevamo mangiato tutti insieme una pizza e alla fine le avevo chiamato un taxi per farla accompagnare a casa. Mi aveva salutato con affetto. Era la sera del 19 giugno 2019. Non sapevamo ancora dell'arrivo del Covid nelle nostre vite di lí a qualche mese. E che per un po' non ci saremmo potuti vedere e che poi ci saremmo persi per sempre di vista nell'estate del 2021, appena avevamo ricominciato a vivere dopo la pandemia.

Adesso ho qui davanti a me questa bellissima fotografia, che solo Mulas poteva scattare. Giulia è una giovane ragazza dai capelli lunghi che lascia intravedere una grazia unita a una leggerezza sconosciuta ai piú. I sandali, quel vestito e soprattutto la posizione delle gambe. Forse esagero a trarre delle considerazioni generali da qualcosa che in fondo è del tutto casuale. Se Giulia mi potesse sentire ora, mentre commento questa immagine del 1964, riderebbe di me e troverebbe senz'altro che esagero; eppure io la sua leggerezza l'ho sempre intravista anche quando era diventata anziana e il suo corpo non era piú quello longilineo che si scorge in questo scatto. «Sono una vecchia signora», mi aveva detto una volta, in cucina seduti intorno al tavolo di marmo che tanto mi piaceva. Non era vero, era sempre rimasta una giovane ragazza come nello scatto del suo amico Ugo.

Lo scatto è un omaggio postumo a Giulia e, se anche non l'ho mai vista cosí dal vero – nel 1964 avevo dieci anni e vivevo a Reggio Emilia –, questa è per me la vera Giulia, la Giulia che abitava dentro di lei, anche quando era andata a vivere a Roma e al Mulino di Bazzano, e poi quando era ritornata a Milano e l'avevo incontrata molti anni dopo grazie a un convegno dedicato a Manganelli dove eravamo diventati amici.

Nel volume di «Riga» che le abbiamo dedicato, quello che ti ho portato a Roma, c'è un'altra foto di Giulia; è successiva di quindici anni rispetto alla foto di Mulas. Sta leggendo. Questa volta ad alta voce. L'ha scattata Andrea Mantovani. Tiene tra le mani un foglio e sta pronunciando qualcosa, forse declama una sua poesia. Sono passati gli anni, tuttavia lo sguardo è lo stesso, non trasognato come nell'immagine del 1964, ma si capisce che è pur sempre una ragazza, anche se deve averne già passate di cose nella vita. Forse ti stai chiedendo perché torno a parlarti di Giulia Niccolai.

Come ti ho raccontato altre volte, lei era una specie di maga, possedeva qualche potere che non si capiva bene da dove le provenisse. Una volta a casa sua per registrare una conversazione, Paola fece delle foto di lei. Misteriosamente scomparvero dalla macchina, e pure dal computer. Ma non è di questo che voglio raccontarti. Bensí di un'altra cosa. Nel novembre del 2019 Giulia con Silvia aveva recuperato le proprie fotografie a Montechiarugolo, a casa della moglie di Adriano Spatola, che era stato il suo compagno e anche in qualche misura il suo impossibile maestro. Era stato un avvenimento imprevisto e imprevedibile che Silvia ha già raccontato in varie occasioni, e anche in un libro.

Tutto questo era stato per lei come aprire un antico invaso e far scendere l'acqua a valle di colpo. Erano sgorgati ricordi, allegrie, ma anche malinconie: era il suo tempo ritrovato, una parte che s'era perduta, che né lei né gli altri intorno avevano potuto vedere davvero. Chissà se Giulia aveva capito che il suo tempo stava per chiudersi nel cerchio delle vite che vanno e vengono dentro il ciclo senza fine delle reincarnazioni professato dalla sua fede. C'era ancora in lei, in quello che Silvia ha chiamato il suo *humour* sapido e leggero, qualcosa della ragazza della foto del 1964, un poco civettuola ma sempre aerea e svolazzante come una farfalla. Non a caso aveva battezzato con il nome di *Frisbee* le sue poesie: da un punto all'altro dello spazio rilanciato virtualmente da mani misteriose.

Ero andato a trovarla l'anno dopo il ritrovamento delle fotografie, quando era stato possibile uscire di casa, e dopo i lunghi mesi trascorsi a Mondonico. Ero tornato, seppure titubante e controvoglia, a Milano. Volevo vederla e farmi contagiare dal suo buonumore e dalla sua delicatezza. Cosí avevamo parlato delle fotografie che erano contenute nelle borse recuperate e avevamo discorso di Milano. Aveva preso a rievocare la sua Milano degli anni Sessanta, quella della frequentazione del bar Jamaica e il progetto che sotto la spinta di Giancarlo Fusco, scrittore e giornalista, spirito inquieto, aveva iniziato nel 1960 senza però concludere. Giulia era all'inizio della sua attività di fotografa e cercava di guardarsi intorno. Non è forse vero che Milano è stata nonostante tutto la sua città?

Cosí adesso ho qui tra le mani quella Milano che è guardata dalla giovane ragazza durante un'estate, o forse piú di una. Sono le fotografie che si trovano in *Un intenso sentimento di stupore*, il libro che è uscito dopo la sua scomparsa e che Silvia ha curato. Diversi scatti sono stati presi all'Idroscalo, sui Navigli o lungo il fiume, probabilmente il Ticino. Sono foto allegre, d'una ragazza curiosa che se ne va in giro e guarda la vita intorno a sé; la vita che si fa all'aperto, senza troppo preoccuparsi di come ci si veste e di come ci si mostra. Ci sono immagini di gente in costume da bagno, vista durante la calura dei mesi estivi. Milano è la gente che ci abita e tutti sembrano divertirsi. Non c'è dramma. Dappertutto Giulia guarda e fotografa la gente. Sono trascorsi quindici anni dalla fine della guerra. C'è ancora l'allegria di quel liberi tutti.

Nei commenti che Giulia ha scritto alle immagini insieme con Silvia ricorda come un fatto indimenticabile di quel periodo fosse la dimensione sociale di ciò che accadeva. Intende riferirsi alla condivisione che esisteva tra quelle persone che lei ritrae sui ponti, lungo gli arenili, mentre giocano a pallone o a carte, mentre mangiano un gelato o guardano la strada da dentro un torpedone che le sta portando ai mari o ai monti. Tutti sembrano intenti a vivere questa Milano che non mostra i segni del conflitto passato o della crisi futura. Una città popolare in ogni suo aspetto.

Forse piú che la gente Giulia fotografa il popolo, quello stesso che incontrava Pasolini nella Roma delle borgate. La foto piú bella, non solo di *Milano calda*, titolo che aveva dato a quel lavoro, ma dell'intero volume curato da Silvia, è l'immagine di copertina: ritrae due ragazzi in costume da bagno che stanno ballando il rock'n'roll davanti a un jukebox, su cui si appoggia un terzo giovanotto anche lui in slip. Sembrano sospesi, sollevati per aria, leggeri e agilissimi, e anche magri. È un momento che mi ricorda una breve scena nel cinema di Pasolini che si svolge intorno a un altro jukebox. Forse tu la ricordi.

Nessuno si sente disturbato dalla presenza della ragazza con la macchina fotografica al collo, sono tutti cosí presi da quello che fanno da non occuparsi troppo dell'occhio di vetro che li osserva e li fissa. Ci sono poche donne in giro, commenta a distanza di sessant'anni Giulia. Vero: è un mondo tutto maschile, cosí appena trova una ragazza in riva al Naviglio lei la nota subito. L'estate in città è un fatto collettivo. Guarda questa fotografia con i ragazzi in costume come se fossero al mare e con quell'uomo che scherza davanti all'obiettivo. Un'altra Milano rispetto a quella ritratta

dai fotografi neorealisti che circolano ancora per le vie della capitale morale. Solo i bambini sembrano tristi. Li coglie mentre partono per le colonie estive, in Stazione Centrale, ma è una tristezza passeggera, uno stato d'animo di breve durata. Non c'è nulla di sociologico nella sua fotografia, registra piuttosto modi di vivere di ciascuno, senza giudicare, senza analizzare, semplicemente osservando. La sua fotografia non sembra avere altro scopo: vivere è nel suo sguardo una questione di forme e di gusto.

Mi sembra di ricordare che ne avessimo parlato in un'altra occasione, e io le avevo detto commentando le fotografie del suo viaggio in Italia che non erano neppure dei documenti. Lei cercava nell'immagine delle simmetrie, delle ricorrenze, delle proporzioni spaziali. Nessuna concessione all'elemento psicologico o emotivo, nessuna ricerca dello strano e del diverso, solo continua curiosità per come gli altri vivono la propria vita. La vita sociale non era ancora stata privatizzata dalla televisione e la stessa vita familiare era prima di tutto un modo per stare insieme.

Cosa cercava nella fotografia e in particolare cosa voleva ritrarre della propria città con i suoi scatti Giulia Niccolai? In una delle sue poesie scritte dopo aver smesso di fotografare, s'è interrogata sul suo bisogno di stare dietro e mai davanti alla macchina fotografica. Ipotizzo: forse prima ha esplorato il mondo intorno a sé usando la propria reflex, almeno fino alla metà di quei Sessanta, poi ha girato l'obiettivo verso sé stessa usando non piú l'immagine visiva ma il linguaggio. Negli ultimi anni poi si lamentava perché le sembrava che i lama, le sue guide spirituali, non tenessero molto in considerazione la sua attività di poetessa, per lei cosí importante, una forma di comunicazione e insieme uno specchio dove vedersi, senza compiacersi e in cui esercitare il proprio humour, quello di un occhio che guarda, non giudica e sorride, e fa sorridere gli altri.

Quando sono tornato dal viaggio in Nepal alla fine degli anni Settanta avevo portato con me una pietra su cui erano incisi dei caratteri misteriosi. Solo dopo la scomparsa di Giulia mi sono ricordato della frase incisa che avevo fatto tradurre a suo tempo. C'era scritto che Buddha tutto vede, tutto osserva e niente giudica.

Dopo il giro di boa degli ottanta Giulia sembrava in pace con sé stessa, cosa che si coglie ad esempio nei testi-commenti che accompagnano queste fotografie trascritti da Silvia. Mi pare di percepire in quelle righe una sorta di pace, di distacco e insieme una speranza che non può essere tradita da nessuna delle immagini che ci sono. In particolare nella sezione dedicata a Milano, la sua città. Il dramma non è espunto, ma solo o già vissuto, o semplicemente rimandato. Questo sapeva fare la saggia Giulia Niccolai fotografa e buddhista prima di incontrare il buddhismo.

Mario da fermo

Arrivava inatteso. Suonava alla porta e diceva: – Passavo di qui, e mi sono ricordato che abitavi in questa casa –. Probabilmente era vero, perché nessuno era un autentico *flâneur* come lui, per quanto sono convinto che, seppure passeggiasse senza meta nelle città, una destinazione precisa lui in testa ce l'aveva sempre, ma misteriosa. Poi aggiungeva: – Già che ci sono vorrei farti una foto –. Se poi ci trovavamo in un ristorante, entrava con garbo in cucina e chiedeva se poteva fotografare il cuoco e i camerieri presenti. Aveva una predilezione per coloro che svolgono le mansioni meno appariscenti, e in particolare quelle piú umili. Nel bar dove vado a prendere il caffè, e qualche volta a mangiare un panino a Bergamo, non lontano dalla casa di Arialdo, dietro le spalle del gestore si trova una sua fotografia infilata in una mensola. È passato di lí.

Se c'è una definizione che gli calzava a pennello è: specialista in umanità. Mario Dondero è stato qualcosa di piú di un fotografo, perché nei suoi scatti non c'era solo la persona raffigurata, ma anche lui. Esagerando un poco, si può dire che tutte le sue immagini sono selfie fatti agli altri. Nessuno di quelli che ha ritratto con la sua macchina fotografica, rigorosamente analogica, era un personaggio, bensí una persona, e dentro la fotografia c'era sempre un'altra persona, invisibile ma presente: lui. Ritraeva gli sconosciuti come i conosciuti, e sempre insieme alla relazione che li legava a lui, anche se li aveva appena incontrati o invece, al contrario, li conosceva da anni. Per lui il tempo dell'incontro era un tempo totalmente istantaneo e insieme, passami la formula, eterno. Un istante eterno, si dice della fotografia – forse meglio dell'infinito istante, almeno credo – e lui, Mario, riusciva a dare ai suoi scatti una durata senza fine.

Quante volte ti ho raccontato di lui? Ti avevo detto di quando venne a casa mia e si sdraiò per terra per ritrarci meglio, e volle fare cosí varie foto a Olivia infante. Poi andò via e dimenticò lí la macchina fotografica. Tornò molti mesi dopo, e disse: – Sbadatamente devo aver lasciato qui da te la macchina. Ci sono dentro delle vostre foto che voglio sviluppare –. Cosí fece e poi mi disse al telefono che era passato e io non c'ero, per cui aveva lasciato una busta con le stampe in un negozio di cinesi lí vicino. Poiché abitavo a Chinatown, il negozio non fu mai trovato, per quanto avessi provato a chiedere in piú di un ristorante o nei negozi di abiti all'ingrosso. Come sai all'epoca la zona non era ancora presa d'assalto dai locali di *street food* e ci venivano solo gli acquirenti all'ingrosso dei mercati rionali, per cui i negozi erano molti meno di ora.

Mario era anche un cantante, uno *chansonnier*, alla stregua di Chevalier, Montand e Brel. Intonava le canzoni composte da loro con un accento francese calcato e leggerissimo al medesimo tempo, quasi una presa in giro dei suoi autori preferiti – era anche comico Mario, ma sempre senza esagerare. Secondo la leggenda era arrivato a Parigi nel 1953 su una MG spider guidata da un altro dandy, Franco Mocellin, giornalista e *bon vivant*. Non doveva restarci per molto, una settimana o poco piú; invece tra andate e venute, ci ha trascorso quasi quarant'anni. Naturalmente, calatosi del tutto nello spirito dell'epoca, aveva vissuto in alberghetti e in camere d'affitto, e in questo ricordava un altro personaggio di quel tempo, Alberto Giacometti, che peraltro Mario aveva fotografato a Venezia quando stava allestendo la sua sala alla Biennale del 1962. La foto l'hai vista in studio da me, in corridoio.

Il gesto che piú rammento di Mario è quello di sollevare la macchina fotografica, che teneva appesa al collo o in mano come una signora la propria borsetta, e alzarla all'altezza degli occhi – non era molto alto ma sicuramente ben proporzionato –, quindi premere il pulsante. Guardava dentro l'obiettivo, ma solo per una porzione infinitesima di tempo, e la foto che ne usciva era sempre perfetta: raffigurava la vita che aveva colto in quell'istante. Come ha detto piú di una volta Tullio, parlando di queste immagini, sembra che tutti nella foto si siano fermati un attimo e nel contempo siano sul punto di muoversi, di riprendere a fare qualcosa. Mario fotografava la vita. Amava senza infingimenti la bellezza del vivere e le due parole erano, e sono per lui anche se non c'è piú, strettamente connesse. La bellezza era quella femminile senza dubbio. Penso alle foto di Jean Seberg nel 1959, e a quelle di Stefania Sandrelli giovanissima. La bellezza femminile, e non solo quella naturalmente, la intendeva come unione perfettamente congrua dell'eternità del bello e del tempo che fugge. Per dirla ancora con Tullio, tutto nelle foto di Dondero è in movimento anche se tutto sembra fermo, e quel movimento glielo ha impresso lui con il suo sguardo e con il *clic* ineffabile della macchina fotografica.

C'è una sua frase perfetta per indicare il suo stile di uomo e fotografo – due realtà sovrapposte e insieme invisibili singolarmente come i doppi vetri delle finestre –, in cui descrive il proprio lavoro: «Fotografare la vita è come raccogliere l'oro per strada, tu cammini e ti imbatti in situazioni che ti propone il caso, l'importante è avere i sensi allerta e captare le situazioni». Quel verbo «captare» è perfetto perché indica proprio quello che Mario faceva: «trarre a sé le cose» – e non solo le cose, captava anche le persone. Ci voleva tutta la sua leggerezza di *chansonnier*, di colui che orecchia musiche e le rifà, per guardare come guardava Mario: essere in sintonia col mondo intorno, cercare l'accordo, la concordanza tra sé e gli altri. Non era mai corrivo. Sceglieva sempre a chi rivolgersi con quella capacità d'intercettare la disponibilità dei suoi interlocutori. Loro quasi mai riuscivano a sottrarsi al suo fascino d'uomo gentile, garbato e sensibile. Gli piaceva cogliere al volo l'allegria, la gioia, l'ingenuità, la sorpresa, la disponibilità, la spontaneità e anche la schiettezza, qualità che restano impigliate nei suoi scatti. Le sue immagini sono come reti invisibili per portare a galla quello che gli uomini e le donne provano verso gli altri, verso il mondo come luogo dove tutto accade in modo imprevedibile. Non c'è mai dramma nelle sue immagini, non perché non volesse vederlo – è stato anche fotografo di guerre, ma mai di violenza –, bensí perché cercava sempre il lume della speranza in ogni luogo dove arrivava, sembrava che se la portasse dietro come una compagna fedele e silente.

Nell'ultimo periodo della sua vita, quando già stava male e s'era ritirato a Fermo: lui che era stato milanese, genovese, parigino e anche romano per un novero non indifferente di anni – ma quanti anni aveva Mario? molti piú di quelli che dichiarava la sua carta d'identità e anche molti meno di quelli che apparivano di primo acchito – s'era accasato nella città marchigiana con quel nome che sembrava il contrario di quello che faceva lui. Avrebbe dovuto abitare a «Mosso», in un paese il cui nome celebrasse il movimento che aveva compiuto nella sua vita, poiché non sembrava mai fermarsi o riposare, neppure quando stanco, sul divano, si assopiva quasi di colpo, e poi rinveniva e ci rassicurava che ci aveva sentiti parlare anche quando sembrava addormentato.

Ci sono molte fotografie sue che mi sono care. Una è quella che scattò a casa di Pier Paolo Pasolini nel 1962, nel periodo in cui il poeta e regista visse a Roma. Lo raffigura insieme alla madre, Susanna, cui il figlio somiglia tantissimo. Lei si trova dietro di lui, che è in primo piano.

Il personaggio è lui, ma la persona è lei. Non che Pasolini non abbia le fattezze d'una persona, tuttavia il fatto che sia lí davanti, con una parte del viso in ombra, ci dice che è lui il protagonista. Eppure la madre, appena fuori fuoco e quasi nascosta dietro di lui, sembra piú giovane del figlio. Non di molto, solo un po'. Uno strano ribaltamento d'età e di ruoli, che tuttavia Dondero non sottolinea. Lui sfiora la cosa, la mostra ma senza insistere su nulla. Sono loro che si sono messi cosí, uno dietro l'altro e lui, Mario, li ha solo colti al volo – per quanto nessuno possa dire se li abbia disposti lui o se se li sia ritrovati cosí, ma cosa importa? Li fa parlare di sé e del loro rapporto? Oppure è il fotografo passato di lí che ha bussato alla loro porta e ha chiesto garbatamente di fotografarli sapendo già cosa voleva? Chissà cosa gli ha detto Mario nel momento dello scatto, perché so per esperienza che lui continuava a parlarti mentre ti guardava dentro l'obiettivo, un flusso suadente di parole e di interlocuzioni. Qui Pier Paolo e Susanna sono muti e ci guardano. Meglio: ci traguardano, perché, per quanto in apparenza allineati con l'occhio di vetro della macchina, guardano oltre, e il sorriso di Susanna ha la meglio su ogni altra cosa. Pare che lei dica: «Ecco mio figlio». Ricorda, senza ricordarlo davvero, l'*Ecce homo*, senza però la passione e morte che pure ogni immagine di Pasolini *ex post* reca con sé.

L'altra fotografia che prediligo è probabilmente meno bella, meno iconica di questa in cui è raffigurato uno dei personaggi leggendari della nostra storia letteraria – anche se Dondero non l'ha fotografato in quanto leggenda, ma perché gli piaceva il suo modo di essere, la sua personalità umana. Si tratta di una fotografia scattata in Lucania, nel 1994, alla Festa del Maggio ad Accettura. Giulia se l'è trovata proiettata in un'aula universitaria, come ti ho raccontato, durante una lezione di antropologia. È una strana foto perché raffigura a destra un uomo abbracciato a un palo – è un albero in verità, o almeno lo era un tempo –, mentre a sinistra c'è qualcosa di bianco: è la Luna. Gran parte del rettangolo è occupata da una patina di colore grigio biancastro – piú grigio che bianco. Dondero ha dato un titolo allo scatto: *L'uomo che voleva raggiungere la Luna*. È evidente che l'arrampicato non arriverà sulla Luna; del resto non si vede neppure dove si estende il palo su cui è salito.

Luna e palo sono lontanissimi, eppure Mario ci ha visto uno che vuole raggiungere il nostro satellite, come se fosse un personaggio di Giacomo Leopardi, o delle *Cosmicomiche* di Italo Calvino, oppure sembra sbucato fuori da una bizzarra incisione di Grandville: un folle, un matto, uno strambo, che vuole salire fin lassú. Il «voleva» del titolo è un tempo imperfetto, e perciò perfetto per Mario Dondero: il tempo che non si chiude mai in quella scena, anche se è evidente che contenga qualcosa del passato. Accade, ma è già stato.

Mario era un uomo molto malinconico, ma nel contempo molto energico, e poi cosí garbato e insieme seducente. Si capiva che quella malinconia non poteva trasformarsi mai in tristezza, perché lui l'avrebbe smentita e rigettata. Era voglia di vivere, eterna voglia di vivere, e di ricominciare. Arialdo ha raccontato che negli ultimi giorni della sua vita s'era fatto portare una o due volte a mangiare nella sua osteria preferita a Fermo, o lí vicino. Per farlo aveva affittato un'autoambulanza. Se non è vero, ma io credo lo sia, è bene inventato, alla pari della sua vita di *chansonnier* che non smetto di riascoltare in una registrazione che abbiamo realizzato anni fa a casa di Melina, la figlia del suo amico Ugo Mulas, l'uomo con cui aveva iniziato a fotografare: una sola macchina fotografica in due. Ti ricordi? Te ne avevo parlato. Lo sai oramai: mi ripeto anch'io. Io che purtroppo non sono nemmeno intonato come Mario, né possiedo, ahimè, il suo inconfondibile *savoir-faire*.

Macerie a Milano

Non so se conosci via Cusani. Magari qualche volta ci sarai passato, dato che è una strada del centro di Milano. Non lontana dal Castello Sforzesco, il grande bastione voluto dai Visconti e ricostruito da Francesco Sforza nel 1450. Quasi cinquecento anni dopo, nel corso del 1943, le fortezze volanti alleate, immaginate in qualche modo da Leonardo con le sue macchine, hanno bombardato la città a piú riprese. La notte tra il 12 e il 13 agosto, oltre cinquecento aerei hanno sorvolato le case e hanno sganciato oltre mille tonnellate di bombe. In via Cusani l'effetto è stato deleterio, una parte del palazzo ottocentesco situato al numero 10 è venuta giú, mentre il blocco posteriore, piú arretrato, è rimasto intatto. A un anno di distanza nella parte di edificio ancora in piedi è nato Gabriele Basilico.

La storia l'ha raccontata lui molte volte, a voce e per iscritto. Mi ricordo che una sera, quella in cui l'ho conosciuto, eravamo in una pizzeria non lontano da via Cusani. Mentre aspettavamo di entrare Gabriele parlava della propria vita, di quando aveva iniziato a fare il fotografo professionista e lo scultore Arnaldo Pomodoro gli aveva chiesto di documentare certe sue opere ma lui aveva declinato l'invito: «Pensa, insieme eravamo pomodoro e basilico». Poi il discorso aveva riguardato i palazzi all'intorno, tutti edificati dopo la fine della guerra. Gabriele era tornato a parlare della frenesia del mattone che aveva ripreso i milanesi appena terminato il conflitto mondiale, una smania ricominciata da qualche tempo, che ancora non s'era arrestata.

In quel momento andava ritraendo *la città che sale*, vorticosa e tumultuosa quasi come nel quadro di Boccioni, dopo la stasi degli anni Settanta, quando lui aveva colto, forse senza rendersene conto, i segni della prossima dismissione industriale della città. Gli scatti che avrebbero composto *Ritratti di fabbriche*, aveva ricordato, erano stati realizzati alla fine dei Settanta la domenica nei luoghi deserti delle prime periferie, ma erano stati letti come ritratti dell'avvenuta deindustrializzazione, la quale invece sarebbe cominciata solo negli anni Ottanta.

Quella sera – c'era anche Stefano che ci aveva presentati – a tavola parlammo dei bombardamenti alleati e delle macerie prospicienti la sua casa. Raccontò che erano state ricomposte a mucchi, assemblando quelle cadute a seguito delle esplosioni con quelle delle demolizioni degli edifici pericolanti che erano seguite. Su questi detriti Gabriele aveva giocato durante l'infanzia utilizzando i rialzi artificiali. Ho pensato spesso, osservando le sue fotografie, a quelle macerie, ai rottami, ai detriti, mentre guardavo i palazzi che lui ha fotografato nel centro di Milano. Cosí m'era sembrato un destino che fosse chiamato proprio lui a Beirut nel 1991 a documentare gli effetti della guerra nell'area centrale della città libanese in mezzo a quelle case smozzicate dai colpi d'arma da fuoco nell'eterno conflitto mediorientale.

Adesso in via Cusani al posto della sua vecchia casa c'è uno di quei palazzi moderni di cui si fregia questa città modernissima, la quale cresce divorando sé stessa con sollecitudine e assoluta praticità. Gli ultimi detriti Milano, che è a suo modo anche neghittosa quale giusto contrappeso alla propria frenesia, li ha trasformati in una collina che non aveva, un rialzo poco piú su della piattezza della Pianura. Macerie non rovine, perché le rovine Milano le ha subito impiegate per costruire o ricostruire, oppure le ha sepolte. Forse non è un caso che la parola «maceria» venga da *macerato*, «infradicito», com'è scritto in un commentario del IV secolo d.C. di un'opera di Terenzio. A Milano c'è una collina chiamata il Monte Stella, detta anche «La Montagnetta»: qui non si butta via niente.

Tempo fa, quattro anni prima che la pandemia investisse la città e la regione attorno, avevo scritto di un suo libro, *Milano. Lettera alla mia città*, che mi aveva molto colpito. Credo di avertene parlato. Non so se tu hai poi avuto modo di guardarlo, il volume. Gabriele era scomparso da poco. Contiene il racconto della sua città in bianco e nero: strade deserte, capannoni industriali, lampioni, e poi i grandi palazzi del centro e le periferie, il tutto colto con occhio sironiano. Davvero un libro emozionante per chi conosce Milano, e probabilmente anche per chi non la conosce e solo l'immagina. Attraverso questi scatti chi l'ha scarsamente frequentata come te può figurarsi una metropoli poco seducente, a tratti persino brutta, eppure è dotata d'un fascino strano cui è difficile sottrarsi.

Città di mattoni e cemento, nelle fotografie di Basilico Milano s'apre all'improvviso nel colonnato interno di Sant'Ambrogio, nelle vestigia romane di San Lorenzo inglobate perfettamente nell'arredo urbano, e nelle guglie sottili e senza tempo del Duomo, rivelando cosí la sua doppia anima. Se avrai modo di guardare il libro t'accorgerai che a un certo punto, qualche anno prima della sua scomparsa, Basilico aveva cominciato a fotografare Milano in un modo diverso, a colori, come del resto faceva per le altre cento città del mondo che ha ritratto nel corso della sua attività di topografo della tarda modernità.

In fondo al volume ci sono diversi scatti dedicati all'area cosiddetta Garibaldi-Repubblica, dove sono sorti negli ultimi anni gli alti edifici, i grattacieli, che hanno cambiato lo skyline di Milano: la torre Pelli dell'Unicredit, il cosiddetto Diamante, il Bosco verticale, il grattacielo della Regione e gli altri edifici residenziali, che fanno somigliare quel luogo di Milano alle altre città del mondo che hanno innalzato grattacieli nel loro centro come un inno alle «magnifiche sorti e progressive».

Era quella una zona rimasta vuota dal tempo del bombardamento in cui era crollata parte della casa di Gabriele, inutilizzata per decenni e decenni. Ricordo che una delle prime volte che sono venuto a Milano con mio padre per visitare la Fiera Campionaria lí c'era un luna park. In quelle fotografie del 2006 Gabriele ritraeva gli scavi per la fondazione dei palazzi, che poi sono sorti a orgoglio del fare

meneghino. Sono istantanee che mostrano enormi buchi. Non delle voragini, bensí il vuoto che è necessario creare prima di erigere il nuovo.

Milano sorge su un vuoto, lo crea o lo ha già, come nel caso dei bombardamenti o degli spazi vuoti rimasti, e subito lo riempie. Alla fine degli anni Settanta Basilico aveva ritratto Milano: un deserto di ciminiere e capannoni. Poco prima di morire ci ha invece mostrato l'altra faccia: il vuoto che c'è sotto Milano, la sua ansia di riempire quei buchi edificandovi sopra palazzi. Il vuoto è un tema fondamentale nella sua fotografia. L'ha scritto lui stesso, e Giovanna, sua moglie, ha voluto che una sua frase sul vuoto fosse riportata all'inizio di una mostra che è stata realizzata a Milano, a Palazzo Reale e alla Triennale. Se ti ricordi, te ne ho parlato incoraggiandoti a venire a vederla prima che chiudesse.

Gabriele l'aveva pronunciata in un dialogo con un altro fotografo suo amico, Giovanni Chiaramonte, anche lui ora scomparso, entrambi avevano partecipato a *Viaggio in Italia*, la mostra promossa da Luigi Ghirri. Quel dialogo era stato poi pubblicato, e la frase era questa: «Fotografavo il vuoto come protagonista di sé stesso, con tutto il suo lirismo, con tutta la sua forza umanizzante e con la capacità di comunicazione, perché il vuoto nell'architettura è parte strutturante, integrante, del suo essere».

Quando è andato nella regione a Nord della Francia, in Piccardia e in Normandia, su invito della Mission Photographique de la DATAR, la Délégation à l'Aménagement du Territoire et à l'Action Régionale, raccontava di aver scoperto che lí il paesaggio era modulato da dune e alture, e dietro alle alture c'erano paesi composti di case basse disposte lungo una linea immaginaria. Forse gli erano venute in mente alcune fotografie di Walker Evans, come raccontava quella volta a Giovanni Chiaramonte. C'erano in quel luogo degli insediamenti senza nome, composti di roulotte, cabine assemblate con legno, latta, plastica, delle città senza storia né memoria, città senza forma, precisava. L'avevano colpito e affascinato i vuoti abbandonati di questi spazi e come si coniugassero con il segno dell'infinito. Avevo pensato che le immagini di queste cittadine lineari e senza nome fossero quelle fotografate da Evans e altri americani durante il periodo della depressione. Ma forse no, è solo una mia immaginazione. Certo è che il vuoto è una presenza fondamentale nelle fotografie di Gabriele.

Vuoto e macerie, e insieme un'altra cosa che mi ha sempre colpito: la luce. Tu mi dirai che per un fotografo la luce è una ovvietà, qualcosa di normale e di necessario. Ma come sai ogni fotografo, come ogni pittore, usa la luce in un modo particolare e la luce di Milano è naturalmente una luce diversa da quella di Roma o di Napoli, e anche da quella di Venezia e di Torino, pur essendo tutte e due città settentrionali. Provo a spiegarmi raccontandoti una cosa che mi ha riferito Giovanna.

Quando tra il 1978 e il 1980 Gabriele è andato a fotografare quelle fabbriche della periferia di Milano usava con gli amici l'espressione «magica sospensione luminosa». L'aveva ripetuta sino a che loro avevano preso a canzonarlo per la formula. Se osservi le fotografie di *Ritratti di fabbriche* quando le vedrai di nuovo esposte – c'erano nella mostra romana ma non ti ho avvisato per tempo – ti renderai conto che non c'è una sola nuvola in cielo. La luce è pulita, tersa, insomma omogenea. Ci sono le ombre, e dentro le fotografie i pali della luce, i cartelli stradali, che poi manterrà negli scatti successivi di altri lavori, ci sono spesso automobili e motociclette, non li cancella, non li esclude: c'è quello che c'è quando fotografa.

L'altra cosa che mi colpisce è che ovunque lui fotografi, nelle piú diverse e varie città del mondo, c'è sempre qualcosa di Milano e quel vuoto; forse è l'effetto delle macerie su cui aveva giocato da bambino. Anche nelle immagini in cui c'è un troppo pieno, un eccesso di dettagli. Mi sembra che man mano abbia allargato il cerchio dei luoghi da ritrarre partendo da Milano – in Sudamerica, in Oriente e in Russia da ultimo –, che sia cresciuto il suo desiderio di includere il tutto che vedeva dentro il rettangolo fotografico.

Può sembrarti un paradosso, ma in lui convivono proprio questi due aspetti in apparenza antitetici: il tutto e il vuoto. Guarda bene, avvicinati alle fotografie, in particolare quelle grandi che troverai esposte. Anche se ti impegnerai a esplorarle con cura non riuscirai a vedere tutti i dettagli che le compongono, in particolare se si tratta di megalopoli orientali o sudamericane viste da distante, dall'alto.

L'immagine fotografica di Gabriele Basilico è un insieme pieno, mentre il vuoto è la condizione in cui si guarda, e anche si vive: è la città ritratta. Queste città enormi, smisurate che lui ha cominciato a osservare dentro il pozzetto della sua macchina fotografica da un certo punto in poi – ricordo dei grandi pannelli fotografici nel suo studio che occupavano intere pareti – sono città senza confini, slabbrate, interminabili, estese in ogni direzione. Simili alle città invisibili descritte da Calvino. Ti stupiscono senza dubbio: attraggono e respingono insieme. Ma osservando il modo in cui Gabriele le fissa nei suoi scatti mi sono reso conto che il suo sguardo scava lí dentro e ci fa capire che quel formicaio esteso, visto da lontano, è pieno di vuoti, di spazi sgombri, non occupati, solitari e disabitati, proprio come quelli della sua Milano degli anni Settanta, perché i due opposti, il pieno e il vuoto, convivono insieme nel medesimo universo edificato.

Ne ho parlato alcune volte con lui, o a volte ero io ad ascoltarlo quando vedevamo qualche mostra insieme: lui amava questa duplicità, cosí come la può amare un architetto che poi è diventato fotografo e non ha mai costruito nulla. O meglio niente che non ci fosse già, qualcosa che poteva essere ritratto come la sua Milano che è stata la sua città ideale, per quanto sia stata e continui a essere una città interrotta, non finita come diceva. Era lui la formica che scavava con l'occhio il suo spazio vuoto dentro le megalopoli che vedeva e ritraeva. Stefano ha detto una volta che la città di Gabriele conteneva l'«oblio discreto», una formula singolare, ma confacente al suo modo di guardare e fotografare.

C'è una storia molto esemplificativa che mi riferí Giovanna mentre allestiva la mostra in Triennale. Si è fermata e si è messa a raccontare. Una volta Gabriele porta la prova di un libro che sta realizzando – il titolo è *La città interrotta* –, tutto dedicato a Milano, alla sua maestra di yoga nello spazio dove lui e la moglie praticano. Lo mostra alla maestra. Subito altre persone si radunano intorno curiose mentre lui gira le pagine delle bozze. A un tratto una signora del gruppo si mette a piangere di colpo e sbotta: – Lei ha mostrato Milano troppo triste e brutta –. La donna aveva ragione, la sua città è anche cosí. Gabriele non era preoccupato che quello che fotografava – vie, strade, piazze, edifici, monumenti, caseggiati, fabbriche, supermercati, paesaggi urbani – fosse bello o brutto. Era quello che si vedeva, quello che vedeva lui. La tua città non è né brutta né bella, è semplicemente la tua città. Tu mi capisci, vero?

Via Volta 20

Il custode siede nel suo pertugio dietro un vetro. Provo a spingere la cancellata interna per entrare nel cortile, ma è chiusa. Allora cerco di parlargli. Lui apre il vetro facendolo scorrere. Gli spiego:

– Qui ci abitava uno scrittore.

Mi chiede quanto tempo fa.

– Quasi trent'anni fa.

– Ah! – dice lui. – Io sono qui solo da tre anni.

È un sudamericano come molti dei portieri di Milano, che hanno preso il posto degli immigrati meridionali, e prima di loro c'erano gli emiliani scesi dalla montagna. Si convince ad aprirmi. Fa scattare il pulsante ed entro nel cortile. Mi viene appresso, forse non si fida. Gli dico che vorrei solo vedere le scale e scattare una foto con il cellulare. Mi interessa l'ascensore, specifico. Ha un impercettibile moto di diffidenza, poi vede che scatto davvero delle foto alla scatola nera che occupa lo spazio da cui si dipartono le scale. Hanno segato parzialmente i gradini e la ringhiera per farci entrare l'ascensore, cosí che le scale ora sembrano portare a un ripostiglio e non agli appartamenti borghesi di un bel palazzo milanese.

Enzo abitava qui al numero 20 di via Volta. Una casa ottocentesca con un portone molto grande, troppo grande in altezza, come in tanti dei palazzi del centro. S'era trasferito in questa abitazione con Caterina nel 1971 e ci sono rimasti per ventiquattro anni. Varie volte sono venuto qui a trovarlo. Allora abitavo in Brianza, come sai, e la conoscenza con Enzo era cominciata lí. Era molto garbato; di piú: era affettuoso e sorrideva mentre parlava. Aveva all'epoca quasi sessant'anni. Ci eravamo trovati in sintonia.

Enzo era una persona molto semplice e molto complicata nel medesimo tempo; sicuramente aveva una grande capacità di mettersi in relazione con gli altri: simpatizzava in fretta e insieme era diffidente. Non in modo immediato o preventivo, perché possedeva una certa ingenuità e spontaneità, ragione per cui aveva reazioni differite, a distanza di tempo; a volte erano anche dure e sommarie. Un suo editore, che doveva conoscerlo bene, ha scritto che era un timido e aveva aggiunto quale contrappeso un aggettivo quasi opposto: inflessibile. Lo era. Prima di tutto con sé stesso.

Ogni volta che faceva qualcosa sembrava gettare il proprio cuore oltre l'ostacolo, e quell'ostacolo era il mondo che non gli si confaceva, che non gli corrispondeva, per cui si ritraeva deluso. E da questa delusione emergeva una forma di tensione verso il mondo in generale. Non un semplice rimprovero, ma qualcosa che aveva a tratti la forma del conflitto. Era ferito, ma dire chi o cosa gli avesse arrecato questo danno non è facile. Non è un caso che la parola «ferita» figuri nel titolo del suo primo libro.

Sono uscito dal portone della casa e mi sono diretto verso il Cimitero monumentale. Via Volta continua in via Cenisio al fondo della quale si trova il secondo monumento piú visitato di Milano. Vincenzo Consolo ne parla, di questo cannocchiale, in almeno due passi dei suoi scritti, specificando che dalla sua abitazione si vede il Famedio sotto cui è sepolto Alessandro Manzoni, un autore caro al suo amico Leonardo Sciascia, ma che mi pare, nonostante tutto, a Enzo non piacesse fino in fondo: forse troppo cattolico. Sono giunto all'altezza del piazzale intitolato ad Antonio Baiamonti, un politico dalmata del passato, sindaco per vent'anni di Spalato; è uno spazio che non sembra avere una forma precisa, poiché è disegnato dalle strade che vi si incrociano: non è una vera piazza, piuttosto un piazzale, appunto.

Giro per via Farini. Luigi Carlo Farini è un nome per noi emiliani notissimo, poiché non c'è città della regione che non abbia una via del centro intitolata a lui. Medico, storico, patriota, è stato dittatore dell'Emilia nel momento in cui venne annessa al Regno d'Italia. Anche di questa via scrive Consolo in almeno uno dei suoi articoli apparsi sul quotidiano «L'Ora» di Palermo, il giornale a cui collaborava negli anni Settanta. Deve esserci passato piú volte perché la descrive con precisione indicandola come una direttrice che porta fuori Milano, verso Affori, un tempo un piccolo paese in una zona di ospedali psichiatrici. Parla della chiesa di Sant'Antonio, ai suoi occhi brutta, con la statua del santo in cima al campanile: è l'uomo sacro di Padova, quello di tanti miracoli. La chiesa è costeggiata da due strade che convergono ad angolo. I frati hanno un centro d'appoggio per le persone senza fissa dimora, per i poveri che oggi sono tanti a Milano. Per cui in certi giorni ci sono lunghe file di questuanti, silenziosi e dignitosi nonostante tutto; in particolare durante la pandemia del Covid era tutto un affollarsi di uomini e donne, forse piú uomini che donne.

Su un lato ci sono un parcheggio e un riquadro verde dove stazionano centinaia di piccioni che volteggiano sulla chiesa. La ragione del raduno dei pennuti è una fontana, una curiosa vasca d'acqua a forma di cuspide arrotondata nel lato piú lungo e dotata di due zampilli per bere. Sul lato piú corto c'è una statua del santo, che si protende verso l'acqua, anteponendo le mani, opera del 1932 di Giuseppe Maretto. Tutto intorno c'è una scritta incisa nella pietra: «UDITE LA PAROLA DI DIO VOI PESCI DEL MARE E DEL FIUME». Non è l'unica fontana del genere, come ricorda ancora Consolo nel suo articolo *Morte d'un samaritano fra cinismo e kitsch*.

Nell'agosto del 1975, forse tu lo rammenterai con l'attenzione che poni sempre a fatti del genere, nella fontana di via Farini fu trovato morto un deputato della Democrazia cristiana, Franco Verga. Era adagiato nella vasca in trenta, quaranta centimetri d'acqua con un rosario tra le dita, mentre sul bordo aveva posto una statuetta della Madonna e una lettera d'addio era fissata col nastro adesivo alla statua; aveva lasciato anche 4500 lire per una messa in suo suffragio. Un suicidio, per quanto poi si sia parlato anche di omicidio, ipotizzando che la sua morte fosse legata a uno scandalo edilizio di parecchi miliardi del Coi-Nord, un consorzio creato dall'organismo fondato e diretto da Verga, il Centro orientamento immigrati. Verga era nato a Milano nel 1929 da genitori originari della Sicilia, era stato in seminario, poi s'era dedicato alle opere sociali. Consolo racconta di questo cattolico milanese, il «samaritano» del titolo, parlamentare della Dc, e del suo attivismo «frenetico» e, anche, dell'imputazione per associazione a delinquere, bancarotta fraudolenta e truffa ai danni dello Stato, per cui i giudici avevano chiesto alla Camera di poter procedere contro di lui.

Non so se Enzo fosse solito passare da queste parti, cosa che invece capita sovente a me, poiché da oltre vent'anni entro da qui nella Stazione Garibaldi per poi prendere il treno diretto a Bergamo dove insegno. C'è un lungo sottopassaggio che immette ai binari e anche alla stazione sotterranea, chiamata il Passante ferroviario, una costruzione faraonica e insieme minuscola, una stazione non-stazione, che prima o poi ti porterò a vedere. Serve a far passare i treni sotto la città senza coinvolgere la Stazione Centrale – che come sai è una stazione di testa – e farli correre dai centri urbani posti a nord nella direzione est e sud. Nessun edificio interpreta cosí perfettamente l'idea che Milano aveva di sé negli anni Ottanta.

Nel suo articolo Enzo parla in modo molto severo del deputato democristiano e dello stesso cattolicesimo milanese, che fa partire dal Seicento, dalla vicenda della peste, dai penitenti e dalle processioni di Carlo Borromeo, cui riferisce non solo le storie degli untori, di cui ha parlato il suo amico Sciascia, ma la costruzione nei Sacri Monti delle scenografie di Tanzio da Varallo, che a lui non piacciono molto. Una linea che passa attraverso il fascismo e arriva sino alla Democrazia cristiana, nei confronti della quale Consolo è fortemente critico. Non è affatto tenero verso Verga, anzi piuttosto sferzante tanto da citare il libro di Sciascia *Todo modo*, e individuare in questo personaggio l'esempio del «frenetico attivismo lombardo che, incanalato nel commercio o nella piccola industria, fa diventare ricchi fino ai miliardi»: «un cattolicesimo sordo, tetro, fatto di fanatismo, di pervicacità e a volte anche di violenza».

Enzo l'avevo incontrato nel 1992, o poco prima, quando aveva pubblicato *Nottetempo, casa per casa*, con cui aveva vinto il Premio Strega. Era un anno senza dubbio allegro per lui, o almeno cosí mi pareva, visti i riconoscimenti che aveva raccolto con quel libro. Una delle sue caratteristiche era proprio una forma particolare di malinconia, che s'intuiva già in alcune pieghe della bocca, quando iniziava a parlare, per quanto avesse quasi sempre un bel sorriso. Sia l'uomo che lo scrittore, Enzo e Vincenzo Consolo, possiedono un senso preciso del destino e la convinzione che l'esistenza umana si presenta sotto forma di macerie. Le parole che usa nei suoi libri, a partire dal *Sorriso dell'ignoto marinaio*, somigliano a grandiose rovine. Di termini antichi, desueti, di vocaboli morti, simili a urne, a sacelli, a sontuosi sepolcreti.

A quel tempo, quando iniziai a salire al terzo piano della casa in via Volta 20 non sapevo ancora dell'andare e venire di Enzo dalla Sicilia a Milano e viceversa. Non conoscevo la vicenda della sua iscrizione alla Cattolica, alla facoltà di Giurisprudenza nel 1952, dove, oltre a essere stato compagno di studi di futuri notabili Dc, aveva avuto modo d'incontrare padre Gemelli mentre attraversava i cortili interni dell'università su una sedia a rotelle con occhi terribilmente saettanti, come ricordava, che incutevano timore agli studenti, e soprattutto alle studentesse che non vestivano il grembiule d'ordinanza. Enzo non si era laureato lí. A causa di un disguido burocratico non aveva avuto l'esenzione dal militare e aveva interrotto gli studi per correre a indossare la divisa per qualche tempo. E poi alla fine aveva preso la laurea all'Università di Messina.

I Consolo, la famiglia da cui veniva, erano commercianti di Sant'Agata di Militello, e per non piegarsi a quel mestiere che non sentiva suo, s'era messo a insegnare in scuole della provincia. Aveva conosciuto il poeta e nobile siciliano Lucio Piccolo, un suo maestro diceva lui, che gli teneva concioni interminabili, e poi anche Leonardo

Sciascia, dopo aver pubblicato il suo primo libro, che lo prese sotto la sua ala protettrice. Fu lui, l'ex maestro elementare diventato scrittore e intellettuale notissimo, a spingerlo a tornare al Nord.

Qualcuno diceva anni dopo che era stato lo scrittore di Racalmuto a procurargli il lavoro alla Rai di corso Sempione, ma è piú probabile che lo debba a una segnalazione di Basilio Reale, suo amico carissimo, poeta, psicoanalista junghiano, con studi a Zurigo, cui si rivolgeva ogni tanto per interpretare alcuni suoi incubi. Uno di questi era ricorrente: sognava di scoprire un'antica biblioteca sotterranea, dove erano stati accatastati centinaia di rotoli sugli scaffali, ma mentre cercava di prenderne uno, l'incartamento si dissolveva come se fosse composto di cenere.

A Milano ci era tornato quindi il 1° gennaio 1968 in treno, sbarcando alla Stazione Centrale. Quel posto di lavoro alla Rai gli era poi servito per guadagnarsi da vivere per vari anni, e lí aveva anche conosciuto Caterina. Ma nel 1975 aveva cercato di lasciare Milano. Chiesto un congedo, s'era messo a fare il giornalista. Non si trovava bene alla televisione di Stato piena di democristiani, e aveva avuto parecchi attriti per via dell'ipocrisia pelosa dell'ambiente. Non sto a raccontarti tutte le vicende che si legano poi alla sua scrittura e all'uscita dei libri a partire dal *Sorriso*. Nel racconto che ne ha fatto lui stesso in seguito s'intrecciavano una serie di eventi casuali, alcuni fortunati, ad esempio quelli riguardanti il suo lavoro di narratore, che è stato simile a un'immersione in qualcosa di sconosciuto persino a lui, uno scendere in luoghi oscuri, per riaffiorare con pagine che possiedono la forza di reperti del passato. Quasi come nel sogno, ma portando con sé pagine stupende.

Era quindi ripartito di nuovo per il Sud, dove non aveva trovato che storie di mafia, di soprusi, di corruzione che l'avevano amareggiato, ma gli avevano anche fornito spunti e temi per le scritture. Alla fine era tornato in quella Milano che non amava, e che tuttavia era diventata casa sua. Un disperso, e a volte persino un disperato, come capitò negli anni Novanta, quando la Lega elesse il suo primo sindaco milanese, Marco Formentini. Enzo disse, con quella rabbia che a volte gli esplodeva in modo calmo e risoluto sul viso e lo spazientiva fino a condurlo ad affermazioni piú che nette, che se Formentini fosse diventato sindaco lui se ne sarebbe andato da Milano, non da meridionale scontento, bensí da milanese che non sopportava i leghisti e i loro accoliti. Cosí come era stato duro con i democristiani, con gli ex compagni della Cattolica, lo fu con i membri del partito xenofobo di Umberto Bossi. Tuttavia non partí. Restò lí. Visse ancora per un po' in via Volta 20.

Il libro che ho piú amato di Consolo è *Le pietre di Pantalica*. La scorsa estate sono andato per la prima volta a vedere quelle zone tra Sortino e Ferla, alla confluenza delle valli del torrente Calcinara e del fiume Anapo. Sono territori che tu conosci bene, visto che ci sei stato piú volte. Non sono lontani da Siracusa, città dove vai quasi ogni anno a vedere le tragedie classiche al teatro greco. La necropoli di Pantalica è uno spettacolo unico, con quelle tombe a grotticella e i buchi scavati nella roccia, che sembrano tante finestre nere che costellano la montagna: un antico condominio senza la regolarità monotona delle facciate edilizie dei palazzi moderni. Nere finestre che spiccano in contrasto con la pietra tufacea bianca, cosí da apparire riposanti. Terra di inumazioni, di morti, che sembrano, quando Consolo li racconta, piú vivi dei viventi. Morti assenti, eppure presenti. Un luogo di pace e di refrigerio con le sue acque sempre freddissime anche d'estate, in cui Anna, Giulia e Olivia si sono buttate con decisione. Io ci ho immerso solo i piedi.

Ho ripreso in mano una copia di quel libro dedicato a Pantalica, in cui peraltro parla solo di scorcio di quel luogo arcaico, ma la cui titolazione è decisiva come sai, per rileggere quello che mi sembra il suo racconto piú bello, il piú autobiografico. Una storia che Enzo dedica ad Antonino Uccello, maestro elementare. Salito anche lui al Nord, nel 1947, per fare l'insegnante, Antonino diventa il simbolo di tutto quello che deve aver sfiorato e toccato piú volte Enzo: il desiderio di inabissarsi di nuovo nel Sud, in Sicilia, e lí forse di scomparire. Antonino è l'alter ego di Vincenzo, il suo doppio impossibile.

Nato nella parte greca della Sicilia sud-orientale, era infatti originario di Palazzolo Acreide, sopra gli Iblei. Si era trovato un posto al Nord, di maestro elementare a Cantú, la piú brianzola delle città lombarde – «centro ordinatore della Brianza comasca» la definisce la guida del Touring Club, ma a mio parere è l'ordinatore della Brianza tutta con il suo frenetico attivismo e la lavorazione del mobile. Nello stemma della città di Cantú, riconosciuto da Benito Mussolini con decreto, ci sono una torre e un cane che s'erge sulle zampe posteriori con la lingua fuori di colore rosso, alto pari al torrione. Un dettaglio decisivo: il collare che evidenzia la sua natura non libera di canide.

Cosí dovette sentirsi Antonino Uccello, siciliano in cattività in quel luogo del Nord, che a Vincenzo Consolo appare ben poco gaddiano, poco salubre e ironico, piuttosto «luogo di diossina e di massacri, di dorata grascia, d'alani sbranatori e bunker antiatomici». Come sai a Cantú abita Mario, amico di una vita, che nonostante i miei inveterati inviti non si è mosso mai da lí, se non di qualche centinaio di metri in linea d'aria nel corso di settant'anni.

Per tornare alla storia di Antonino, bisogna dire che il maestro elementare aveva un chiodo fisso: appena poteva rientrare in Sicilia si metteva a battere le campagne in compagnia del padre, uomo conosciuto e stimato, per raccogliere e recuperare quello che i contadini di là gettavano via – oggetti di casa, attrezzi da lavoro, strumenti di gioco e divertimento, mobili e cassettiere, quel numero finito d'oggetti che costituivano la forma stessa del modo di vita contadino. Era il rifiuto di un mondo che era stato per loro d'oppressione, una maniera per andare incontro a quella modernità che Uccello doveva aver conosciuto negli anni canturini insieme ai suoi abitanti, cosí simili a quelli raccontati da Lucio Mastronardi, però mobilieri invece che calzolai.

Spiega Enzo in quelle pagine, che recano come titolo *La casa di Icaro*, non era «per nostalgia o struggimento che stravolge in mito, in paradiso l'inferno che si è lasciato» che Antonino faceva questo, ma era a causa dell'«inquietudine per un'idea, un chiodo che dentro s'era infisso già subito nel dopoguerra, dal tempo dell'occupazione delle terre». Aveva visto la dissoluzione di un mondo attraverso il fallimento della riforma agraria, l'esodo dalle campagne, l'emigrazione all'estero. Qui Consolo prende le distanze da Vittorini, dai suoi percorsi lombardo-siculi e si immerge fino in fondo nella disperazione attiva di Antonino che sta lontano, in Brianza, e si dedica alla raccolta delle vecchie cose di casa e di campagna dei suoi conterranei solo nei pochi momenti in cui torna sull'Isola durante ferie e vacanze da scuola. Cosí decide di trasferirsi al paese con la moglie Anna e i due figli. Vende l'alloggio dell'Ina-Casa comprato a riscatto a Cantú e torna nel 1960 a Palazzolo. Acquista la casa di un massaro, che si pensava infestata di fantasmi, e perciò di poco prezzo, e la riempie di tutte le cose che aveva accumulato fino ad allora, «in aperta lotta con le case fresche di cemento stipate di mobili in "stile" Cantú», e costruisce un suo museo.

Non è forse quello che ha fatto Enzo senza andarsene da Milano? Davanti al terremoto, all'alluvione, alla mareggiata che distruggeva quel mondo lasciando una desolata risacca, come scrive – qui io ricopio, riassumo, taglio e cucio, cerco di capire e farmi capire da te –, che «offriva ai mercanti, speculatori, indifferenti collezionisti, alla rinfusa, i detriti d'una cultura ormai defunta», Enzo comincia a scrivere i suoi libri disperati e sontuosi. Non può tornare a Sant'Agata di Militello in provincia di

Messina, troppe cose lo legano nonostante tutto a Milano, e non gli resta che fare come Antonino Uccello: fa il suo museo, che però sarà composto di parole. Probabilmente a differenza delle cose raccolte dal suo amico, le parole possono essere abitate e riusate come cose vive. Leggere e fragili le parole possono resistere al tempo se diventano letteratura.

L'ultima volta che Enzo ha incontrato Antonino a Palazzolo gli chiese di accompagnarlo alla necropoli di Pantalica. Il racconto di quel viaggio, che ha al suo centro il miele bianco, occupa una pagina e mezza. Non te lo riassumo. Leggilo tu, poiché ho ancora un'ultima cosa da raccontarti di Vincenzo Consolo detto Enzo. La storia della scala.

A un certo punto, dopo qualche anno che lo frequentavo, Enzo mi disse che intendeva trasferirsi, lasciare quell'edificio ottocentesco. – Perché mai? – chiesi. – È una casa cosí bella e poi in un luogo piacevole di Milano –. Mi rispose che di lí a poco avrebbero installato un ascensore. Una comodità, certo, ma per farlo dovevano tagliare le belle scale, ridurle a moncherini, segando i corrimani di legno e le vecchie ringhiere: modanature, cornici e ferri sarebbero stati buttati via come quegli altri oggetti, mobili e strumenti dei contadini siciliani. Lui non voleva piú abitare in una casa simile. Per cui nel dicembre del 1995 s'è spostato con Caterina in corso Plebisciti, al numero 9, sempre a Milano, che non ha mai piú lasciato, almeno fino al 2012.

Adesso Vincenzo riposa a Sant'Agata di Militello nella cappella della famiglia Consolo. A noi restano pagine meravigliose e a me ricordi che mi fanno compagnia alla pari dei suoi libri. Una cosa curiosa: solo di recente mi sono reso conto che il cognome di Enzo è *Consolo*, probabilmente viene dal verbo «consolare», sollevare da uno stato di evidente afflizione. Pippo, a cui ho scritto per sapere del cognome di Enzo, mi ha detto che nel dialetto siciliano la parola «consolo» si riferisce alla tradizione di apparecchiare in occasione dei lutti un vero e proprio complesso apparato, con le vicine di casa che si installano nell'abitazione del morto, intonando preghiere e lamenti, unendo il tutto al cibo da loro apprestato, per sopperire alla mancanza di tempo dei congiunti, presi dal lutto e dalle visite: *u cònsulu*.

Fernando & Ferdinando

Mimí ci aspetta alla porta secondaria, quella da cui entrano i visitatori. Lei abita qui da tempo. C'è venuta a vivere con Natale, che è uno degli eredi della villa e anche il suo inevitabile storico. Appena aperto il cancello il custode l'interpella: – Professoressa, c'è la posta –. Imbocchiamo il breve vialetto e facciamo un giro intorno alla villa procedendo dalla parte sinistra. Ci fermiamo davanti alla porta dell'abitazione di Mimí posta al piano terra. Prima lei e il marito abitavano al piano superiore, nella zona nobile, che era fredda d'inverno. Lo dice con una certa malinconia.

La villa è la celebre Villa Palagonia. Sono venuto qui con Gianfranco arrivando a Palermo in aereo per un seminario, che si terrà tra un paio di giorni a Erice. Ad attirarmi sono i mostri che si ergono da secoli sul muro di cinta. Incredibili e magici, sono loro i veri custodi della villa e anche i suoi autentici abitanti. Tutti gli altri, cosí mi pare, sono solo degli ospiti. Invece, quando chiedo a Mimí, che è una parlatrice instancabile, come hanno vissuto qui lei e Natale, com'era abitare una casa cosí, dalla risposta si capisce che lei appartiene all'edificio in tutto e per tutto, per quanto si senta responsabile del suo passato e anche del presente decadimento: la pietra porosa del luogo l'ha fatta sua.

Non mi hai detto se in uno dei vostri viaggi invernali e primaverili in Sicilia tu e Liliana siete stati qui. Prima di venire mi sono documentato leggendo varie cose tra cui un vecchio libro di Giovanni Macchia che avevo comprato molti anni fa ed era rimasto sepolto tra altri nella casa di Mondonico. Sono dei viaggiatori antichi le pagine piú belle. Dalle vecchie cronache estraggo alcuni passi per tuo beneficio, ammesso che non ti sia già documentato. Il 28 giugno 1770 Patrick Brydone arriva a Palermo e punta subito a Bagheria, località situata a est della città. Visita le ville che vi si trovano e in particolare una di cui ha sentito molto parlare. Appartiene al principe di P., scrive, proprietario d'una immensa fortuna che si è dedicato allo studio di chimere e mostri. La casa è circondata da un esercito in miniatura, scrive Brydone nel racconto. Si tratta di statue fatte realizzare dal principe, «teste umane sopra corpi di animali di ogni genere, e teste di animali su corpi umani; [...] mette una testa di leone su un collo d'oca, e sotto ti colloca un corpo di lucertola, zampe di capra e una coda di volpe».

La reazione del viaggiatore scozzese, uno dei primi a redigere un diario del Grand Tour – titolo: *Viaggio in Sicilia e a Malta* –, è decisa: il principe di Bagheria sarebbe da rinchiudere in manicomio, e Brydone si meraviglia grandemente che non vi sia già segregato. Il fatto è, prosegue, che si tratta di un pazzo innocuo, poiché non dà noia a nessuno e al contrario procura il pane alle maestranze che lavorano a edificare questa villa di mostri. La sua immaginazione, spiega lo scozzese nel testo che ho letto, si mescola a quella di statuari e operai, e insieme producono un luogo di grande bruttezza, ma evidentemente anche di grande fascino, visto che lui stesso è venuto sin lí per ammirare questa abitazione bizzarra e fantastica.

La «villa dei mostri» per due secoli a seguire costituirà il punto d'approdo di tanti illustri visitatori tra cui anche Goethe, come sai, che nel 1787 stenderà un elenco delle statue e persino una mappa sotto il titolo: *Elementi della follia del principe di Palagonia*. Il disegno del poeta figura nei taccuini e lettere di viaggio pubblicati a Weimar postumi nel 1886, che ho trovato e fotografato. Anche nel *Viaggio in Italia* descrive con dovizia di dettagli la visita alla villa del principe di Palagonia. Ha trovato il luogo in uno stato di abbandono, coperto di erbacce e piú simile a un camposanto trascurato che non a una casa nobiliare. Adesso è certamente meglio, ma il numero degli eredi della proprietà, oltre venti, e lo scarso interesse delle autorità locali, non fanno presagire qualcosa di buono nel futuro.

Fino a che Mimí e Natale sono stati qui insieme, qualcosa ha resistito all'erosione del tempo; ma Natale è scomparso da poco e lei ha varie idee, ma non di facile realizzazione.

La costruzione dell'edificio – faccio di nuovo il Bandana con te – data tra il 1715 e il 1737, ed è opera dell'architetto Tommaso Maria Napoli, un frate domenicano, che era stato anche architetto militare, almeno cosí ho trovato scritto. Mimí nella visita è una delle prime cose che ci ha detto: è un'architettura solida. Napoli era stato incaricato da Ferdinando Francesco Gravina Cruillas, quarto principe di Palagonia, ma a darle quell'inconfondibile aspetto di deposito di mostri è stato un suo nipote quasi omonimo, soprannominato «il Negromante». Spendendo grandi cifre tra il 1722 e il 1788 operò la definitiva trasformazione della villa riempiendo il palazzo di personaggi inquietanti, mostruosi e incongrui. In origine, come attestano le guide del giorno d'oggi, tra cui quella scritta da Natale, c'erano almeno duecento statue – numero non certo –, ora sono ridotte a sessantadue.

Dopo aver percorso il piccolo viale d'entrata, ci siamo diretti verso la chiesetta; lí a fianco ci sono le statue. Sono appollaiate su un muro di forma circolare che delimita le abitazioni basse dei custodi. Sono raffigurati personaggi sproporzionati. Alcuni suonano degli strumenti musicali, altri sono dei mostri, ma sempre con fattezze umane, tutti scolpiti in pietra locale porosa. Il tempo e le piogge acide li hanno sporcati, cosí che hanno assunto un aspetto trasandato senza perdere il loro aspetto stravagante e bislacco. Un tempo dovevano certamente fare paura, non si vedeva nulla di simile in giro; per noi abituati al cinema e alla televisione, e dopo dosi massicce di surrealismo, non appaiono spaventosi, per quanto proprio in virtú della loro vecchiezza portano fino a noi i sogni e gli incubi di un'età che è stata anche quella di Goya. Sono incongrui, appunto, assurdi, irragionevoli, senza senso, eppure ne hanno uno che pesca nel profondo e che non so bene come restituirti.

Probabilmente ti sarai chiesto cosa c'entrano queste creature difformi collocate in una villa del profondo Meridione con il mio viaggio a Nord. C'entrano con un siciliano che vive da anni nel Settentrione, a Milano per l'esattezza. Ti ho parlato di lui varie volte. Si chiama Ferdinando Scianna, ed è un fotografo. Abitiamo non molto distanti e per un caso parcheggio l'automobile in un garage automatizzato che confina con il cortile dove al piano terra ha il suo studio. Siamo diventati amici e piú volte ho scritto delle sue immagini e dei libri fotografici che pubblica. Mi ha anche fotografato insieme alle mie figlie e tengo i ritratti appesi in cucina.

Quando ha compiuto ottant'anni ho pensato di registrare un'intervista con lui. E, come se fossi un poliziotto, ho iniziato chiedendogli come si chiama. Cosí ho scoperto che di nomi Scianna ne ha due diversi, seppur di poco. A Bagheria, il paese di Villa Palagonia, dove è nato e dove è rimasto sino all'età di venticinque anni, lo chiamano Fernando, mentre a Milano, dove s'è trasferito nel 1967, è noto con il nome di Ferdinando, che poi è quello con cui è registrato all'anagrafe. A conferma di questa stranezza l'altra sera a casa sua, dopo cena, prima di congedarmi, mi ha regalato un libriccino che gli hanno dedicato gli amici di Bagheria. Sulla copertina c'è scritto «Fernando».

Cosí mi è venuto fatto di pensare che Ferdinando possieda due anime, due come i suoi nomi. O meglio, una sola anima, ma divisa in due: quella del Sud e quella del Nord. Un'anima siciliana e un'anima lombarda. In effetti, se lo ascolti anche pronunciare una sola frase, ti rendi conto che non ha mai perso l'inflessione siciliana; eppure allo stesso tempo è un perfetto uomo del Settentrione, per capacità di lavoro, costanza, determinazione e pragmatismo, secondo il cliché.

Spero di non annoiarti raccontandoti come ha iniziato la sua lunga carriera di fotografo. Ha cominciato con un piccolo libro stampato nel 1965: *Feste religiose in Sicilia*. Fernando aveva conosciuto Leonardo Sciascia a Bagheria negli anni Sessanta. Un amico comune, che aiutava Sciascia in certe ricerche storiche, l'aveva portato a vedere una piccola mostra di Scianna aperta proprio lí, a Bagheria. Le foto erano piaciute a Leonardo, cosí Scianna, mentre era in giro per l'Isola a scattare quelle immagini delle feste religiose, decide di passare a trovarlo al suo paese, Racalmuto. Le immagini delle feste dovevano servire per la tesi di laurea di Ferdinando, dato che s'era iscritto a Lettere, per quanto in cuor suo avesse già deciso di fare il fotografo di professione.

Di lí a poco Sciascia gli propone d'accompagnarlo a Bari dove deve presentare *Morte dell'inquisitore*, il suo quinto libro, pubblicato da Laterza. Partono in nave da Palermo e arrivano a Napoli; da qui proseguono in treno per la città pugliese. Viaggio d'altri tempi. Dopo la presentazione una cena, cui partecipano l'editore e altri amici, diventa l'occasione di mostrare gli scatti del giovane fotografo. A Vito Laterza e ai redattori della casa editrice non interessano. È però presente un altro editore barese, Diego De Donato. Dopo aver scrutato le immagini, De Donato si gira verso Sciascia e gli chiede se è disposto a scrivere l'introduzione al volume. Cosí nasce il libro. La vita, come sai, è piena di eventi casuali, di incontri che te la cambiano, la vita. Non è stato cosí anche per te? La mia è stata costellata di eventi simili del tutto fortuiti.

Non so se hai mai letto il testo di Sciascia incluso nel libro. Adesso figura in uno dei suoi libri piú belli, dove si imparano molte cose sulla Sicilia e sui siciliani: *La corda pazza*. Si tratta d'uno scritto che all'epoca fece arrabbiare molti in Sicilia, soprattutto nel mondo cattolico. Sciascia vi sostiene che i siciliani hanno un modo assolutamente irreligioso di vivere la religione; i riti, cui sono votati in maniera maniacale, nascono da un profondo materialismo e da una totale refrattarietà verso tutto ciò che è mistero, invisibile rivelazione, nonché metafisica. Si tratta di generalizzazioni naturalmente, perché ci sono di sicuro tanti siciliani che potrebbero smentire questa affermazione. Tuttavia lo scrittore aveva colto nel segno. L'esplosione delle feste fotografate da Scianna rappresenta l'elemento esistenziale e collettivo dell'anima siciliana, la sua parte pulsionale; attraverso le feste religiose ogni siciliano esce dalla condizione di uomo solo e dalla propria parte vigile e dolorosa, come scrive il maestro di Racalmuto.

Forse adesso ti starai chiedendo perché sto qui a scrivere del Meridione in un libro che s'intitola *Nord Nord*. E poi perché proprio di quel Meridione-del-Meridione che è la Sicilia? Dato che in Sicilia ci vai abbastanza spesso, credo tu sappia bene come il Settentrione lo si capisca solo attraverso il suo contrario, il Meridione. Scianna, poi, coi suoi due nomi, è l'esempio perfetto di quella Lombardia siciliana, come la chiama Sciascia sulla scorta di Vittorini. Nato a Siracusa, nella Magna Grecia, Vittorini s'era trasferito anche lui a Milano e del tutto identificato con il Nord moderno, industriale, pragmatico.

Perdonami, quindi, se mi dilungo su Sciascia e sulle sue idee, ma mi aiutano a capire meglio il Nord dove sono venuto a vivere. Secondo Vittorini, spiega Sciascia, il Nord si presenta come una forma d'ordine anche quando è scosso da conflitti; è in contrapposizione all'Isola, che invece è sempre caos, dispersione, negazione della Storia. La sua idea è però che esista una terza possibilità, una sintesi tra le due polarità opposte, Meridione e Settentrione, che interessa particolarmente Sciascia. Si trova incarnata in uno spazio geografico che chiama «i paesi lombardi della Sicilia»: Aidone, Piazza Armerina, Nicosia, poi Enna con il suo castello di Lombardia, e Caltagirone che include nel proprio stemma quello di Genova. Come puoi ben immaginare la cosa mi interessa, perché rovescia i luoghi comuni e trova il Settentrione nel Meridione. Troppo semplice? Non credo.

Quella dei paesi lombardi in Sicilia mi sembra proprio una bella idea. Il punto saliente di questo scritto di Sciascia è dove spiega che attraverso il Gran Lombardo, Elio Vittorini cercava di risolvere la contraddizione drammatica che attanaglia i siciliani migliori: ovvero la follia. In cosa consisterebbe questa follia? Nel credere la Sicilia perfetta e sé stessi portatori di un modo di vita impareggiabile. Qui sta il punto che m'interessa e che si collega al raddoppiamento del nome del mio amico Fernando/Ferdinando, quella sillaba in piú, o in meno, che c'è nel nome proprio. La spiegazione del viaggio per rivedere dopo quarant'anni Villa Palagonia.

Tempo fa mentre camminavo per Milano ho visto esposta nella vetrina d'un negozio di libri usati una copia della *Villa dei mostri*, un libro fotografico. Il volume di forma rettangolare è stato pubblicato da Einaudi nel 1977 nella collana diretta da Paolo Fossati, «Einaudi Letteratura». Sono entrato nella libreria e l'ho comprato. Non sapevo ancora che si tratta dell'opera che meno piace a Ferdinando. Fra i tanti libri che ha realizzato è quello di cui è piú insoddisfatto, come ho capito. Quando gli ho parlato del volume lui ha fatto un preciso gesto con la mano, una repulsa, come quando si scaccia qualcosa di fastidioso, come a dire: lascia perdere. Mi sono domandato il perché.

La prima spiegazione è che il libro non è proprio stampato bene: i neri sono grigi e tutto sembra fatto in modo approssimativo. Ma è solo un dettaglio, certo importante per un fotografo, ma la questione è un'altra. Ci ho messo un po' a capirlo. Riguarda una cosa che Sciascia ha scritto dei siciliani nel primo capitolo della *Corda pazza*. Parla della natura contraddittoria ed estrema degli abitanti dell'Isola. Spiega che tutto deriverebbe dall'insicurezza presente nella storia siciliana, che genera una visione di vita, sia nella collettività come nei singoli: «paura, apprensione, diffidenza, chiuse passioni, incapacità di stabilire rapporti al di fuori degli affetti, violenza, pessimismo, fatalismo». La causa sarebbe il mare, «che li isola, cioè li taglia fuori e li fa soli». Il mare della Sicilia, che noi da turisti amiamo cosí tanto, per secoli ha esposto i suoi abitanti alle scorribande di popoli venuti per depredarli e conquistarli. Cosí la paura storica si sarebbe trasformata con il passare del tempo in una paura esistenziale, propria dei singoli. Ogni siciliano, in definitiva, sarebbe un'isola a sé.

Il pensiero di Sciascia è sottile, e anche ardito, ma d'un ardimento che fa riflettere, perché non riguarda solo i siciliani, ma anche altri popoli e gli abitanti di altre regioni dell'Italia. L'insicurezza e la paura si sarebbero rovesciate in un'illusione, nella convinzione di privilegio, cosí ne nascerebbe una specie d'alienazione che Sciascia chiama «follia». È quella sorta di presunzione, di fierezza, e persino d'arroganza, che a volte ci sembra di riconoscere nei siciliani, ben espressa nel discorso che don Fabrizio fa al piemontese Chevalley nelle pagine del *Gattopardo* di Tomasi di Lampedusa.

Ora la personalità di Ferdinando/Fernando, per quello che ho inteso, mi pare corrispondere solo parzialmente alla descrizione del suo amico Leonardo. Scianna è un uomo volitivo, un gran parlatore, quasi inarrestabile, espansivo, che ti dice sempre quello che pensa, e senza troppi giri di frase, per quanto il suo eloquio, sempre molto elegante e sinuoso, finisca a volte per arrotondare le punte acute del suo dire. Inoltre, non ho mai visto in lui apprensione o diffidenza, o almeno non nelle forme solite. Se poi ci sono, Ferdinando/Fernando ha imparato a nasconderle bene dietro il suo parlare fluente. Certo è molto siciliano nel modo di vivere, compresa una certa dose di materialismo, su cui peraltro chiude la descrizione del carattere degli abitanti dell'Isola fatta da Sciascia nel suo saggio. E allora?

Ecco perché sono andato con Gianfranco – lui sí siciliano-siciliano – a rivedere la villa di Bagheria. Nel libro che Ferdinando, il lombardo acquisito, non ama si coglie una certa repulsa nel fotografare questo luogo. È come se il fotografo si fosse sentito in difficoltà nel mostrare le stramberie e le stravaganze che contiene. La parte del libro dedicata direttamente ai «mostri» sul muro di Villa Palagonia è reticente: immagini quasi mai prese da vicino oppure ricche di dettagli. È come se Ferdinando/Fernando avesse voluto, piú o meno consapevolmente, sorvolare sulla follia che contengono le figure poggiate sui muri della cinta della villa. Va bene che quando lui le ha ritratte per il libro erano forse piú malconce di ora, sporche, e perciò quasi indecifrabili. Tuttavia la sensazione è che l'abbia piú interessato la scalinata d'accesso al palazzo, quella sí fotografata con occhio attento alle geometrie, oppure l'interno della villa con i suoi fastosi saloni. Solo uno dei personaggi, nel giardino, detto «il Dormiente», in pietra viva, privo di una parte delle gambe, sembra aver attirato la sua attenzione, tanto da dedicargli ben tre scatti nel volume. Perché?

La risposta l'ho trovata in uno dei libri piú importanti di Ferdinando/Fernando, un vero capolavoro della fotografia italiana e non solo, libro che credo resterà un *unicum* nell'antropologia dell'Italia, alla stregua di *Un paese* di Paul Strand e Cesare Zavattini: *Quelli di Bagheria*.

Scusami se la faccio lunga e, invece di salire verso Nord, mi sono buttato a parlare cosí a lungo d'un luogo dell'estremo Sud del nostro Paese (le sue coordinate geografiche sono: 38°04'N 13°30'E). La ragione credo la capirai tra non molto, se hai ancora un po' di pazienza.

Partito per Milano il giovane Scianna si è portato dietro una cassetta di legno di riciclo, uno di quei contenitori che in origine racchiudono le bottiglie di vino ricevute in dono. Dentro c'erano molti dei suoi primi negativi, gli scatti che aveva preso dal momento in cui aveva usato la macchina fotografica che gli aveva regalato il padre, una Voigtländer Vito C; con quella macchinetta il giovane Fernando/Ferdinando s'era subito messo a ritrarre i compagni e le compagne di scuola, poi la vita del suo paese, i luoghi, i mestieri, le personalità a suo gusto rimarchevoli. Sono ritratti fatti per anni e anni, anche con macchine diverse dalla prima, ma il nucleo iniziale è rimasto sepolto in quella scatola per decenni.

Con quelli, estratti, stampati e uniti alle immagini di Bagheria fatte nel corso dei suoi ritorni, Fernando/Ferdinando ha composto un libro di oltre trecento pagine: un omaggio appassionato al luogo da lui piú amato, e insieme odiato. L'ha pubblicato una prima volta nel 2002 al Nord, in Svizzera. Si tratta di un volume che contiene non solo immagini, ma anche brevi scritture, per lo piú a margine, sulle pagine di destra. Sono commenti, didascalie, elenchi di nomi di persone, descrizioni, appunti e anche fantasie. Per spiegare di che libro si tratta l'autore cita nelle pagine finali una frase di Mario Benedetti, poeta e scrittore uruguayano, a proposito degli ebrei: «Il racconto comincia quando si accetta dentro di sé che il ritorno è diventato impossibile».

È un libro struggente perché è il libro di tutta una vita, e insieme un libro unico e irripetibile, nato da sé, quasi senza progetto, se non dall'intuizione di rendere omaggio al luogo dove lui non potrà piú tornare. Un luogo, ma insieme anche un tempo trascorso, un tempo che non c'è piú, che non si può raggiungere se non con la nostalgia, un sentimento che Scianna dichiara spesso di detestare, e che invece è una delle sue piú sicure muse ispiratrici. Scrive d'aver sempre considerato molle, ipocrita e fortemente egoista la nostalgia. Quando si esprime in questo modo è il lombardo che si manifesta, il figlio acquisito di Milano: efficiente, rivolto verso il futuro, pronto sempre a fare, e non certo a rammemorare.

Probabilmente è giusto che scriva, poco dopo quella frase, che a lui questo sentimento non gli è mai appartenuto. È vero, perché, nonostante tutto, questa opera d'un Gran Lombardo di Sicilia non esprime nostalgia, ma aspirazione al futuro, se non fosse che l'altro aspetto che Scianna riconosce a sé stesso è la devozione alla memoria. Ma la memoria non è forse la radice stessa della nostalgia? Forse bisognerebbe precisare: il ricordo piú che la memoria, la quale per sua natura è qualcosa di compatto e solido, mentre il ricordo è una forma di baluginamento che appare e poi rapidamente scompare. La memoria è composta anche di nostalgia: è la sabbia che lega un mattone all'altro, è parte sostanziale del cemento che compone la ricostruzione del passato. Ma c'è un problema con cui Fernando/Ferdinando si dibatte da sempre: le fotografie non restituiscono «ciò che è stato», piuttosto «ripropongono in una sorta di lancinante presente ciò che non c'è piú». Questa è la fonte principale di quella che è la sua peculiare nostalgia, un aspetto che sento profondamente mio. Una contraddizione che Scianna non risolve necessariamente mai.

Nel libro di Bagheria ci sono ovviamente anche delle fotografie della «villa dei mostri», non a caso piú belle di quelle contenute nel libro einaudiano. C'è la fotografia sorridente della signorina G., che abitava con le sorelle nella portineria della villa. Era lei che raccontava ai visitatori che alla morte del principe l'intero edificio venne dipinto di nero. C'è una frase dell'autore piuttosto esplicita: «Villa Palagonia, con i suoi mostri forse racchiude la chiave del carattere della gente del paese». Ci sono le foto d'un gatto sorpreso a saltare tra le statue e come ultima immagine vi compare il ritratto del «Dormiente» di pietra. Si tratta del medesimo scatto presente nel libro del 1977.

Nella pagina a fianco della fotografia del «Dormiente» si parla di Giacomo Giardina, «poeta pecoraio», uno che era nato a Godrano, e poi era andato a vivere a Bagheria, che Scianna nel suo scritto con un imprevedibile cortocircuito mentale accosta a don Chisciotte. Forse si tratta d'uno di quegli atti involontari che svelano qualcosa d'importante, forse propiziato dal vestito di pietra che adorna il corpo della statua, che indossa un abito dell'epoca di Cervantes. Non è forse don Chisciotte un folle?

Un folle, eppure terribilmente lucido? Non so risponderti. Del resto, credo di averla fatta già troppo lunga scendendo fino in Sicilia per rivedere Villa Palagonia coi suoi mostri di pietra. Per cui adesso torno al Nord lasciando lí Mimí, Gianfranco e anche Fernando. Noi siamo tutti degli sradicati, tutti abbiamo dietro di noi «un paese», per dirla con Zavattini, cui non faremo piú ritorno. Chi nel profondo Sud, chi invece come noi due nella Pianura irrigua sotto il corso del Po.

La Signora delle sigarette

Anche Lea se ne è andata con il Covid. Viveva a Milano in via Sant'Agnese, dalle parti di corso Magenta, proprio vicino a quel gioiello semisconosciuto che è il Civico museo archeologico. Non so se tu lo abbia mai visitato; si trova nell'area dove sorgeva il Monastero maggiore di San Maurizio e ingloba un tratto delle mura romane della tarda età imperiale, compresi i resti significativi d'una torre dei *carceres*, le porte da cui prendeva il via la corsa delle bighe nel circo romano. Lí a fianco sorgeva anche il palazzo imperiale e le cronache dicono che questo permetteva all'imperatore di entrare nel circo senza passare per la strada. Ora non resta quasi nulla, neppure delle rovine. Milano comunque è stata una capitale imperiale: nel 286 d.C., quando Diocleziano decise di riorganizzare il potere in una tetrarchia dividendo l'impero in due parti mise a capo di quella d'Occidente Massimiano, uomo di origine illirica, un militare, che scelse *Mediolanum* come capitale, e la città rimase il centro di comando di questa parte dell'impero sino al 402.

Lea Vergine aveva casa e studio sul medesimo pianerottolo di un'antica abitazione, credo ottocentesca, con un piccolo cortile, un terrazzo e le scale di cotto, almeno quelle che portavano a casa sua, consunte dal grande camminare su e giú: una traccia visibile degli invisibili trapassati abitanti della casa. La sua abitazione mi aveva colpito, e ancora di piú il suo studio la prima volta che l'ho visto. Sono sicuro che ti sarebbe piaciuto. Non era solo uno spazio fisico, ma anche un luogo mentale. Insieme rappresentavano in forma concreta quello che penso sia stato l'approccio di Lea alla vita. Nello studio: un salotto arredato con un divano bianco, un tavolino basso e una sedia di legno per il visitatore; sul fianco due lunghe librerie che seguivano due diversi ordinamenti: una per autori in ordine alfabetico e l'altra con i movimenti e i diversi periodi artistici. Le librerie formavano una sorta di corridoio: basse verso il salotto, alte in direzione dello studio vero e proprio. Lí c'era la sua stanza da lavoro con un tavolo, appartata, discreta, dietro una porta socchiusa. Sul lato opposto, un'altra stanza dove sedeva la sua assistente. Nessun quadro o opera alle pareti: spoglie, nude, sobrie. Insomma un appartamento borghese e insieme una cella monacale, cosí da suggerire bon ton e insieme un'austerità che non si discute. Lo studio assomigliava ai vestiti che Lea Vergine indossava. Per farmi capire da te che non l'hai conosciuta: lo studio, la casa, i libri, la persona e il suo stesso modo di essere manifestavano quella che era la sua bellezza difficile.

Lea era cosí: difficile. Una donna che richiedeva attenzione, sforzo e fatica, e che aveva nel contempo una propria attrattiva, non solo fisica. Somigliava in qualche modo alla sua città d'origine, Napoli, città d'estenuante bellezza, in cui persino la bruttezza di certe zone e quartieri partecipa in modo misterioso di quel privilegio. Insieme a ciò, la sua spigolosità. Era sempre tranciante nei giudizi, senza mezzi termini o mezze parole. Un dire sempre puntuto, eppure anche affettuoso. Un lato che all'inizio era arduo comprendere, per via della sua timidezza, diventata negli anni una deliberata sicurezza, per cui teneva le distanze procedendo poi a improvvisi avvicinamenti che non era sempre facile capire. Ti porgeva le parole in modo che esistesse tra lei e te una diversità, e al tempo stesso il suo eloquio elegante, forbito, persino manierato, pareva voler cancellare con le proprie aderenze e sinuosità il medesimo intervallo: la vicinanza le era senza dubbio intollerabile, tuttavia il desiderio di contatto, di farsi capire e di capire l'altro, era per lei assoluto.

A Milano ci viveva dagli anni Sessanta, un periodo in cui questa città è stata una fucina di idee e persone, un momento magico – frequentavamo dei geni, ha detto una volta – effetto del cosiddetto miracolo economico che qui aveva il suo baricentro. Poi è accaduto uno scotimento e un complicato momento di crisi, eppure anche liberatorio: il Sessantotto. Lea lo aveva vissuto da trentenne, come ricordava, quindi con meno giovinezza ma piú coscienza. Gli anni Settanta erano stati per lei altrettanto fondamentali, ma anche gli Ottanta, con tutti i limiti che lei vi riscontrava in una Milano che non amava, avevano portato a termine il cambiamento avvenuto nei due decenni precedenti.

Da un certo punto in poi aveva un po' smesso di amare incondizionatamente la città di cui era diventata parte. La faceva soffrire, come se fosse la sua, come se fosse nata lí e ne conoscesse tutte le vie, i marciapiedi, i selciati. A partire dagli anni Duemila aveva preso a criticarla con la convinzione, per nulla sbagliata, che dopo quarant'anni di protagonismo Milano stesse uscendo di scena a velocità impressionante, come aveva scritto. Era vero, ma stava entrando in un'altra fase, o identità, che a lei non poteva certo piacere. La Milano berlusconiana è durata vent'anni o poco piú, con qualche interruzione e battuta d'arresto, tuttavia con una sostanziale continuità sottocutanea: Milano era diventata una *città senza*, per dirla con Arbasino.

Non so se tu conosca la sua carriera di critica d'arte. Lea aveva iniziato il mestiere giovanissima, a diciannove anni, scrivendo per riviste e giornali napoletani, e non solo. A ventitre aveva già organizzato una mostra di Lucio Fontana nella città partenopea, per cui scrisse un testo a catalogo che scatenò l'indignazione di Luigi Compagnone, scrittore, giornalista e intellettuale napoletano che lei ammirava e di cui pensava d'essere amica. Il suo parlare di buchi, scrisse Compagnone, rivelava una qualche forma di perversione sessuale. Lea reagí allora con un'azione legale. Fiera della propria bellezza e dell'intelligenza, orgogliosa di sé, non le deve essere stato facile attraversare mezzo secolo d'arte italiana, sempre ad alto livello, con interlocutori di primo ordine e mostre decisive. Resta memorabile nel 1980, tra le tante cose organizzate e scritte, *L'altra metà dell'avanguardia 1910-1940* a Palazzo Reale, dedicata alle artiste donne, e prima c'era stata la body art, sempre con esposizioni in gallerie e musei, e un libro bellissimo sul corpo.

È stata una vera critica d'arte, una di quelle che capiscono i lavori, quadri o performance che siano, opere che la emozionavano, la lasciavano interdetta e persino sconvolta. Non una creatrice di formule critiche o d'interpretazioni generali del mondo e dell'arte, cosa che pure riesce a tanti fra quelli che scrivono. Una volta, ha raccontato, aveva visto a Torino, al Museo d'arte moderna, Gilbert & George dipinti d'oro dalla testa ai piedi e issati su un tavolino intenti a cantare con voce roca e danzare con il bastone in mano, alla maniera degli anni Trenta, intonando un motivetto antico che era apparso alle sue orecchie incantevole: «C'era qualcosa che andava oltre la musica e oltre la danza». Quel qualcosa era l'arte. La stessa cosa le era accaduta quando aveva assistito a una esibizione di Gina Pane che si feriva e si tagliava. Per lei quelli erano dei quadri viventi, delle sculture vive. L'aspetto formale, che so tu apprezzi nella letteratura e nell'arte, era per lei al culmine in quegli artisti. C'è da dire che la sua reazione davanti a un artista del passato, a Caravaggio, o del suo presente, Lucio Fontana, era la medesima.

A proposito, il suo cognome era Buoncristiano, un nome da ebrei convertiti per interesse e necessità; mentre Vergine era quello del marito, il primo sposato da giovane per andarsene di casa. La storia della vita di Lea a Napoli, che lei stessa ha raccontato da un punto in poi della sua esistenza, quando era, se non ricordo male, tra i settanta e gli ottanta, è una storia di dolori e sofferenze, per via delle vicende familiari, della madre e del padre, e di due fratelli morti piccoli, e poi la circostanza di essere stata cresciuta dai nonni: la madre l'aveva vista per la prima volta a dieci anni pur abitando di fronte a lei. Questo era probabilmente il substrato da cui veniva il suo modo di leggere e scrivere, cosí emotivo, istintivo e cosí serrato e preciso a un tempo. Le piacevano gli eccentrici, un aspetto presente anche in lei.

Una volta, durante una conversazione a casa sua, le ho chiesto: – Ma chi è l'eccentrico? – Lei, a colpo sicuro, mi ha risposto: – Un fallito –. Aggiungendo che per esserlo davvero bisogna essere disinteressati, distaccati, eleganti, e poi saper fermare l'ironia prima che diventi sarcasmo. Ho domandato: – E lei lo è? – No, – ha risposto, – bisogna essere indipendenti, e io dipendo dagli affetti, dal tabacco e dai farmaci. Mia nonna non dipendeva da tutto questo.

Degli affetti era difficile che ne parlasse, se non di quello per la madre e il padre, figure conflittuali, contraddittorie, e poi per Enzo Mari, per cui aveva lasciato Napoli ed era arrivata nei Sessanta a Milano. Cosí anche dei farmaci, se non qualche allusione gettata lí nelle conversazioni e nelle interviste, accennava alle gocce, forse per l'ansia o per la tachicardia, che era il ritmo balzano del suo cuore. Invece del fumo, delle sigarette, ha parlato tante volte con vari interlocutori, cosí che per me Lea era la Signora delle Sigarette, una divinità del fuoco e del fumo. Senza, ha detto piú volte, non riusciva neppure a pensare di poter scrivere.

La prima l'accendeva alla mattina appena alzata, ripeteva in una formidabile descrizione della sua giornata a vari interlocutori, e poi in una conversazione passata in stampa e diventata un libro. Senza sigaretta si può solo leggere, asseriva: «Caffè, sigaretta e silenzio assoluto», questo alle cinque e mezza. La mattinata di lavoro cominciava con la stesura degli appunti. Poi era la volta di una nuova sigaretta: abitudine voluttuosa, diceva. La sigaretta è per lo stato di tensione. Ci sono persone che hanno bisogno di incentivare l'eccitazione per scrivere, e usano il caffè come carburante nervoso. Lei, che evidentemente era già su di giri, anelava alla calma e per questo usava la sigaretta. Scrivere, ripeteva, è un impegno fisico non della mano o del braccio, ma di tutto il corpo. Scriveva a mano, prima con la penna, poi, con il passare degli anni, come una scolaretta alla rovescia, ha usato la matita, una scoperta tarda, per via della gomma da cancellare. Come le ragazze e i ragazzi. Le piaceva il contatto fisico con la carta. Piegava e ripiegava il foglio. Quindi era la volta della terza sigaretta. A questo punto sarebbe stata propensa a stendersi sul divano, ma le parole come pietre, ha detto a Chiara Gatti, «cominciano a trascinarmi», «mi tengono ancorata alla scrivania». Le prime frasi sgorgano sul foglio. Allora le accade una cosa strana: scrive tutto quello che le passa per la testa e alla fine si accende una quarta sigaretta – questo è normale o quasi – e taglia le frasi in tanti foglietti e li spilla su altri fogli o sul medesimo. Il passaggio successivo è alla macchina da scrivere usando il collage di frasi. Immagino che qui accendesse un'altra sigaretta, forse piú di una – qualcuno ha calcolato che una sigaretta dura da cinque a dieci minuti massimo, se non si fanno tiri troppo insistiti. Negli ultimi anni si permetteva, cosí ha detto, il lusso di dettare il tutto alla sua assistente, Franca Giacomelli, che usava il computer. Non era finita. Fatto questo tornava al tavolo e si accendeva un'altra sigaretta.

Ha raccontato di aver cominciato a fumare alla morte del padre. Il giovane medico che lo aveva seguito le aveva allungato la prima sigaretta: aveva sedici anni e mezzo. L'ha traviata. Lea aveva un'idea molto chiara di cosa fosse il fumo per lei. In sé e per sé, ha dichiarato, non le diceva molto, «era piuttosto un atteggiamento». E poi: «Io sono diventata la mia sigaretta». Cosí «dire che non fumo equivarrebbe a dire che non respiro». Per varie malattie temporanee ha anche smesso di fumare. Ha spiegato che a volte le capitava di pensare a tutte le sigarette che aveva fumato nel corso della sua vita. Ha fatto una lista: le Turmac all'inizio, poi le Macedonia Oro e anche le Macedonia Extra, che sono scomparse alla fine dei Cinquanta in Italia. Si ricordava anche la marca delle sigarette del padre: le Xanthia e le Serraglio in scatole liberty, diventate le sue preferite. Quando l'ho conosciuta io aveva sul tavolo – mai in tasca – le Nazionali senza filtro, sul pacchetto il vascello nero con le vele gonfiate dal vento.

Perché le sigarette? Non solo perché le servivano per tenerla calma mentre scriveva, ma perché, come ha detto qualcuno, sono strettamente legate alla riflessione, al pensiero. Lo si vede in tanti disegni, quadri e fotografie: il fumatore, piú spesso un uomo che una donna, è immerso nei suoi pensieri dietro alle volute di fumo. Fumo e lavoro intellettuale sono strettamente connessi, benché il fumo sia stato da sempre anche il vizio dell'operaio, del manovale, del lavoratore manuale, ma nei momenti di pausa, di distacco dal lavoro stesso. Chi scrive si nutre di fumo. In Lea Vergine le sigarette sono tutt'uno con l'oggetto stesso del suo lavoro: l'arte di scrivere. In un modo davvero particolare.

Finito di redigere l'articolo, o la presentazione di una mostra che fosse, Lea si concedeva il lusso di comprarsi dei fiori. Un premio, ma anche una cosa effimera, ha detto, come tutti i suoi acquisti. Ne ha fatto un elenco in un'intervista: fiori, sigarette, cioccolato, parrucchiere, psicoanalista: «Cose che evaporano, come il profumo». Aggiungerei: la scrittura. E l'arte in generale, come le spiegazioni o le riflessioni intorno alle opere di cui si occupava con cosí tanta passione. Parole, fumo, cenere.

16 animali

Nella casa di Enzo Mari, luogo davvero incantato per via degli oggetti e delle opere d'arte presenti, lo spazio che piú mi attraeva era il terrazzo. Un lungo rettangolo che guardava nel cortile della sua abitazione signorile dove viveva con Lea Vergine, proprio quella casa sul medesimo pianerottolo dello studio di Lea nel centro di Milano. Ti ho già raccontato le mie visite, in particolare quelle a Mari, di cui conosci il lavoro, ma senza soffermarmi molto sui particolari. In quel terrazzo Enzo aveva stipato innumerevoli piante. Erano contenute dentro dei vasi recuperati in vario modo: vecchi cocci, latte dismesse, recipienti di terracotta e altri inconsueti contenitori – tra loro mi era sembrato di vedere anche un secchio –, il tutto in perfetta coerenza con la sua idea di design: recuperare.

Era una piccola piantagione eteroclita cui dedicava un'attenzione precipua in tutte le stagioni dell'anno. Piú d'una volta l'avevo trovato lí tra i suoi vegetali ad armeggiare con cesoie e forbici da giardiniere di diversa forma e dimensione – il suo interesse per gli oggetti da lavoro era davvero unico, senza tuttavia sconfinare nella maniacalità del collezionista. Come sai, è stato proprio a causa di quelle piante che è caduto da una scala e ha battuto la testa con conseguenze che gli sono state in qualche modo fatali. Mi pare di ricordare che fosse il 22 o il 23 dicembre, perché Lea nell'anno seguente ripeteva sovente: doveva proprio arrampicarsi sulla scala quel giorno di quel mese... O qualcosa del genere.

Poi c'era anche un oggetto che mi attirava: il divano-letto che teneva addossato alla parete di fondo della sala. Lo usava come divano, anche perché era proprio un divano. Una delle prime volte che andai a trovarlo volle mostrarmi quasi subito come si trasformasse velocemente in un letto. Usando due leve fece ruotare il poggiaschiena cilindrico fino a terra, dietro il mobile, e mi mostrò il letto aggiungendo un cuscino. Mi disse quasi con orgoglio che non era mai stato messo in produzione, ovvero che nessun industriale del design aveva avuto il coraggio di produrlo, mentre lui lo considerava una delle sue migliori realizzazioni. La ragione era che costava troppo poco.

Parlare con Enzo Mari significava ascoltarlo a lungo senza poter interloquire, se non ponendo di quando in quando domande, seppure in modo inopinato, col rischio di suscitare le sue ire. Erano concioni e reprimende senza diritto di replica, se la prendeva con qualcuno e non sempre capivo chi fosse. Era molto alto, forse piú di me; con la sua barba bianca – l'ho conosciuto tardi, quando sono arrivato a Milano, e attraverso Lea –, gli occhi saettanti e la corporatura rilevante mi sembrava un gigante. Ma forse sono solo miei ricordi alterati da quel timore reverenziale che suscitava. Eppure in lui c'era qualcosa di infantile mescolato a evidenti tratti adolescenziali, combinati con furori giovanili baldanzosi. Era un orso. Non a caso una delle prime cose che mi donò per Olivia fu proprio il magnifico disegno d'un orso, apparteneva a una serie creata per un committente milanese: un manifesto da incorniciare e appendere in camera dei bambini.

L'orso, come sai, è un re spodestato. Anticamente da lui si facevano discendere schiatte di sovrani come re Artú. Per i popoli del Nord, i Celti, i Germani, e anche per gli Slavi, era prima di tutto il re dei boschi. Per millenni gli sciamani lo hanno evocato nei loro riti e gli si chiedeva perdono prima d'ucciderlo per nutrirsi delle sue carni e usare la pelle per difendersi dal freddo. Poi tra Alto e Basso Medioevo fu gradualmente detronizzato, dileggiato, schernito, asservito, ridotto in cattività, legato alla catena e infine esibito in fiere e spettacoli ambulanti. La Chiesa cristiana, il nuovo padrone dei simboli e delle cerimonie in Occidente, gli fece perdere forza e superbia, lo relegò tra gli animali sconfitti e lo sostituí con il leone.

Enzo Mari era in tutto e per tutto un orso, animale amato dai bambini, pieno di promesse d'affetto, ma anche imprevedibile nelle reazioni, a tratti pericoloso: un animale da non sfidare, ma anche un animale sconfitto, per quanto se c'è un «animale» che nel design ha realizzato cose memorabili e straordinarie è proprio lui, come dimostrano i libri e le sue mostre, sia in vita sia dopo la sua scomparsa.

Potrei raccontarti di alcuni dei suoi oggetti, e dirti come e perché li ha realizzati, e come queste «cose» si leghino alla sua vita professionale e a quella di uomo, dal cestino per la carta a fruttiera a un pezzo di putrella usata come portafrutta, fino ad arrivare al calendario perpetuo, segno tangibile di come pensava la temporalità dei suoi progetti, insomma tante cose uniche per cui viene ancora ricordato. Tu lo sai che gli oggetti, per quanto prodotti dell'ingegno e del talento umano, sono per molti «cose». E che per la società in cui viviamo, sebbene abbia sviluppato una bramosia per loro, restano pur sempre cose che possono finire, come accade, in una discarica o abbandonate per strada in attesa del passaggio dei cosiddetti operatori ecologici.

I primi anni che sono arrivato a Milano, dato che abitavo in una via non lontana dal centro, il mercoledí notte, giorno di conferimento alla nettezza urbana degli oggetti ingombranti, ero solito fare un giro per le strade. In questo modo ho recuperato vari prodotti di design, alcuni rotti, altri in buono stato, molti dei quali ancora possiedo. Con quelle cacce notturne, diversi amici hanno arredato le loro case. Mari avrebbe apprezzato, lui che era nemico giurato della società dei consumi. Scusa questa divagazione, ma da quando ho cominciato a frequentare Mari ho iniziato a guardare in modo diverso il mondo delle «cose».

Mari era un orso comunista. Lo era diventato forse nel 1968 nel corso delle lotte studentesche di quel periodo, cui aveva partecipato in prima persona. Resta memorabile l'occupazione della XIV Triennale dedicata al «Grande numero», curata da Giancarlo De Carlo. All'apertura dell'esposizione, il 30 maggio, artisti, studenti e operai entrarono e devastarono gli allestimenti, per cui l'esposizione fu chiusa per qualche tempo. Ci sono varie foto che ritraggono il raduno degli artisti, degli studenti e degli intellettuali fuori dall'edificio, in via Emilio Alemagna, dove si scorge anche un giovane Enzo Mari senza barba. In realtà, però, credo che l'orso Enzo Mari sia diventato comunista non in quella occasione, ma tempo prima, quando negli anni Cinquanta intraprese un viaggio a piedi per visitare l'Umbria arrivando sino ad Assisi per vedere di persona le opere di Giotto. Forse è stato nel 1953, o forse nel 1954. Allora dipingeva, non aveva la licenza liceale, ma era riuscito lo stesso a iscriversi all'Accademia di Brera.

Il suo comunismo è stato una forma di francescanesimo, durato per tutta la vita, una sorta di massimalismo. Se fosse nato nel Medioevo questa sua inclinazione l'avrebbe di sicuro portato tra i frati dolciniani: un eretico, in nome della Santa Povertà. Tra i suoi lavori piú belli c'è il ridisegno della falce e del martello, due oggetti che simbolizzano il lavoro, le due classi dei contadini e degli operai nel Novecento. C'è un suo quadro realizzato poi con la tecnica serigrafica, che mi ha regalato e che tengo incorniciato in camera da letto. Si scorge la sagoma della falce e martello issata su un sostegno insieme a due altri cartelli, il tutto di colore rosso vivo. Si capisce che è la scena d'una manifestazione vista di scorcio; i cartelli recati dai militanti sono ritratti da dietro, per cui si vede distintamente la struttura delle assi di legno inchiodate o forse incollate. L'idea gli era venuta dopo quel viaggio ad Assisi, poiché riprende un dettaglio dell'affresco di Giotto nella Basilica superiore: una croce gotica vista da dietro, scheletro ligneo retto da un sostegno, una di quelle meravigliose croci dipinte medievali, forse proprio del Maestro di Assisi, che pende legata con una corda a un rinforzo.

In lui – nel designer piú che nell'uomo – c'era come una contraddizione. Mari lavorava per un'industria, quella del design, che produce cose belle ma costose; la bellezza per lui non era un prodotto di classe, destinata solo ai ricchi, bensí per tutti. L'ha spiegato molte volte, anzi era il suo chiodo fisso. Come sai ha realizzato un progetto di mobili per l'autoprogettazione: tavoli, sedie, scaffali, di cui lui aveva disegnato le istruzioni, indicando come ciascuno, seguendo i suoi prospetti, potesse costruirsi quello che voleva, apportando anche delle proprie e personali variazioni. Era il 1974 e l'utopia politica del Sessantotto era già in crisi. E molti avevano già fatto scelte che li avrebbero presto condotti al tunnel senza uscita della lotta armata.

Mari resta davvero qualcosa di piú e di diverso da un designer, per quanto quello fosse il suo mestiere. Aveva persino uno studio e vari collaboratori e progettava per tante industrie sparse per la Brianza, nel Nord. Uno dei suoi progetti per cui avrebbe potuto vivere di *royalties* sono i cosiddetti panettoni che servono per delimitare gli spazi in cui si può entrare o parcheggiare. Li aveva disegnati quasi in piedi mentre faceva anticamera all'assessorato ai Lavori pubblici di Milano sentendo dei funzionari che parlavano d'ordinare delle fioriere per svolgere il medesimo compito.

Ti riporto una storia che trovo esemplare. L'ha raccontata un industriale del design, Eugenio Perazza, un veneto attivissimo e geniale, che proprio in quel periodo, gli anni Settanta, aveva aperto una sua azienda a Motta di Livenza. A metà degli anni Novanta quando Magis – questo il nome dell'azienda – s'era già affermata, Perazza insieme a un suo collaboratore andava spesso a trovare Mari al numero 10 di piazzale Baracca a Milano, dove aveva il suo studio. Entrambi grandi parlatori, mangiavano insieme al ristorante, e conversavano un po' di tutto; poi passavano in studio a occuparsi di design, di oggetti e di prodotti. Perazza è uno venuto su dal nulla, uno degli imprenditori del Nord-Est che si sono inventati un'attività industriale di qualità.

Una delle volte che l'ho incontrato – sono stato anche a Motta di Livenza nella sua fabbrica – mi ha raccontato di aver mandato a Mari una vignetta di Altan con Cipputi inginocchiato che si rivolge a mani giunte a Dio dicendo: «Dammi una buona ragione per essere comunista». Aveva ritagliato il foglio, lo aveva incorniciato, e spedito con un corriere allo studio di Mari. Poiché Perazza non è solo un uomo spiritoso, ma anche una persona molto concreta, s'era proposto di godersi il momento in cui Mari avrebbe aperto il pacchetto e visto il disegno con la frase dell'operaio di Altan. Non poteva andare a Milano, per cui aveva telefonato alla segretaria dello studio di Mari per chiederle di riferirgli la reazione di Enzo. Tolta dall'involucro la cornice Mari aveva fissato il quadretto e poi aveva urlato piú volte: «Rimandatela al mittente!» Perazza non solo non l'ha mai ricevuta, ma ha poi ritrovato la vignetta appesa nello studio del designer.

Come spiega il «Signor Magis», e come ho sostenuto anche con te varie volte, ci sono due Enzo Mari – lo sai che questa della figura divisa in due, doppia, è una mia mania e tendo ad applicarla a varie persone: è un modo per semplificare, e forse per questo spesso funziona. Il primo è il designer di grande valore, pieno di idee e con una sua precisa visione: una teoria generale del mondo, degli oggetti, compresa la loro produzione. Questo è Enzo che predica il comunismo francescano delle origini. Un utopista. Il secondo è il Mari che collabora con i produttori, che quegli oggetti li devono vendere, gente di talento come Perazza: pratici e con i conti in tasca. Risultato: alla fine i prodotti di questo comunista – nato in una modesta famiglia annidata in un piccolo paese vicino a Milano, figlio d'un parrucchiere venuto dal Sud e di una donna del posto – venduti dalle aziende per cui ha lavorato sono pochi. Perazza, riguardo alla Magis, ne nomina solo due: la sediolina Pop e la sedia Mariolina. Non so se tu le conosci. Se tu le vedessi in qualche showroom, non credo proprio che le compreresti: non fanno per te.

Un'ultima cosa. Anche questa a partire da un regalo di Enzo per Olivia, un oggetto tra i piú belli che ha creato: *Il gioco di 16 animali*. Dubito che il nostro tu lo abbia mai visto, perché è rimasto per anni in camera di Olivia, e non l'ho mai portato in giro perché pesa. Ma, poiché oggi tutto si può vedere a distanza anche senza avere la cosa direttamente in mano, sarò sommario nella descrizione. Si tratta di un puzzle composto di figure di animali, 16 appunto – elefante, ippopotamo, serpente, giraffa, rinoceronte eccetera –, contenuto in una cassetta con chiusura di 30 × 40 cm. Sono ritagliati in un blocco massiccio di legno di 3 centimetri di spessore. Enzo ha realizzato il prototipo a mano rendendo riconoscibili gli animali, i quali s'incastrano perfettamente gli uni negli altri. Nel 1957 lo preparò per i suoi figli, poi nel 1959 trovò chi glielo produsse.

16 Animali Puzzle

Oggi se ne fanno solo 200 copie l'anno. È un oggetto unico, e a suo modo derivante da un gioco di pazienza visto da Enzo nella vetrina d'un negozio. La cosa difficile era incastrare ogni animale nell'altro; l'aspetto geniale è legato al modo in cui è stato realizzato: la forma nasce dal disegno e insieme dalla mano del falegname.

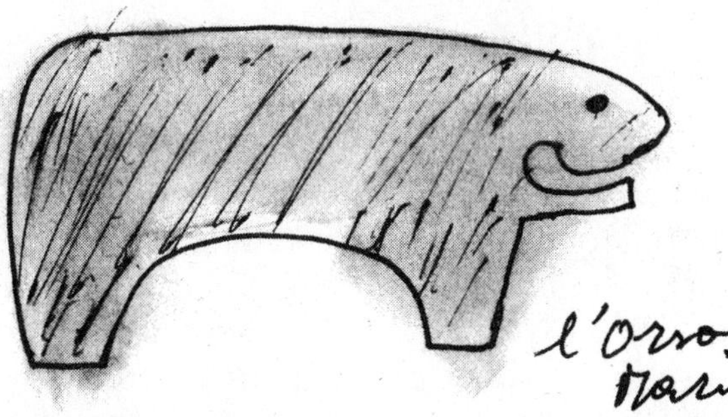

Ovviamente c'è anche un orso tra gli animali. Adesso è qui sul mio tavolo su cui sto scrivendo seduto davanti al computer. Ho disseminato sul piano gli altri 15. Stanno in piedi, stabili. L'orso non è particolarmente bello, tuttavia si capisce benissimo che è un orso. Funziona come orso, anche se è un pezzo di legno modellato. Ha la bocca aperta. Se avvicino l'orecchio al giocattolo, sento che sta parlando. Dice qualcosa che non comprendo bene. Tuttavia una parola mi pare di averla colta: «Giochiamo?» È Enzo, sí è proprio lui.

Cinque volte Ballo

Quanti Ballo ci sono? Almeno cinque. Il primo, il capostipite, si chiama Guido. Arriva a Milano nel 1939, quando ha venticinque anni, proviene da Adrano, un paese in provincia di Catania. È un poeta, poi diventerà un famoso critico d'arte. Insegnerà all'Accademia di Brera. I suoi studenti se lo ricordano con la giacca a tre bottoni nera, camicia stretta sul collo, cravatta nera e un nodo piccolo: stile anni Sessanta. La descrizione canonica è di mano di Massimiliano Gioni, che lo va a trovare a casa per intervistarlo per la e-zine «TRAX» quando Guido ha già abbandonato l'insegnamento. Carattere spigoloso, difficile, ispido, persino polemico, cosí lo definisce il suo ex allievo. È proprio cosí. La descrizione fisica è fulminante: pelato, faccia a punta. Ha qualcosa d'altero. Riceve sdraiato sul divano con tanto di coperta.

Ha chiesto a Massimiliano delle domande scritte; lui gliele consegna e Guido le legge attentamente. Risposta: «Questo è un casino». Sconcerto di Massimiliano, che però non demorde. In fondo la sua è una visita al vecchio professore che è anche un testimone della Milano artistica tra i Cinquanta e i Sessanta. Parlano allora di Lucio Fontana, uno degli artisti di cui Ballo ha scritto, probabilmente il suo preferito, per via del carattere, oltre che per l'arte: è il suo opposto. Racconta all'allora giovane intervistatore un episodio. Apertura della mostra di Gastone Novelli. Non c'è nessuno, solo l'artista, i due fratelli Pomodoro, Arnaldo e Giò, e naturalmente Ballo. Si guardano sconcertati. Di colpo entra Lucio Fontana. È entusiasta. Cammina nella galleria, guarda le opere, e poi prorompe con un: – È una bellissima mostra, voglio comprare un quadro!

Uno dei libri piú belli di Guido Ballo si intitola *Occhio critico*, la mia copia è del 1966; te ne ho parlato dopo averlo comprato su una bancarella: l'ho divorato. Ho cercato la sua monografia sull'amato Fontana: introvabile. Poi l'ho avuta in prestito da un amico che possiede tutto di quell'epoca, tra cui due preziosi libri illustrati di grande formato di Guido. Gli ho fatto la corte per anni, ma senza esito. Li ho letti, non tutti però, e a casa sua. Non me li prestava.

Nella sua conversazione Massimiliano parla poco della poesia del siciliano, forse non la conosceva bene, del resto lui è un critico d'arte, e anche bravo. Come sai, la chiave regionale non sempre funziona; poi per qualcuno sa troppo di Lombroso: deterministico. Vero. Tuttavia i caratteri locali, del paese, del luogo nativo, e regionali in generale esistono; sono legati al clima, al paesaggio, all'educazione e agli stili di vita. Niente di biologico, molto è acquisito. Nella sicilianità c'è la chiave per capire almeno il Ballo poeta, forse anche il critico. È nato vicino all'Etna, l'unico vulcano femmina – come dicono in Sicilia, mi ricorda Nadia – della nostra Penisola; poi salendo al Nord si è confrontato con la razionalità lombarda. Non facile, ma necessario. Quando è scomparso a novantasei anni sul «Times» di Londra è uscito un *obituary* dedicato a lui: non lungo ma esatto ed elogiativo. Me l'ha mostrato Marina, sua figlia, un'altra Ballo, quella di cui voglio parlarti qui.

Ma prima ci sono i Ballo+Ballo: Aldo e Marirosa. Lui è il fratello minore di Guido, nato a Sciacca nel 1928; immigrato anche lui a Milano. Lei di cognome nasce Toscani nel 1931. Sono stati fotografi, e che fotografi. Non c'è prodotto del design italiano che non sia passato nel loro studio prima di diventare un oggetto di culto (scusa l'espressione, ma è giusto cosí); ad esempio: la radio cubo Brionvega, l'orologio da tavolo Cronotime, i contenitori di Mari per Danese, il bicchiere di Joe Colombo, la sedia di Magistretti eccetera eccetera. Un elenco senza fine. Lei Marirosa è figlia d'arte: primogenita di Fedele Toscani, fotoreporter per il «Corriere della Sera», che ha lavorato durante il fascismo e anche dopo. C'è poi un suo fratello minore, di nome Oliviero, pure lui fotografo.

Dice Marina che è stata sua zia, Marirosa, a insegnare ad Aldo il mestiere, ma dopo è difficile distinguere il lavoro di lei da quello di lui, anche se qualcosa Marirosa ha lasciato di suo nel fotogiornalismo del dopoguerra: un servizio sull'alluvione del Polesine, anno 1951, e altro ancora. Insieme hanno fotografato le cose come se fossero persone; ciascuno di quegli oggetti ritratti ha un'identità precipua e unica. Non sono manufatti, bensí attori, che recitano sé stessi davanti all'obiettivo. Se posso semplificare con una battuta: B+B sono stati gli Helmut Newton delle cose: forma e seduzione. Sono sicuro che almeno una volta hai visto una delle loro fotografie, anche se non sapevi chi l'avesse scattata. Negli anni in cui sono arrivato a Milano B+B erano dappertutto; le riviste di design e architettura erano piene di loro scatti: efficienti e precisi. C'è una cosa ancora. Come s'è visto in una mostra recente al Castello Sforzesco, hanno fotografato gli autori delle «cose», gli architetti e i designer, come se fossero parte degli oggetti da loro realizzati: Mari perplesso è seduto su un suo divano; Sottsass è un dandy sotto una sua lampada. Complementi d'arredamento entrambi, eppure cosí perfettamente identificabili.

Poi c'è Marina Ballo, la Ballo che ho conosciuto meglio, non di sguincio come gli altri. Ha studiato filosofia alla Statale di Milano con i maestri della fenomenologia, Enzo Paci e non solo lui; poi è diventata psicoterapeuta nei servizi territoriali di Milano. Ha lavorato prevalentemente con i bambini. Ha sposato uno psicoanalista e psichiatra, Gustavo Pietropolli Charmet, altro personaggio cui dedicare attenzione.

A un certo punto Marina ha cominciato a fare fotografie. Il suo maestro è stato Gabriele Basilico. Ma non c'è una fotografa piú diversa dall'architetto di *Ritratti di fabbriche* e delle città del mondo. Proprio vero che i maestri generano allievi che li copiano o, al contrario, li ripudiano. Marina è appartenuta a questa seconda schiera, ma senza mai confliggere con il proprio insegnante. S'è presto staccata da lui cambiando il proprio punto di vista. Ha imparato tutto quello che c'era da imparare da Gabriele, racconta ogni volta che si parla di lui, ma ha diretto il proprio sguardo verso ciò che non c'è nella fotografia del maestro, oppure che c'è ma è ignorato. Meglio: ciò che non appare in primo piano. Lei è la fotografa del secondo piano diventato primo.

Psicoanalisi e fotografia vanno insieme. Ha iniziato alla metà degli anni Ottanta, mi racconta, quando ha cominciato l'analisi con Paola Molone, poi c'è stato l'incontro con Salomon Resnik, un altro psicoanalista, di cui ora si parla poco, eppure è stato un personaggio singolare; ha scritto libri interessanti anche sull'arte e riflessioni su Arlecchino visto da lui come il comunicatore tra mondo umano e mondo divino. Forse te ne ho parlato proprio per questo, per via del burattino. Negli anni in cui ci siamo frequentati Marina mi ha citato varie volte Resnik, spiegandomi come l'abbia ispirata nella propensione a guardare quello che si trova di lato, fuori dal centro, sui bordi del campo visivo. Come sai l'ho conosciuta attraverso Elio, che si è occupato del suo lavoro. Mi sono immediatamente innamorato di un suo lavoro intitolato: *Con la coda dell'occhio*.

All'inizio degli anni Novanta Marina ha fotografato in bianco e nero le aiuole della città: rettangoli o triangoli di verde pubblico visti da vicino; e insieme a loro i cordoli dei marciapiedi, le pietre che li contengono. In Lombardia i piú vecchi sono di serizzo, mentre i recenti in cemento si spezzano e si degradano facilmente. Ci sono entrambi nelle sue immagini. Li ha ritratti, come mi ha spiegato, a Milano, dalle parti di piazza della Repubblica e sui Bastioni. Ha pubblicato queste fotografie in un album di forma allungata, un libro dove questi oggetti in apparenza senza alcun valore architettonico e paesaggistico sono i protagonisti indiscussi.

Una volta nel suo studio Marina mi ha detto che nel ritrarre questi oggetti cercava una luce che potesse illuminare le cose dall'interno. Quando ha cominciato a fotografare ne ha parlato anche con suo zio Aldo, persona affabile e molto esperta nell'illuminazione di oggetti. Lo scopo è quello di fissare con la macchina fotografica le cose che guardiamo mentre camminiamo per la città, e che in genere non vediamo. Tu sai che nutro una vera passione per i marciapiedi. Ne ho già parlato e scritto piú volte, per cui scusami se mi ripeto.

La passione mi è stata suscitata anni fa da un articolo di Primo Levi, un testo apparso sul quotidiano «La Stampa» dedicato ai marciapiedi di Torino, a quelli vicini a casa di Levi in corso Re Umberto. Prima di lui nessuno scrittore, da quello che so, ci ha fatto troppo caso o dedicato uno scritto specifico a un oggetto cosí negletto dello spazio urbano. Mi aveva colpito che Levi avesse incluso anche uno spazio pavimentato nei pressi del Palazzo Reale della sua città. Lí non era passato piú nessuno da qualche secolo. Lo aveva verificato di persona, e sul selciato non c'erano tracce d'usura. Naturalmente le fotografie di Marina sono un'altra cosa, per quanto esista un'analogia tra loro: una questione di sguardi.

Lei sostiene che queste fotografie sono il risultato del suo lavoro di psicoterapeuta, dell'attenzione posta alla rimozione, ovvero al meccanismo attraverso cui qualcosa del vissuto viene espulso dalla coscienza perché disturbante o intollerabile, e quindi collocato in quello che la psicoanalisi chiama «inconscio». Una volta mentre guardavamo le fotografie di *Con la coda dell'occhio*, avrei voluto chiederle se quei marciapiedi che ha fotografato sono qualcosa di rimosso.

Chi vi cammina sopra, o di fianco, non li vede, insomma li rimuove? Perché? Quello che le interessa sono gli spazi non guardati. Hanno a che fare forse con qualcosa di lei.

Penso che la fotografia di Marina sia una ricerca su sé stessa, cosí come è vero per ogni attività artistica. In un altro lavoro successivo, intitolato *Primo campo*, ha fotografato quello che vede un bambino, o una bambina, mentre si trova in braccio a un adulto, a uno dei genitori: il collo, il mento, la bocca. Sono fotografie «fuori fuoco», come le chiama Marina. Credo si sia immaginata d'essere lei stessa un infante che guarda chi lo tiene in braccio senza riuscire ad avere una visione nitida della realtà: i denti, la guancia, il vestito, il colletto dell'abito, altri dettagli ravvicinati e come fuori fuoco. Poi si è chinata ad altezza di bambino e ha esplorato la casa, la sua casa, come se stesse gattonando avanti e indietro per le stanze. Ha chiamato questo lavoro *Rumore di fondo*. Nelle fotografie si scorgono una parete, una porta, lo zoccolino, un angolo, il pavimento di legno. Sono foto prese di scorcio, dettagli inquadrati senza un punto di vista fisso, sguardi fuggevoli e inattesi.

Un altro dei suoi lavori ritrae l'opera dei giardinieri del Comune di Milano intervenuti lungo la linea del tram che corre vicina al Parco Sempione, tutta punteggiata di alberi. Hanno segato i rami sporgenti e parti di tronchi morti o seccati; li hanno lasciati lí, per terra alla rinfusa per qualche giorno, come se fossero dei corpi vegetali abbandonati. Marina, che abita di fronte, è uscita un giorno con la sua macchina fotografica e ha ripreso questi mozziconi di alberi. L'ha intitolato *Urv-Ara*; l'opera è ispirata a una poesia di suo padre Guido intitolata *Albero*. Nel testo del padre si racconta con ritmo fratto il rapporto tra la pianta dell'antico parco e il casamento di cemento cui quest'ultimo è addossato. La parola citata dal poeta, che dà il titolo all'opera di Marina, significa in sanscrito «terreno fertile».

Parlando di questo lavoro in incontri pubblici Marina ha insistito sulla visione periferica di questa serie. Credo che sia uno dei suoi lavori piú rivelatori. Penso che il tema principale della sua fotografia sia il corpo umano. E che qui l'albero tagliato, la poesia del padre, le stesse rotaie che si intravedono sotto i rami e i ceppi recisi dai giardinieri siano analoghi agli oggetti rimossi su cui ha lavorato per anni con i suoi giovani pazienti. Sono parte di lei: un'interminabile biografia in forma d'immagine. Ha fotografato anche piazza del Duomo a Milano, le lastre del pavimento, rettangoli grigi, tutto visto dal basso, senza inquadrare, se non di scorcio, gli edifici e lo stesso Duomo.

Come ti sarai accorto, dopo Guido, Aldo, Marirosa e Marina manca ancora un altro Ballo. Si chiama Francesco, ed è il fratello piú giovane di Marina. È un film-maker, un critico cinematografico, insegnante per molti anni a Brera. Probabilmente è il piú misterioso dei cinque, ma lo conosco troppo poco perché possa parlarti di lui in modo adeguato. C'è sempre qualcosa che manca in quello che facciamo, come vedi. Questo ho imparato dall'arte dei Ballo, e in particolare da quella di Marina.

Il Conoscente

Seduto al tavolo comincia a leggere:

> Ai finestrini bianchi di fiati
> affacciati su quattro muri di nebbia
> faceva buio. Le lampadine gialle, sui viali,
> si erano accese, e filavano. Fra le stanghe
> e i sedili del filobus, fra gli odori
> dei corpi e dei giornali, c'era la pace
> che senti in una stalla. Un silenzio
> mite, svagato,
> infinito, leggero, come mai
> nessuno fosse nato.
>
> «Umberto Fiori!»

Siamo in cucina e Umberto è chino sul dattiloscritto di quello che tra qualche tempo diventerà *Il Conoscente*. Lui sai chi è perché te ne parlo ormai da anni. Tutte le estati, almeno dieci, insieme al mare in agosto, in quella piccola isola greca dove di recente sei stato anche tu. Lo conosco da tanto, forse trent'anni, probabilmente di piú. Tanti racconti ascoltati da lui nelle nostre camminate, e a volte anche io a narrare storie del passato. Umberto però ne ha molte di piú in saccoccia da tirare fuori. Lui ha avuto una vita interessante, ben piú della mia.

Un artista. Ha cominciato con gli Stormy Six, gruppo musicale fondato a metà dei Sessanta. C'è entrato nel 1973 e ne è diventato la voce, oltre che uno degli autori delle loro canzoni. Anni di movimento, come si dice in questi casi. Di fatto loro sono il gruppo musicale del Movimento studentesco, quello della Statale di Milano, leader Mario Capanna. Per un decennio su e giú per la Penisola, e anche all'estero, nell'Est, dove c'è il cosiddetto «socialismo reale», come nell'Ovest dell'Europa, a Nord e a Sud; tantissimi concerti, sempre in pulmino a correre qui e là. Vite da musicisti. Tu allora c'eri e qualcosa ti ricorderai per forza, anche se a te quelli del Movimento studentesco non piacevano molto: stalinisti.

Nel 1975 gli Stormy Six cantano *Stalingrado*: «Fame e macerie sotto i mortai | Come l'acciaio resiste la città | Strade di Stalingrado, di sangue siete lastricate; | ride una donna di granito su mille barricate. | Sulla sua strada gelata la croce uncinata lo sa | D'ora in poi troverà Stalingrado in ogni città». Una canzone epica scritta da Fiori insieme a Tommaso Leddi. Poi nel 1983 il gruppo si scioglie: ciascuno per la sua strada. Umberto resta disoccupato. Tira fuori dal cassetto la laurea in Filosofia presa a Milano, tesi dedicata a Woody Guthrie, se non ricordo male, e trova da insegnare. Mi pare che il primo incarico sia stato alla scuola ebraica, come precario. Dai palchi dei concerti ai banchi scolastici. Quando si trova a fare il professore, dopo aver fatto il cantante, ha trentaquattro anni, un pezzo di vita è già trascorso.

Una delle prime cose che mi ha raccontato è stato proprio quel passaggio. Doveva reinventarsi una vita, ha detto proprio cosí. In quegli anni il nostro amico Giovanni cominciava l'avventura dei CCCP. Carriere opposte. Un passaggio di testimone? Non so. Certo che la coincidenza c'è, e pure rovesciata: Umberto via dal marxismo-leninismo del Movimento studentesco, e Giovanni, dopo aver fatto l'educatore psichiatrico, a cantare il punk filosovietico. Jung le chiama sincronicità: sequenze accidentali di eventi. Il solo punto di giunzione tra le due vicende sono io.

Umberto l'ho intercettato anni dopo però, quando aveva cominciato a pubblicare poesie. Prima di arrivarci, di mettere insieme un libro, mi ha detto che faceva fotografie. Era tornato stabilmente a vivere a Milano e aveva preso a ritrarre i muri delle case. Erano fotografie che avrebbero dovuto esprimere il senso della sua condizione? Probabile: malinconia metropolitana. Nel 1986 esce un libro di poesie da un piccolo editore. Si intitola *Case*:

> Svoltato l'angolo di una casa
> un'altra casa viene avanti, piena di sole.
> A guardarla viene un vuoto,
> come una pena, ma poi
> viene la stessa faccia da eroi.

Come sai non sono un gran lettore di poesia, forse non la capisco neppure molto, anche se a rileggere oggi quei versi vi ci vedo le varie facce di Umberto Fiori cantante, insegnante, poeta. Da un lato l'afflizione, la tristezza e anche l'espiazione, e dall'altro l'elemento eroico, quello che ha segnato una parte della sua vita in cui ha fatto il cantante. In tutti gli anni trascorsi dai nostri Settanta, e oramai sono tanti, non ho mai letto qualcosa che spiegasse bene l'aspetto eroico di quel decennio: il fatto che molti di coloro che l'hanno attraversato come militanti – dirigenti o semplici partecipanti non importa – si sentissero a loro modo degli «eroi». Quale eroismo? Di tanti tipi mi viene da rispondere, perché non c'è un solo tipo di eroismo. Nel suo caso è quello legato alla tragedia del periodo, una cosa che ha continuato a pesargli, credo.

Umberto con l'espiazione e con l'eroismo è proprio un uomo di quell'epoca. Ho anche pensato che la sua vocazione poetica derivi da questi due aspetti: malinconia ed eroismo. Tuttavia lui mi ha sempre ripetuto che fin da bambino sapeva che sarebbe diventato un poeta, lo ha anche scritto. Cosa ne pensi? Esistono destini personali, o invece tutto viene visto in modo retroattivo? La nostra senza dubbio è un'epoca di continui anacronismi. Non ho potuto fare a meno di invidiarlo per la sua convinzione. Quel giorno in cui è venuto a trovarmi a Mondonico, per leggermi le pagine del libro che stava scrivendo, ho avuto la conferma che non m'ero sbagliato di molto nel cogliere i due aspetti opposti della sua personalità. Nel romanzo in versi che aveva composto e che ora leggeva in cucina c'erano molte spiegazioni riguardo agli anni trascorsi: un decennio o forse piú. Poi avrei visto altri aspetti della sua personalità, ma questo dopo.

La scena madre che racconta nelle pagine del *Conoscente* è perfetta. È un *flashback*. Umberto, o almeno il suo alter ego, quello che si chiama come lui nel libro, si trova su un filobus che percorre la circonvallazione interna di Milano. Sta calando la sera, è quasi buio. All'improvviso si sente chiamare per nome e cognome:

> Mi giro
> e vedo questo passeggero
> che si spenzola tutto sorridente
> verso di me.
> Un signore abbronzato,
> giacca, cravatta,
> faccia piatta, occhi duri, che neppure
> quel gran sorriso
> riusciva a far brillare.

L'effetto che gli fa questo incontro è efficace:

> Io non sarei rimasto piú sorpreso
> se una garguglia del Duomo
> fosse scesa, e mi avesse salutato.

La garguglia è la *gargouille*, uno di quegli animali mostruosi e fantastici che nelle cattedrali gotiche fungono da terminali dei canali di gronda. Non male come immagine.

Il Conoscente riemerge dal passato di Umberto Fiori. L'epoca in cui è ambientato l'incontro sono gli anni Ottanta, gli anni del riflusso, della fine dell'impegno ideologico e politico. Quando gli ho chiesto, interrompendo la sua lettura, chi fosse il personaggio del Conoscente, il suo nome, mi ha spiegato che si tratta di un «rampante» dell'epoca: uno *yuppie*. Ce ne sono stati tanti cosí, mi ha risposto, tutti ne abbiamo incontrati. Ho capito che era stato con lui nei movimenti studenteschi, nelle organizzazioni della sinistra extraparlamentare; insomma un'ombra del passato. Forse qualcosa di piú di un'ombra, in realtà; l'avevo intuito quel giorno mentre leggeva a Mondonico, in Brianza, sotto il monte San Genesio.

Evoco qui questa sottoregione della cosiddetta Lombardia perché nel volume c'è un personaggio cui Fiori e il Conoscente vanno a fare visita a Urate, località inventata della Brianza, modellata su nomi di località non troppo lontane da lí: Carnate, Usmate, Olgiate. Tutti paesi dove sono stato e dove ho anche abitato. Il personaggio si chiama Olindo. Un nome inconsueto, ma come ricorderai è anche quello di un uomo salito agli onori delle cronache giudiziarie insieme con la moglie Rosa per un efferato delitto commesso in quel di Erba, altra località della *Brianza felix*. Olindo nel *Conoscente* viene presentato alla stregua di un Grande Vecchio, il capo dei capi del grande complotto oscuro. Mi ha fatto pensare al Venerabile d'Arezzo, Licio Gelli, in apparenza un anziano signore inoffensivo; Gelli, peraltro, è stato anche lui un poeta, come l'Umberto Fiori del libro.

Le parti piú divertenti del romanzo in versi sono senza dubbio quelle che riportano i discorsi fra il tracotante e sicuro di sé Conoscente e l'ex rivoluzionario, ora insegnante di scuola media, Umberto Fiori. L'uomo, che lo tormenta in vari modi, è stato una spia della polizia, e adesso lavora per i nuovi potenti degli anni Ottanta e Novanta che l'hanno arruolato – o forse si è dato lui a loro come estremo gesto di salvezza. Una storia già sentita, ma il modo con cui Umberto la racconta è perfetto.

Quello che viene fuori della storia di Umberto Fiori, intendo il personaggio del libro, è che lui soffre di uno spiccato senso di colpa. Colpa di cosa non si capisce bene.

Ho ipotizzato, a lettura conclusa, che si trattasse piuttosto d'una maschera, l'ennesima che Umberto indossa. Non so se nella vita, ma di sicuro qui, come in tutti gli altri suoi libri di poesia. I poeti, mi sono convinto frequentandolo, vestono quasi tutti dei travestimenti, che aderiscono cosí bene al punto da non essere piú separabili dalla loro identità piú profonda. Mi perdonerai se a questo riguardo cito uno dei miei autori preferiti – lo ama anche Fiori, almeno l'autore dei rovelli etici della *Giornata di uno scrutatore* –, Italo Calvino, che a sua volta cita Hugo von Hofmannsthal: «La profondità va nascosta. Dove? Alla superficie». La superficie non ti pare un bel tema? Lui, l'Umberto Fiori del libro, al contrario vuole essere profondo.

Naturalmente la vacuità del Conoscente, insieme con la sua modestia e miseria morale, contagia Umberto Fiori, per cui è con questi aspetti che lui lotta per tutto il romanzo in versi. Una lotta improba che alza il tono del libro proprio mediante l'insistito scandaglio della povertà di spirito. Sono queste pagine che rendono l'opera del mio amico Umberto unica: rivelano in modo lampante tutta la pochezza della nostra generazione, che s'è trovata a impersonare una tragedia umana e politica, con tanto di morti ammazzati, bombe, attentati, trame nere e rosse, vite spezzate e vite finite nel nulla. Ci siamo trovati sbalzati a recitare il ruolo eroico, quando eroici non lo eravamo – questo è l'eroismo che affiora nelle canzoni degli Stormy Six, bellissime ma solo se intonate in coro.

Umberto Fiori, personaggio del romanzo in versi, per tenere testa al Conoscente, oscilla tra un atteggiamento provocatorio, a tratti persino piccolo-borghese, e invece la sperticata ammirazione per il suo avversario: lui sí un vincente – o vincente-perdente o perdente-vincente, boh! L'ex spia cerca di suscitare in Umberto Fiori l'invidia verso coloro che hanno ottenuto i successi a lui negati. Come cantante, come poeta? Non ti so rispondere, forse piú il poeta che il cantante. Umberto resiste, respinge l'assalto del Conoscente; cerca persino di spurgare la propria anima, dicendo che lui è in pace con sé stesso; tuttavia sa in cuor suo che non è vero. L'invidia, che oggi occupa il campo della nostra vita individuale e sociale, è uno dei demoni che agiscono nella storia del suo personaggio.

In uno dei passaggi piú acuti del libro cosí parla il Conoscente rivolto a Umberto Fiori:

> Hai ragione, hai ragione: non è l'invidia
> il tuo male. Perché, alla fin dei conti,
> chi invidia riconosce
> nell'altro un avversario, una minaccia.
> Accetta di misurarsi
> con lui. Lo detesta, ma in questo
> lo rispetta, lo onora. Ma il tuo peccato,
> quello che veramente ti avvelena
> l'anima, sai cos'è? È la pietà.
>
> No – nemmeno pietà:
> è il disprezzo.
> Disprezzo disperato.

Con questi versi Umberto ha sintetizzato il senso d'una intera epoca, quella che ha visto il passaggio dalla rivolta al suo opposto: acquiescenza e conformismo. In definitiva il Conoscente altro non è che una parte di Umberto Fiori – del protagonista del poemetto, naturalmente –, una parte andata a male, imputridita.

Mi accorgo che non ti ho ancora detto dell'ultimo volume di poesie di Umberto, uscito poco tempo fa. Molto originale. S'intitola: *Autoritratto automatico*. Sono delle poesie composte a partire da una scatola di fotografie, 750 per la precisione, che Fiori s'è scattato nelle Photomatic delle stazioni ferroviarie, nei sottopassaggi della metropolitana milanese, nei luoghi di vacanza e negli uffici dell'anagrafe. Sono quelle cabine dotate di macchine automatiche, che dopo gli scatti stampano strisce con piccole fotografie usate per il documento di identità o la patente di guida. Dal 1968 lui ha collezionato questi autoritratti dietro la tendina, a volte insieme ad altri, amici, donne amate, figli eccetera:

> Passano gli anni.
> Bianco e nero, colore.
> Non si bacia Narciso, non affoga,
> non si trasforma in un fiore:
> diventa vecchio.

Mi vien da dire che quella parola «fiore» qui non è casuale. Come può un fiore trasformarsi in Fiori? Solo assumendo il plurale e la lettera maiuscola. La raccolta poetica di Umberto che preferisco, forse la piú autobiografica nonostante tutto, non s'intitola: Io, Tu, Noi, bensí *Voi*. Cosa ne dici?

BRIANZA II

I confini della Brianza

Dalla casa con un buon passo saranno quaranta minuti. Si sale poco piú avanti, dopo la casa dove Emilio Gola, conte e pittore, teneva il suo studio, un edificio lungo e stretto che guarda a sud per via della luce che serviva per dipingere; qui sulla strada che attraversa il borgo la facciata è esposta a nord. Il punto d'arrivo della camminata è il monte San Genesio a 932 metri, dopo l'abitato di Campsirago, l'ultimo strappo in mezzo agli alberi, poi, superati una serie di ciliegi selvatici e un grande gelso di more bianche, si arriva al piccolo paese. Quassú finisce la Brianza.

Non lo dico io, ma Giampaolo Dossena, un cremonese, che s'è cimentato con questo territorio esplorato prima di tutto attraverso i libri. Dossena te lo ricorderai: era con noi da Gualtiero Marchesi quando abbiamo presentato nel 1982 *I Porci Comodi* a Milano, e c'era anche Giovanni. Alto, allampanato, con quegli occhiali a forma di piccolo schermo televisivo, spiritoso e garbato, era stato per noi tre giovanotti un perfetto anfitrione. Ma Dossena è stato soprattutto un grande e curioso studioso dei giochi, collaboratore di giornali, in particolare «La Stampa», dove teneva una bella rubrica settimanale. E poi il suo posto nel giornale l'ha ereditato Stefano, come sai. Se ne è andato nel 2009, ma ha lasciato dietro di sé una scia di libri davvero ragguardevoli, tra cui un librone intitolato *La Brianza dei poeti*.

Questi sono i boschi che ho percorso con il Bandana, ma per poter circoscrivere questa microregione, di cui ti dirò, mi sono fatto accompagnare dallo studioso di Manzoni, Parini, Gadda e mille altri sconosciuti autori di poemi e poemetti dell'Ottocento, lettore onnivoro. Perciò oggi, mentre saliamo sull'acciottolato di sassi tratti dall'alveo del vicino fiume Adda, ci sarà anche lui, Dossena.

Intanto la Brianza, terra di confine tra il Ducato di Milano e la Repubblica di Venezia. Salendo si scorgono via via le terre al di là del fiume, quelle di Renzo Tramaglino in fuga dalla città dopo i tumulti. Brianza terra di gabellieri, come si dice qui. Giú in basso – sarebbe una piccola gita per noi due e per Liliana – c'è il cosiddetto «traghetto di Leonardo» che congiunge i piccoli moli di Imbersago, riva di qua, e Villa d'Adda, riva di là. La piccola imbarcazione, composta di due natanti congiunti da assi per formare una piattaforma, non si sa se sia di Leonardo, sebbene vi sono dei suoi disegni presi a Vaprio d'Adda presso la villa di Francesco Melzi nel 1513, che stanno nelle carte del Codice Windsor, conservato nell'omonimo castello inglese. Il tutto funziona con una fune tesa tra le due rive. Un tempo era un piccolo porto che si sono disputati i signorotti feudali tra la riva bergamasca e quella brianzola.

Dove comincia e dove finisce la Brianza è questione dibattuta. I confini sono una cosa labile, elastica e arbitraria; spesso sono fantastici e fantasticabili, come dice Dossena. Ogni tanto salendo tiro fuori dallo zainetto una versione breve delle sue storie della Brianza dentro il suo libro *Fai da te*. All'inizio degli anni Ottanta lui si chiese se dopo il 2000 – data topica allora – ci sarebbe stata ancora la Brianza. Perché se lo chiedesse non saprei dirlo. La risposta è però una sola: sí, è ancora qui. Vediamo come è fatta.

Nel 931 d.C. non si chiamava ancora cosí, ma Martesana; oggi questo nome indica un Naviglio che per i milanesi è il «Naviglio Piccolo»: collega la città con l'Adda per una estensione di quasi quaranta chilometri. Già allora, all'altezza di quella data, i limiti e le frontiere del territorio brianteo non erano molto evidenti, per quanto lo si delimiti nel perimetro, come fa Dossena: «Asso - Incino (Erba) - Mariano-Seveso-Desio-Vimercate-Gorgonzola-Pontirolo-Brivio-Garlate». Con Pontirolo non si riferisce a quello attuale ma a Canonica d'Adda. Però oggi chi li vede in questo *continuum* edificato di casette geometrili e capannoni che è lo *sprawl* brianzolo e bergamasco?

Intorno al 1160, il territorio era dominato da un nobilotto di nome Goswin von Heinsberg, un tedesco presumo; glielo diede da amministrare direttamente il Barbarossa in persona quale compenso della sua fedeltà, almeno cosí si tramanda. E non era proprio un «contado», ovvero un territorio rurale. Nel 1412 quando diventa signore di Milano Filippo Maria Visconti, il Capitano che amministra la giustizia nel territorio giura fedeltà al nuovo duca usando nella formula l'espressione: *omnia communia Montisbriantie contrate Martesane*.

Ora il monte, o colle, Brianza è composto da tre propaggini: monte Regina di 817 metri, monte Crocione di 877 metri e monte San Genesio, che è l'ultima propaggine orientale, dove adesso sto salendo tra castagni, querce e anche alcune betulle, che non so bene se piantate qui da qualcuno o resti di un'antichissima vegetazione perché loro sono originarie dell'emisfero boreale. Dossena scrive che questo ultimo sarebbe alto solo 832 metri. A detta dello studioso cremonese, che conferma il Bandana, la leggenda attribuirebbe a Briono la fondazione qui d'una città simile alla sua Troia. Da questo esule viene dunque il toponimo Brianza. Nel luogo chiamato monte, o colle, Brianza c'è ancora una torre quadrata alta ventitre metri con una grossa campana in cima, detta «il Campanone». Carlo Porta parla di «Monte Brianza», mentre Stendhal usa la dizione «colli di Brianza», direttamente in italiano, lui che amava molto queste zone viaggiando dalla vicina Milano, e ti racconterò tra poco di questa sua visita; il Foscolo invece usava «clivio di Brianza» in un'opera in versi; infine il Manzoni nell'*Adda* usa l'espressione «dorso brianteo». Tutta farina che traggo dal sacco del cremonese.

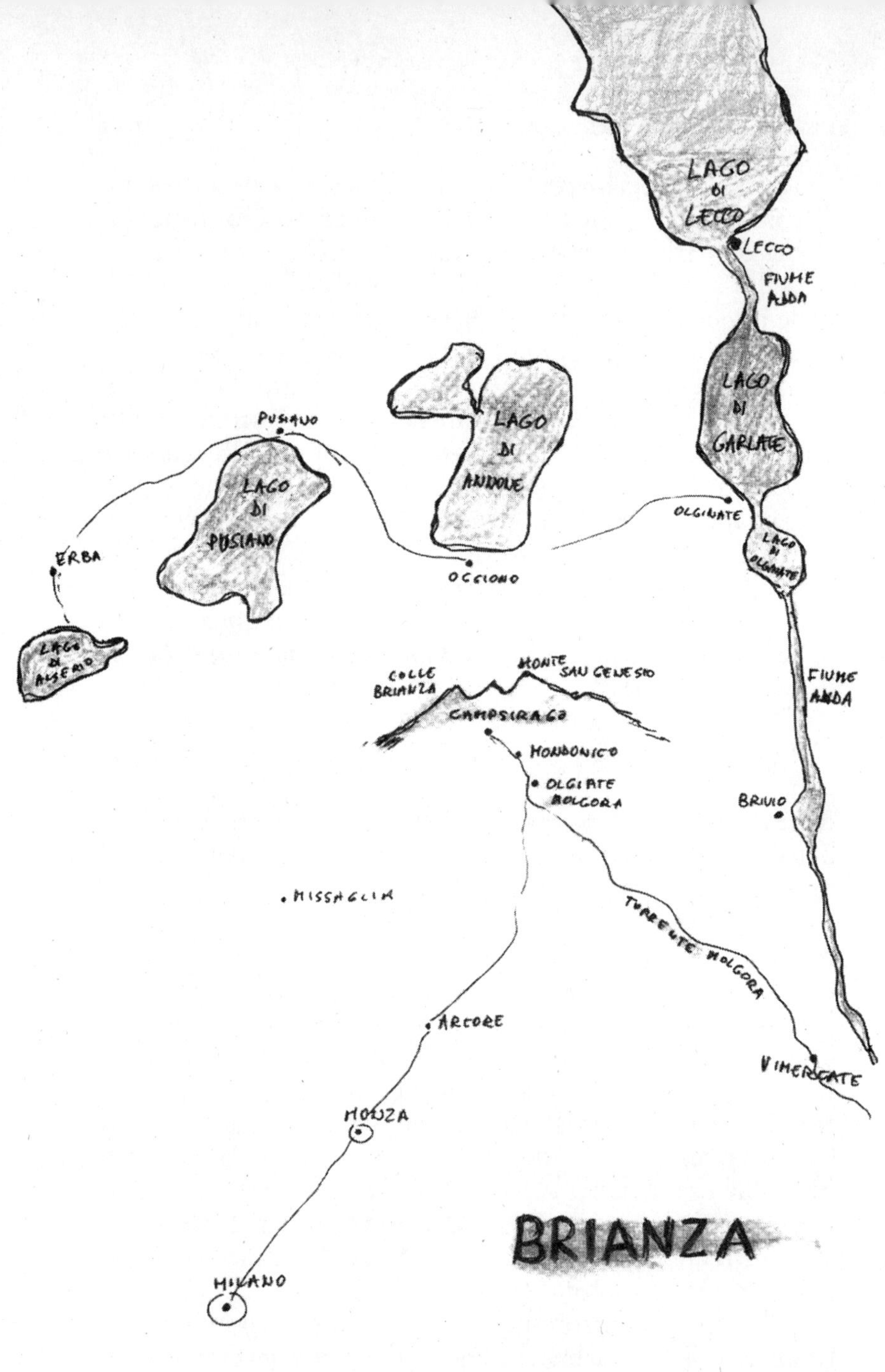
LAGO DI LECCO
LECCO
FIUME ADDA
LAGO DI GARLATE
OLGINATE
LAGO DI OLGINATE
LAGO DI ANNONE
PUSIANO
LAGO DI PUSIANO
OGGIONO
ERBA
LAGO DI ALSERIO
COLLE BRIANZA
MONTE SAN GENESIO
CAMPSIRAGO
MONDONICO
OLGIATE MOLGORA
FIUME ADDA
BRIVIO
MISSAGLIA
TORRENTE MOLGORA
ARCORE
VIMERCATE
MONZA
MILANO
BRIANZA

A Dossena, chiosatore arguto di Gadda, preoccupa di capire che luogo i milanesi intendano quando dicono di avere una «villa in Brianza» dato che, stiracchiando molto la carta geografica, e distendendo i confini verso sud, parlano di Monza e anche di Sesto San Giovanni, collocando l'ex Stalingrado operaia d'Italia in Brianza. Una vera bestemmia.

Nel 1837 Ignazio Cantú nella sua guida stabilisce che la Brianza in estensione verso il basso si ferma a Monza, limite sud. Cosa accolta nelle targhe di oggi: «MB» vuol dire «Monza e Brianza», una delle ultime province istituite. Gli Amici della Brianza, poi, hanno steso una lista di 165 comuni che si trovano nelle province di Milano e Como, e per quanto riguarda i confini delle diocesi: Milano, Como e Cremona. Quest'ultima città, presente già nelle topografie di Augusto, arriva sino al Po e quindi prolunga la Brianza da quella parte? Fantasie. Scusami questo concentrato di erudizione, ma nel 1978 in un volume intitolato *La grande Brianza*, opera di vari autori tra cui Remo Griglié e Gianni Brera, si scende a 153 comuni e si tracciano i suoi limiti: Seveso a ovest, Adda a est, Martesana a sud. Tutto questo per farti capire, ammesso che ci sia riuscito, quanto esteso sia questo «compartimento».

Insomma la Brianza dov'è? La risposta geologica è forse la migliore e anche la piú esatta, oltre che la piú remota. È quella che ha dato forma al paesaggio che ancora vediamo, a parte l'inserto irrimediabile delle costruzioni industriali. Per cui bisogna ritornare indietro al primo periodo dell'era Quaternaria, quando, per ragioni su cui non c'è ancora un accordo unanime degli studiosi, l'espansione dei ghiacciai a partire dalla regione alpina arrivò sino in pianura con una serie di avanzate e successive ritirate, come se si trattasse di un esercito in continua guerra. Ci furono, dicono gli studiosi locali, tre colate glaciali giunte fin qui da quel territorio che oggi chiamiamo Valtellina: Mindel, Riss e Würm. La glaciazione Mindel, la piú antica giunta in area padana, inizia 500 000 anni fa; la Riss va dai 200 000 ai 120 000 anni fa;

e la Würm, l'ultima glaciazione, culminò circa 20 000 anni fa. Queste coltri di ghiaccio erano lunghe anche duecento chilometri e avevano uno spessore notevole. L'effetto fu il depositarsi di incredibili quantità di materiale morenico che formò archi concentrici di colline disposte a semicerchio, e aree depresse, dette di sovraescavazione, all'origine dei vari laghi della Brianza e anche del lago di Como. Qualche ricerca piú recente in realtà mi pare di capire che attribuisca ai ghiacciai il rimodellamento di gole preesistenti create per erosione, milioni di anni prima, durante il disseccamento del Mediterraneo.

Quel che è certo però è che il terzo aspetto che ha modellato il paesaggio morfologico sono stati i massi erratici, di cui ti ho detto, dai colori e dalle composizioni sorprendenti. Uno dei piú famosi da queste parti – giuro che ti ci porto a vederlo appena vieni a trovarmi – è il Sasso di Guidino a Besana Brianza posto sul confine della cinta muraria di una villa. Si trova in mezzo a case signorili e villette e ti guarda da sopra a sotto, come se fosse un gigante uscito da qualche fiaba o romanzo fantasy. Ti fa sentire piccolissimo. Arrivato probabilmente dalla Valtellina è il sasso erratico piú a sud di tutti, non in Brianza, ma in provincia di Milano. Ma ce ne sono altri salendo al monastero di San Genesio in compagnia del Bandana, tutti etichettati da lui, che sembra avere una storia per ciascuno. Queste pietre viaggiatrici mi sono molto care, forse perché si sono lasciate passivamente trascinare sino in questo luogo – ma che altro avrebbero potuto fare? Massi migratori, un po' come me. Cosa ci faccio qui? mi domando certi giorni guardando verso sud, o meglio «verso meridione», come mi hai raccomandato di dire. E da qui la Pianura manco si vede.

Stendhal a Oggiono

Il territorio brianzolo è noto soprattutto per le sue fabbrichette e in particolare per quelle dei mobili che vi si costruiscono. Da qui si esportano in tutto il mondo, in specie nei Paesi arabi. Amici lavorano, o hanno lavorato, per gli emiri del petrolio. A perdita d'occhio le colline e i terreni pianeggianti sono ricoperti di capannoni, e quella che un tempo era una zona intatta dal punto di vista paesaggistico, come si dice, è diventata un distretto industriale perdendo molto della propria bellezza. Di questo piccolo ma sostanzioso dipartimento industriale tu ne sai certamente piú di me e saprai anche i numeri dell'export che riguarda questa terra, se è vero che una volta sei intervenuto a un consesso per spiegare quanto produce in termini di Pil la Lombardia con i suoi distretti.

Quando sei venuto da queste parti purtroppo non ti ho portato a vedere i laghetti che sorgono appena sotto la Y rovesciata del lago di Como e di Lecco. Sono una serie di specchi d'acqua di piccole o medie dimensioni, che fanno da corona al grande lago che nasce dal corso dell'Adda. Ho qui davanti a me una carta geografica del 1837: *La Brianza e luoghi circonvicini*. Si distinguono: il piccolo lago di Montorfano sopra Capiago Intimiano; il lago di Alserio prossimo al paese omonimo; poi accanto quello piú grande di Pusiano; il lago di Annone, sopra Oggiono, diviso in due bacini, di Isella e di Annone; poi il lago di Garlate, che confina con quello di Olginate. C'è anche il lago di Segrino vicino a Canzo, a Eupilio e a Longone, paese quest'ultimo di cui ti dirò piú avanti.

Qui, in un punto in cui la strada corre lungo il lago di Annone, da un lato, e la ferrovia a una sola rotaia dall'altro, poggiato al rialzo della collina, c'è un grande centro sportivo con un'enorme piscina coperta intitolato al grande scrittore di Grenoble, Marie-Henri Beyle, che tutti conoscono con lo pseudonimo di Stendhal. Qualche anno fa ho reperito un suo diario di viaggio in Brianza in versione integrale perché, per via di una storia con una donna, è sempre stato pubblicato in forma purgata.

All'epoca di questo diario scrivere per lui non è ancora un vero mestiere, anche se ha già pubblicato da poco una sorta di racconto di viaggio, *Roma, Napoli e Firenze*, mentre *Passeggiate romane* uscirà tempo dopo. È un militare e un diplomatico. Quello che deve ancora nascere in quel punto della sua vita è il romanzo che gli darà vent'anni dopo la fama imperitura: *La Certosa di Parma*. Credo che tu abbia ancora questo volume tradotto da Gianni Celati, una bellissima versione del libro. Provo allora a raccontarti la Brianza attraverso il suo sguardo, cosí com'è nel diario integrale che ha pubblicato un piccolo editore di un paese qui vicino, trovato per un testo che ho scritto anni fa.

È il 25 agosto 1818 e la diligenza parte alle 7 da Milano diretta verso l'Alta Brianza. A bordo ci sono due amici, Giuseppe Vismara e Marie-Henri Beyle, insieme a un mercante di Reggio, una poppante e altri passeggeri. Sin dalla partenza il francese registra tutto o quasi in un diario. I due sono diretti come prima tappa a Inverigo, ridente paese della Brianza, dove c'è il palazzo di Luigi Cagnola, famoso architetto milanese, che si è fatto costruire un'imponente Rotonda, una delle costruzioni piú curiose ed eccentriche del circondario, ancora oggi meta di visite. La storia del Cagnola, che prima fece studi di legge e poi si trasformò in architetto, un vero autodidatta, riempirebbe un libro.

Sulla strada per la Rotonda, i due passeggeri si fermano a Giussano e salgono sul campanile. Ma prima di arrampicarsi per i ripidi scalini, Vismara piscia dentro l'acquasantiera e subito dopo uno scalino si spezza sotto i piedi di Beyle. In cima la vista è degna della fatica: il Duomo di Milano a mezzogiorno, disegnato in grigio, con a destra la chiesa di Rho, a bucare l'orizzonte; e il campanile di San Gaudenzio a Novara, città natale del Vismara.

Se oggi Stendhal dovesse risalire le medesime scale, non vedrebbe piú nulla del genere per via dell'aria piena di polveri sospese. Ormai, piú di duecento anni dopo, tutto appare immerso in una nebbia rossastra che non fa vedere neppure i grattacieli che la classe dirigente e i politici lombardi hanno eretto, e stanno ancora erigendo, a ritmo serrato in questi ultimi anni. Dalla cima della Rotonda i due amici hanno poi la sensazione, guardando verso l'orizzonte, di scorgere un mare al posto della Pianura. Una premonizione del futuro?

Oggi solo dopo una giornata di pioggia battente si riesce a riavere una visione simile, per quanto la densità delle costruzioni, i profili dei palazzi e gli agglomerati urbani dominino su tutto, e il verde della Pianura irrigua è contrastato dal rosso dei tetti e dal grigio dei condomini.

Dopo la visita a Inverigo e alla Rotonda, la meta successiva di Stendhal sono Alserio e il suo lago. I laghetti di cui ti ho detto sono delle risorgive o invasi, che raccolgono l'acqua scesa dalle Prealpi e determinano, nonostante i nastri autostradali, i plinti di cemento e gli svincoli ad anello, la forma del paesaggio: sono superfici che riflettono le nuvole e il colore del cielo, occhi blu e a volte persino azzurri. Un paradiso, cosí doveva essere all'epoca: uno dei posti piú belli d'Italia. Difficile crederlo oggi. Persino il Lambro, inquinato oltre misura, nonostante il ricorrente tentativo di ripulirlo, proprio sotto Pontescuro appare nel diario di Stendhal «niente male». Le pagine che il francese stende non sono destinate ai lettori. Sono appunti privati:

«Un diario simile è fatto soltanto per chi lo scrive». Gli serve come strumento «per riportare alla mente e rendere presenti tutte le sensazioni di allora».

Il 26 agosto dopo colazione si incamminano a piedi al lago di Pusiano, il piú grande. Là dove i due amici scorgevano piccole colline non molto alte e ben imboschite che chiudono il lago, conferendogli un aspetto dolce, ora ci sono ville, villette e soprattutto condomini. Da lí, il 27 agosto il francese e il suo amico italiano s'imbarcano per l'isola in mezzo allo specchio d'acqua. Poi, rientrati all'albergo di Oggiono, dove alloggiano, la guida che li conduce sparisce di colpo, mentre appare una donna bellissima insieme a un fanciullo, di cui la padrona della locanda gli aveva parlato poco prima. Arriva anche un'altra donna, che nel diario definisce «bellezza ammirevole perché non ha niente di greco ed è assolutamente originale». La paragona ai ritratti dei pittori veneziani. Vanno a prendere un caffè e poi sul lago. Scrive Beyle: «Sento che avrò un momento di vivo piacere».

Nelle pagine di Stendhal, come in quelle di molti viaggiatori stranieri, forse non tutti ma certo molti, l'estetica dei luoghi – la luce, il colore, le forme dei monumenti, delle colline, dei fiumi, delle rogge, delle foreste e dei villaggi – si confonde e si amalgama con una sensazione di sensualità diffusa, con il desiderio e una mai sopita pulsione sessuale. Un atteggiamento tipico degli uomini, probabilmente, che il paesaggio italiano sembra esaltare. Non è solo Stendhal a scriverlo, ci sono pagine di altri viaggiatori: li attira la Natura, i monumenti e i corpi. Delle donne, dei ragazzi. La maggior parte dei diari è di uomini. Forse si tratta dello spirito dell'epoca. Non so se sei d'accordo, ma la Natura, anche quella cosí antropizzata del paesaggio italiano, soprattutto questa, suscitava allora languori che forse oggi non proviamo piú, o almeno non nello stesso modo. Non so cosa ne pensi, ma questa era una delle sensazioni che ispirava in tanti il desiderio del Grand Tour.

Racconta nel diario, il francese va in barca con una giovane donna e il fratello di lei: «Voi siete *pescatrice e peccatrice*», le dice Beyle scherzando. La ragazza risponde con franchezza: «Sí». Cosí almeno scrive lui. Da quel momento nell'alloggio di Oggiono – ancora oggi una bella cittadina, in parte stravolta, in parte invece intatta nei cortili, nelle case, nelle ville, nel battistero romanico – lo scrittore non fa altro che pensare all'incontro erotico con la bella pescatrice, mediatore un ragazzino.

Nelle giornate domenicali lungo le rive del lago di Annone, dalla parte di Annone Brianza, dove i verdi campi degradano in direzione dei canneti, c'è sempre molta gente, soprattutto quando fa molto caldo come negli ultimi anni. Oggi ci sono in giro solo alcune coppie, e per lo piú si tratta di famigliole. Parecchi sono stranieri: russi, romeni, gente dell'Est, con grosse macchine parcheggiate lí accanto.

Il 28 agosto alle 8 Beyle e l'amico prendono il caffè; alle 9 sono con una vedova, che il francese definisce «un orrore». Poi si precipitano verso il lago di Oggiono (come si chiamava allora il lago di Annone), sicuri del fatto loro. S'imbarcano con la pescatrice. Il brano che segue è uno di quelli censurati, anche nelle pagine di quel gran libro *La Brianza dei poeti* di Dossena: tagliato via o ridotto a un'allusione in francese. Scrive Beyle: «a gran fatica una chiavata, e lei minaccia di gettarsi nel lago». Durante il rapporto sessuale, scrive, la donna dice di continuo «*minc, minc*». Dossena suggerisce che voglia dare del «minchione» al futuro autore della

Certosa. Secondo il curatore del volumetto sarebbe invece l'espressione lombarda *minga*, «non ne voglio». La donna viene due volte, e alla fine ha l'aria stanca, cosí nel testo. Questo dettaglio nella prima edizione dello scritto è stato omesso dai curatori. Il racconto nel diario intimo continua. Alle 10 tornano a riva a prendere il fratello e con la ragazza fanno, da bravi turisti, il giro del lago in due ore, il bacino piú grande, scorgendo il punto in cui comunica con il lago di Isella, ma Beyle è troppo stanco per avventurarsi oltre. Nelle note di spesa, dettagliatissime, la «*peccatrice*» riceve 3 lire e 7 soldi e mezzo; il «*barcajuolo*» 3 lire. Annotazione parsimoniosa.

Oggi sono anch'io sul lago di Annone, non c'è nessuna barca in giro, solo un pedalò ancorato vicino a un prato. Vista da vicino la superficie d'acqua non sembra suscitare una cosí grande passione, ma dall'alto, salendo i monti che gli sono dirimpetto, dalla parte di colle Brianza, e guardando giú, i due specchi ai piedi delle montagne ispirano un'emozione che può anche tramutarsi in qualcosa di sensuale. Chissà se il fascino dei laghi viene da questo aspetto.

Beyle-Stendhal, da cui ha preso nome la celebre sindrome, è un uomo emotivo, pieno di desideri, uno che cerca la bellezza, e prova a interpretarla e indirizzarla: un sentimento pagano del paesaggio e della grazia come mostrano i diari intimi, gli appunti di viaggio, i romanzi, e la sua pseudoautobiografia. L'Italia, la Lombardia e soprattutto Milano sono per lui il luogo della felicità. Il 29 agosto, alla fine del viaggio in Brianza, scrive: «Abbiamo fatto male a fermarci ieri sera a Oggiono, non bisogna mai restare due giorni di seguito nello stesso luogo». C'è in lui una sorta di nevrotico impulso al cambiamento continuo, almeno da certi scritti personali sembra cosí. Non so proprio cosa diresti tu però della storia dell'incontro sessuale, che getta sulla sua impulsività una luce dubbia. Se divenisse nota oggi che ne sarebbe della sua memoria? Forse se anche l'avessi letta, non ne avresti fatto parola.

Villa Gadda

Piffete e puffete e con quel treno «tu ne giungi felicemente a Breanza». Cosí il Gran Lombardo. Ma andiamo con ordine. Ti racconto di questa visita seguendo una vecchia traccia. Sul treno, «ferrocarril» delle Ferrovie Nord – è sempre lui – ci s'imbarca a piazzale Cadorna, in Milano, direzione Asso, fermata Erba. Qui si scende per risalire su un autobus – allora non c'era –, destinazione: Longone al Segrino. Pochi minuti ancora, e si sbarca davanti a una delle case piú famose della letteratura italiana del Novecento. Siamo arrivati: Villa Gadda.

Provo a descrivertelo: un casone squadrato, appoggiato appena alla collina, con archi sul davanti, due grandi e due piccoli. Niente di particolare, anzi piuttosto ordinario, molto meno elegante dei villini, delle ville rustiche, degli chalet svizzeri e delle residenze liberty che nel medesimo periodo avevano già invaso la zona. Qui vorrei portarti una volta o l'altra anche per vedere il lago, che merita. In questo luogo è venuta su la «Villa in Brianza» edificata da Francesco Gadda, con l'intento esplicito che i ragazzi «crescessero sani, vigorosi, allegri, sotto il portico, le logge fatte per aerare la casa, la terrazza per il fresco di sera, dopo il lavoro».

La Villa, che ho visitato guidato da Mario Porro in compagnia di altri amici, è oggi un condominio come altri, nonostante il parco intorno. In questo edificio di nessun gusto particolare venivano in villeggiatura durante i periodi estivi i fratelli Gadda: Carlo Emilio, Clara ed Enrico. In una memoria autobiografica dettata nel 1963, anno della *Cognizione del dolore* come rammenterai, Carlo Emilio, all'epoca settantenne, scriveva: «Suo padre costruí la fottuta casa di campagna a Longone nel 1899-1900 e questa strampalata casa gli rimase appiccicata fino al 1937. Panorama stupendo sui laghi brianzoli, Monte Resegone».

Strampalata perché costruita male, con criteri sballati, come si capisce leggendo il romanzo che la vede tra i protagonisti, anzi la vera protagonista. Il terrazzo è la cosa peggiore. Ci si entra direttamente dalla strada, scrive nella *Cognizione*, attraverso «il piccolo giardino dietro casa, con il quale comunicava direttamente, dopo il solo ostacolo d'un gradino di serizzo». Niente chiavistelli, cocci di bottiglia aguzzi sul muro, spranghe contro le tentazioni altrui. Fottuta, cosí la chiama, perché a un certo punto il padre di Carlo Emilio muore – nel 1909 – e sulla casa gli eredi accendono un'ipoteca per restituire alla sorella di primo letto, Adele, la dote, cosí da costringere Carlo Emilio, capo della famiglia, a economie eccessive. Nel 1936 il Gran Lombardo scrive a Gianfranco Contini: «la mia casa di campagna [...] mi procura piú grattacapi che una suocera isterica. Sono le fisime casalinghe, brianzole e villereccie di un mondo che è tramontato per sempre lasciandomi solo stucchevoli tasse da pagare – Mi vendicherò».

La sua vendetta è appunto quel gran libro che a te piace cosí tanto. Scritto e pubblicato in prima versione subito dopo queste righe, nel 1938, poi apparso in rivista e ampliato nel 1963 presso Einaudi – fare il Bandana è per me proprio un'abitudine, e pure citando Gadda. L'hidalgo Gonzalo Pirobutirro, sua controfigura, sarà la causa della morte della madre, personaggio centrale del romanzo, uccisa durante l'assedio della proprietà da parte degli uomini dell'Istituto di Vigilanza notturna, antesignani delle ronde padane di qualche anno fa: unico tra i proprietari della zona Gonzalo non ha voluto ricorrere alla loro protezione. L'assassinio della madre, oscuro episodio, è la vendetta di Carlo Emilio per interposta persona, dato che, come dicono i critici, tra la casa e la madre nel romanzo non c'è alcuna differenza. Ecco qui il punto.

Se *La cognizione* non è stato scritto nella Villa, dato che nel 1937, dopo la morte della madre vera, Gadda la cede all'avvocato Calabi della Banca commerciale, che provvede subito a dividerla in appartamentini, con tipica azione immobiliare brianzola, è però sicuro che lí, nella casa di vacanze, sono stati redatti, spiega la critica: una novella, poi diventata *La Madonna dei filosofi*; *La meccanica*; *Meditazione milanese*, in buona parte; *Racconto italiano di ignoto del novecento*; e poi il lavoro intorno a *Un fulmine sul 220*, che credo tu abbia letto, da assiduo gaddiano quale sei. A casa tua ho visto tutta la piccola biblioteca dei libri del Nostro. Del resto tu non sei stato contento sino a che non hai trovato in affitto, per la tua magione romana, un appartamentino con terrazza nei pressi di via Merulana.

Della planimetria della casa di Longone, della disposizione delle stanze, dei tempi e modi di costruzione, rogito del terreno compreso, sappiamo tutto, o quasi, dato che gli studiosi di Gadda hanno messo mano alle mappe e ai reperti catastali per spiegare come il romanzo sia modellato sulla disposizione di stanze e piani della Villa in calce e mattoni.

Il tratto dominante della *Cognizione*, romanzo dedicato a questo territorio, è sicuramente il rancore che trapassa in un risentimento assoluto nei confronti della stessa Brianza, per quanto, in effetti, qui Carlo Emilio, ingegnere in congedo nell'anno sabbatico 1928-29, vi abbia scritto in modo furibondo e felice. La casa di Longone è il suo *buen retiro*, dove conserva i quaderni con gli abbozzi dei futuri racconti, e riceve gli amici scrittori: tra loro Bacchelli, Linati, Bonsanti. L'ossessione dei peones, ladri e ubriaconi, che raggirano la madre, nascondono frutti dei campi, viziosi e sporchi, è già presente nelle lettere degli anni Venti, dove sproloquia sul «contadiname a cui manteniamo una casa, mentre io devo lavorare come un cane e vivere al quarto piano in una camera fredda», come scrive alla sorella Clara nel febbraio del 1927. Un gran lamentoso, anche se a te non pare. Don Gonzalo è già presente nelle continue contumelie di Carlo, nelle definizioni delle donne bruttissime di Longone, che dicono «car signor» e «cara madonna» mentre vendono pere tisicuzze, e l'odio per i vizi umani trapassa ben presto al paesaggio e alla natura, sino a un certo punto liberi da difetti. Perché odia tanto la Brianza che invece Beyle-Stendhal ama appassionatamente?

La «propria privata privatissima personale proprietà» diventa fonte continua di dispiaceri che si concentrano nelle pagine dedicate alla figura della Madre di Pirobutirro, che il figlio umilia e picchia. Villa Gadda, in terra di Lukones, nome dato ai villani e ai nobili del paese della Brianza comasca, diventa il «verme solitario di Longone, con Resegone sullo sfondo e odor di Lucia Mondella nelle vicinanze». Eppure, estinta l'ipoteca, venduta la casa, dopo aver salvato le vecchie carte lí riposte, Carlo Emilio scriverà al cugino Piero Gadda Conti di una «tristezza grande», per cui «piango la mia vita perduta e tutte le cose profanate».

Di tutte le profanazioni autodistruttive e masochistiche, propellente eccellente della sua narrativa, insieme alle malinconie di cui si alimenta, al pari dei suoi personaggi, di cui tu sai benissimo senza che io ti dica, il casone di Longone è il punto saliente, il culmine, il Resegone della sua esistenza. «Dolore e dolore, dolore sopra dolore», scrive. Lí, non lontano dalla casa, sono sepolti il padre, il fratello Enrico, il prediletto della famiglia, credeva Carlo Emilio, morto nell'aprile del 1918 in volo nella guerra, e dal 1936, lei, la madre. La visita alla tomba in stile liberty mortuario, da Cimitero monumentale di Milano, è una cosa che non puoi mancare la prossima volta che saliamo a Cadorna sul trenino.

Di tutto questo accumulo di sofferenze, malinconie e livori, come constateresti, se fossi venuto sin qui con me, oggi resta una casa bruttarella, tirata a lucido con tetto rifatto e gronde in rame, giochi di bambini sparsi all'intorno, campanelli piccolo-borghesi, perfetta antesignana della successiva devastazione della Brianza: «Il cemento e la plastica e lo scatolame hanno coperto anche la terra di Lombardia, la verde Lombardia non è piú. Viviamo in un tetro inferno, dovunque è arrivato il cosiddetto miracolo». Era il 1964. Da allora niente si è piú fermato. Capannoni ovunque.

Lo zio Alberto

Il 22 marzo 2020 eravamo lontani. Ciascuno nel luogo in cui l'aveva trovato l'arrivo del virus: fermi tutti! Quel giorno abbiamo saputo che Alberto Arbasino non c'era piú. Era da qualche anno che non lo vedevamo. Sembrava scomparso. Un mio conoscente, mentre portava il figlio a fare un giro al parco, l'aveva scorto per caso sotto la sua casa milanese; era in compagnia di un domestico o, come si dice oggi, un badante, e l'aveva riconosciuto. Alberto no. Perché lui il mio conoscente non lo aveva mai visto; invece il conoscente sapeva bene chi era quel quasi novantenne dal volto noto. Cosí avevo appreso che era vivo e vegeto, anche se non riconosceva piú le persone e ripeteva, come era suo uso: «Grazie, grazie».

Quel giorno di marzo ho ripensato al racconto che Alberto mi aveva fatto del suo invito a casa di nobili, forse dai marchesi Sommi Picenardi o dai conti Gola, qui a Olgiate Molgora, il comune cui appartiene la frazione di Mondonico. Sono salito nello studio e ho riaperto il volume di «Riga» dove avevi scritto anche tu e mi sono riletto la lettera in cui spiegavi perché Arbasino sí e tanti altri no. Di nomi non ne facevi, ma si capiva benissimo. Trascrivo: «Arbasino è un moralista massiccio: ci si deve divertire delle cose che si sanno e si fanno e non fare errori, ne sono già stati fatti talmente tanti che bisogna impedire i corsi e i ricorsi, che sono sempre lí in agguato o, peggio, tornano proprio». Avevo poi sotto gli occhi la fotografia che gli aveva scattato Giulia Niccolai all'inizio dei Sessanta. Vi appare bellissimo. Di profilo con i capelli pettinati all'indietro, che ha poi conservato per il resto della sua vita, anche quando sono diventati bianchi, e la cravatta e l'impermeabile, anche quest'ultimo compagno consueto portato nelle mezze stagioni d'una volta. Sempre elegante e pieno di charme.

Giulia Niccolai, allora giovane fotografa, come lui lombarda trasferita a Roma, prima di diventare poetessa visiva, e prima ancora segretaria di redazione di «Quindici», l'aveva ritratto in un servizio. Uno scatto è stato pubblicato sulla copertina del suo capolavoro in prima edizione, *Fratelli d'Italia*. Anno 1963, il libro della sua vita. In questa immagine Alberto si è appena girato e ha metà della faccia in ombra; nell'altra in luce dimostra invece tutta la propria giovinezza, quella giovinezza che è rimasta a lungo sul suo volto, anche quando gli anni sono passati implacabili, giovinezza che è stata il carattere principale della sua scrittura: vivace, brillante, a tratti querula, sorvegliatissima e immancabilmente perfetta.

Quella fotografia, come sai e come ho già scritto, ce l'aveva data lui insieme a innumerevoli altre: Alberto sul monte Olimpo, Alberto alla Grande muraglia cinese, Alberto a San Francisco, Alberto in Thailandia, ma anche in Svizzera, a Parigi, a Londra eccetera eccetera. Servivano per quel volume di «Riga» curato da Elio e da me, per il festeggiamento del suo settantesimo compleanno.

Alberto è stato un cacciatore di personaggi eccentrici al pari di sé stesso. Quale il suo segreto? Questa scrittura cosí inventiva e originale? Sí, certo, quella, però c'è altro. La sua inesausta curiosità, ovvero l'essere lettore e spettatore onnivoro? Anche questo. Ma c'è qualcosa di piú e di diverso. Ci ho pensato molte volte.

Quando uscivamo da casa sua a Roma mi domandavo cosa avesse di particolare Alberto Arbasino, cosa possedesse lui che gli altri scrittori non avevano. Se ti ricordi ne abbiamo parlato varie volte, e io anche con Andrea. Mi ricordo un'occasione a casa sua, proprio con Andrea. Alberto ci aveva aperto e ricevuto in veste da camera, un abito di seta, sotto cui si intravedevano le gambe nude. Un signore, sempre elegante e anche eccentrico, appunto. Aveva l'aria di aver già vissuto, e questo anche affiorava nella fotografia di Giulia.

Una volta, anni prima di incontrarlo, avevo letto una sua risposta in un'intervista; diceva di non essere mai stato giovane. Aveva cosí saltato due fondamentali passaggi nella carriera ideale da lui stesso descritta in una celebre frase – «giovane promessa» e «solito stronzo» –, per diventare direttamente un «venerato maestro». In un'altra intervista ha raccontato di avere incontrato per la prima volta Pasolini negli anni Cinquanta. Il poeta gli aveva dato appuntamento su un battello ancorato sul Tevere e lui si era presentato vestito in grisaglie e cravatta, mentre l'autore di *Ragazzi di vita* lo riceveva in costume da bagno circondato dai suoi «piccini bruttissimi» – espressione di Arbasino. Aveva aggiunto che in quella occasione aveva recitato la parte del «vecchio gentleman arrivato dal Nord Europa che a Copenaghen o ad Amsterdam ne aveva viste ben altre».

Tutta la vita a raccontare quell'«averne viste ben altre» e a farlo cosí bene da diventare uno scrittore. Aveva davvero vissuto tutto questo? Lo zio Alberto, come lo chiamavo tra me e me possedeva una postura, ovvero uno stile, da cui derivava la sua scrittura tutta uguale, che fosse in un romanzo o in un articolo di giornale. Recitava una parte o *era* quella parte?

In quel pomeriggio di marzo del 2020, rivedendo le fotografie che ci aveva consegnato a Roma a casa sua, a me e a Elio, stampate un po' maluccio sulle pagine inchiostrate di «Riga», mi rendevo conto di come fosse esistito anche l'Arbasino degli anni Settanta, con un paio di baffi cosí in anticipo sulle mode gay che vengono dopo, in un'età che decretava imperterrita la regola delle barbe e continuava nel contempo a privilegiare i glabri. Alberto era sempre di tendenza; anticipava le mode di poco, che poi quasi sempre è il segno del vero talento. Negli anni in cui l'abbiamo frequentato, e anche poi dopo con te a Roma, e persino in occasione delle sue salite a Milano per il teatro o la lirica, una volta o due pure con Giovanni a cena – a Milano teneva una casa del tutto simile a quella di Roma con un divano lunghissimo anche lí –, non l'ho mai sentito parlare della propria omosessualità, né fare coming out, perché lui non era per l'esibizione di sé, neppure nella sua scrittura cosí allegra, piena di volute, brillante e inventiva.

Qual è stato il segreto dello zio Alberto? mi chiedevo di nuovo il giorno della sua dipartita. La risposta l'aveva già formulata un amico, Giancarlo, scrivendo quello che credo sia stato il primo libretto dedicato interamente a lui: essere sempre in fuga. Da cosa? Da ciò che l'ha raggiunto quel giorno del 2020 quando, bontà sua, non era stato piú in grado di riconoscerla e salutarla. Quel pomeriggio io avevo scritto un ricordo diverso da come lo leggi qui, perché la risposta me l'ero dimenticata o l'avevo rimossa. Poi stamane nella casa in Brianza ho preso in mano un libro e ho riletto le tre pagine, o poco piú, che gli ha dedicato Andrea.

Cita un giudizio di Giovanni Testori al suo riguardo, che piú o meno suona cosí: Arbasino corre avanti e indietro da un cantone all'altro del globo perché avverte che «la pace delle sue ossa la troverà solo a Voghera; forse gira come una trottola per rimandare quell'incontro; il rimpianto gli strozza la gola; ma il rimpianto non è rimandabile e cosí l'incontro». Era il 1979 e nella risposta, e poi controrisposta sulle pagine del «Corriere della Sera», il discorso aveva virato sul provincialismo, quindi su Voghera, mentre credo che la questione non riguardasse tanto la fuga di Arbasino dalla città d'origine, certo anche quella, ma la morte cui allude Testori.

La morte era ciò che lo zio Alberto voleva rimandare e c'è riuscito a suo modo naturalmente: accelerando. Il suo scrivere era una fuga senza fine. Lo zio Alberto è stato il nostro Dorian Gray, lo scrittore sempre giovane, che ha trovato nella pagina scritta, o continuamente riscritta, lo specchio in cui riflettersi, con quelle medesime fattezze che Giulia Niccolai aveva colto una volta per sempre: un perfetto Narciso. Qualche tempo fa ho rivisto altri scatti presi da Giulia quel medesimo giorno a Roma in un mercatino di oggetti usati, e ho trovato conferma all'indispensabile narcisismo dello zio Alberto, dote o difetto che sia – se uno non ce l'ha, non è davvero uno scrittore e non lo può diventare anche se è vero, ahimè, che non tutti i narcisi, narcisisti, diventano scrittori. Per questo il demone insidioso che lo tallonava era la frivolezza.

Non la frivolezza che è futilità, anche se quella c'è sempre, piuttosto quella che rende leggeri e spiritosi, e persino garbati, come sapeva essere lui. Il frivolo è in lotta col tempo che scorre inesorabile. Fuggendo, come ha visto Testori, lui viaggiava, un modo per fare ordine e dare una forma accettabile e pratica – lo spirito lombardo – alla sua evasione.

Nei suoi viaggi spediva agli amici e conoscenti cartoline con la propria firma e quella di Stefano, il suo compagno. Uno dei tanti ricordi di Stefano, uno degli ultimi – lui, che era stato un personaggio di *Fratelli d'Italia*, se ne è andato prima di Alberto –, è in un bar di Forte dei Marmi con Alberto, che era lí per prendere un premio alla carriera: consultavano un orario dei treni per ripartire verso Milano o forse era Roma, o forse uno al Nord e l'altro al Centro. Le cartoline che spediva erano i messaggi di un novello Phileas Fogg, un avventuroso dandy. Quanti viaggi ha fatto lo zio Alberto? Difficile dirlo. Un conto lunghissimo se si comincia da quelli a metà dei Cinquanta e poi quello leggendario in America nel 1959. Le cartoline ora sono sparse dentro i miei libri, nei suoi volumi, alcuni con dedica, e in quelli di altri autori, come segnali di pagine notevoli o di frasi da ricordare, oppure messe lí per puro caso. Alberto era stato dappertutto e aveva visto tutto: mostre, commedie, musical, opere liriche, film, architetture, bar, ristoranti, automobili, personaggi, attrici, nobildonne, scrittori, scrittrici, pittori, filosofi, mummie e persino fantasmi. Lui era salito in cima a tutti i castelli ed era sceso in fondo a tutti i teatri *off-off*.

Lo zio Alberto, da cui mi separavano oltre due decenni, il tempo giusto per poterne essere il nipote, clandestino naturalmente, lasciando certo a lui la parte trasgressiva della parentela da zio, è stato un mito di cui mi pare di cogliere solo ora la radice profonda di frivolezza in quella possibilità sempre da lui lambita, e sempre cosí elegantemente evitata, d'andare in pezzi. Adesso che non c'è piú ho un unico rimpianto: non aver trascritto il culmine della sua frivolezza seriosissima, le frasi registrate nella sua segreteria telefonica di Roma, che cambiava di mese in mese. Io ne ricordavo una sola – «Il dottore non è in stanza, si prega di lasciare un messaggio, parlate dopo il segnale acustico» – ma per fortuna qualche tempo fa un suo ammiratore ed esegeta, Michele, ne ha trascritte alcune: «Il dottore è in riunione. Tutto l'ufficio è in agitazione. Per proposte economiche mandate cifre in Dollari ed Ecu». Oppure: «Gentili e Pregiati Utenti e Corrispondenti, a causa dell'eccessivo traffico urbano di richieste e domande nelle abitazioni private, in mancanza di enti o uffici per smistarle si prega di rivolgere ogni questione unicamente attraverso il fax dell'Agenzia A.L.I. Grazie con vivi apprezzamenti». E ancora: «Gentili Amici, Amiche, Istituzioni, Associazioni, Fondazioni, Iniziative, Enti ed Eventi ecc. a causa dell'accresciuto flusso quotidiano di innumerevoli richieste di varie incombenze e prestazioni per chicchessia, ciascuna con incessanti seguiti di corrispondenze loquaci, si fa ben educatamente presente che non è umanamente possibile dar corso o via libera a ulteriori verbosi scambi di cortesi telefonate e lettere. Naturalmente, nothing personal, e tutto garbatamente "erga omnes", con Mille + Mille auguri a Tutti!»

Come sai, adesso sta a Voghera, anche lui al Nord, a 96 metri sul livello del mare.

Pipistrelli

Con l'arrivo dell'estate diventa obbligatorio accostare le ante delle finestre del primo piano per non far penetrare il calore in cucina. Nonostante i muri spessi di pietra, come puoi bene immaginare, la stanza si scalda ugualmente. Cosí mi allungo attraverso le inferriate per togliere il ferma-battenti. Subito vedo svolazzare per aria sotto i raggi del sole del mezzodí un pipistrello. Si dibatte come impazzito e non sa dove poggiarsi. Mi sporgo di nuovo e rimetto l'anta al suo posto. L'ho risvegliato dal riposo diurno esponendolo alle alte temperature di luglio. Non immaginavo che potesse attendere la notte appeso al battente di legno proprio qui dietro. A casa vostra in montagna ci sono?

Sapevo che i pipistrelli si nascondono durante il giorno sotto le grondaie, le tegole e negli interstizi, o nelle fessure poste nella parte esterna della casa, tuttavia non pensavo che il pipistrello di Savi (*Hypsugo savii*) – questo credo sia il suo nome dopo aver consultato un librone con fotografie, *Pipistrelli d'Europa* – potesse rifugiarsi in questo punto dell'edificio. Forse l'avrei dovuto capire dai piccoli escrementi che avevo trovato per terra sotto le finestre. Erano suoi e non dei topi di campagna che frequentano il tetto sovrastante o che corrono lungo il muro di pietra sfruttando le piccole sporgenze della parete. In effetti sono escrementi diversi, come forse tu saprai, per quanto abbastanza simili: lunghi quelli dei topolini che qualche volta sento correre sul soffitto di legno sopra la camera da letto, puntiformi quelli dei pipistrelli. Uno dei miei vicini mi ha detto che le feci di questi ultimi sono innocue e che anzi qualcuno le raccoglie quando le trova in anfratti di roccia e nelle piccole cavità di pietra nei boschi qui attorno per usarli come fertilizzante, cosí come altri fanno col guano degli uccelli, o piú facilmente con lo sterco dei cavalli che transitano ogni tanto sulla strada.

Questa faccenda degli escrementi mi ha fatto venire in mente il fatto che i Microchirotteri, il gruppo cui appartengono i piccoli pipistrelli, sono ritenuti parenti dei topi, tanto che qualcuno li definisce «topi volanti», ribadendo cosí la repulsione che entrambi suscitano in molti. Ma non è esatto. Forse tu sei edotto al riguardo: i loro parenti piú prossimi sono le cosiddette «volpi volanti», i Megachirotteri, ossia pipistrelli piú grandi. Di certo sono dei mammiferi, come noi, per quanto abbiano le ali, che a noi mancano. La parola «chirotteri» deriva dalle parole che in greco vogliono dire proprio questo: «mano» e «ala». Si spostano grazie al volo battuto, mentre gli scoiattoli volanti, altri volatori, planano soltanto da un ramo all'altro. I pipistrelli stanno in aria, come mi suggerisce il libro che ho consultato, da almeno cinquantadue milioni di anni, e sono venuti fuori dalla nicchia lasciata libera dall'estinzione dei grandi rettili, i dinosauri, proprio come noi, per quanto noi umani non siamo loro parenti stretti, come ho verificato, ma molto alla lontana: i Microchirotteri discendono da progenitori insettivori, mentre i Megachirotteri, da un progenitore comune coi primati.

Quando sono arrivato nella casa la parte adibita a fienile era aperta e prima che fossero installati dai falegnami gli infissi che hanno chiuso tutte le entrate libere, i pipistrelli vivevano beatamente qui. C'è da sentirsi in colpa per averli spodestati e per aver sbarrato loro la strada con doppi vetri nella parte grigliata del fienile che un tempo temperava e arieggiava i raccolti d'erba ammassati lí. Una delle prime cose che abbiamo fatto, prima di installarmi nella cascina con Claudia, è stata di dipingere le travi, l'orditura maggiore del tetto: i due puntoni del triangolo, il monaco che pende nel mezzo, e anche la catena sottostante. Procedevo nello spennellare la trave maggiore, un legno di grosse dimensioni proveniente, come altre parti della casa, dai boschi qui intorno. Intingevo il pennello in un barattolo di trattamento fungicida, quando mi sono accorto che nella fessura dove stavo colando il liquido c'era un pipistrello. Gli avevo ricoperto il capo peloso di quel fluido scuro dello stesso colore del suo corpo. Non so cosa ne sia stato di lui: è volato via uscendo dal fienile. Ma bene non gli deve aver certo fatto.

Da allora di questi mammiferi volatili in casa non ce ne sono piú stati, mentre li vedo numerosi volteggiare intorno al lampione che accendo la sera, per quanto non sappia, salvo quello nascosto nel retro dell'anta, dove se ne stiano di giorno soprattutto quando fa caldo. Per fortuna – si fa per dire, visto lo stato di degrado in cui si trova – l'antica casa qui accanto, cui sono appoggiato lungo un breve lato, è disabitata e nel sottotetto e nelle fessure dei muri ce ne devono essere parecchi, vista la presenza di abbondante cibo, prima di tutto zanzare, che trenta e passa anni fa, quando sono venuto qui, non c'erano proprio, e invece oggi sono una vera piaga d'Egitto. Senza cospargersi di repellenti non si riesce a stare in giardino, e anche dentro, in casa, ci vuole lo zampirone acceso per tenere lontane da braccia e mani le fastidiose pungitrici seriali.

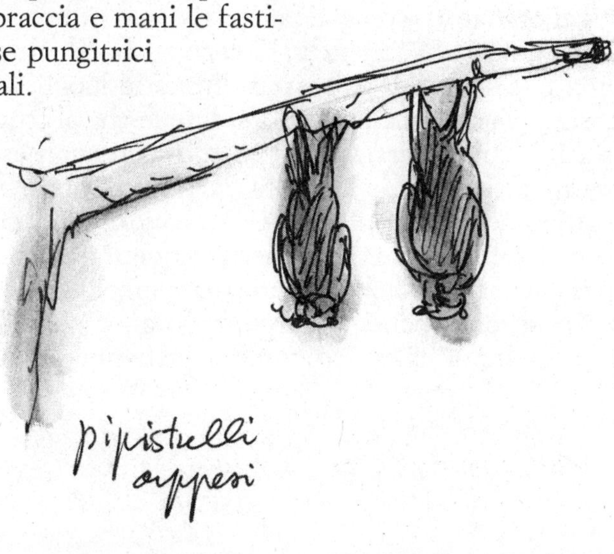

A proposito di volatili. Negli ultimi mesi, tra la primavera e l'inizio dell'estate – era questa una delle cose che pensavo di dirti al telefono quando ti ho chiamato, ma poi il discorso è volato altrove – una coppia di rapaci dal piumaggio color marrone chiaro, probabilmente falchetti, ha depositato le uova in una falsa finestra della casa dove un tempo abitava il mio vicino, Carlino, e hanno tirato su almeno tre, o forse quattro, piccoli. I pipistrelli, me ne rendo conto solo ora che ti scrivo, devono essere stati predati in tempi antichissimi da questi volatili, che di giorno presidiavano il luogo issati sulla cima di un'alta quercia. Ora i rapaci non ci sono piú. Forse meglio cosí; è accertato che si nutrono anche dei piccoli chirotteri, mentre questi ultimi si cibano di insetti, come zanzare e scarafaggi, ma anche solifugi. E perfino scorpioni che sono velenosi: c'è una specie di pipistrelli che si lascia pungere, poi li divora senza nessun timore. Ma non può essere merito di questi pipistrelli che vivono nel deserto se, nonostante il gran caldo di queste settimane, in cantina e in solaio non ho trovato scorpioni, neppure nella lavanderia, dove spesso li avvisto in alto vicino ai ripiani.

Dal punto di vista evolutivo, scusa questa mia curiosità da darwiniano di complemento, la cosa che mi intriga di piú è capire perché, oltre a dotarsi di ali, questi mammiferi siano diventati notturni. Tu ne sai qualcosa? La risposta, una delle varie che ho trovato, riguarda il bisogno di sottrarsi ai predatori, come ai falchetti di cui ti dicevo. Se fosse vera l'ipotesi, ha scritto un biologo, al mondo dovrebbe esserci una specie di chirotteri diurna in luoghi senza predatori, anche perché è nelle ore di luce che si trovano piú insetti di cui nutrirsi, mentre sembra che non esista. Un'altra ipotesi riguarda la scelta della notte per evitare la competizione con uccelli diurni insettivori. Un biologo ha scritto: sarebbe come scegliere di frequentare un ristorante per la cena, visto che a pranzo è troppo affollato. Il fatto è che ci sono anche pipistrelli che non si nutrono di insetti, e poi durante i periodi remoti che hanno orientato i loro comportamenti, nel Paleocene e nell'Eocene, sembra che di uccelli competitori non ve ne fossero. Insomma una storia complicata.

Altra cosa interessante è l'ecolocalizzazione, ovvero il modo con cui i pipistrelli emettono suoni e sulla base del ritorno dell'eco identificano gli ostacoli oppure individuano prede eccetera. Lo sai che c'è anche un altro mammifero che possiede questa prerogativa: il capodoglio. Questi grandi cetacei la sfruttano nelle profondità marine là dove la luce non arriva e il buio domina sovrano. Sono anche loro dei mammiferi, e lo sai che avevano i peli proprio come i chirotteri ma li hanno persi per ragioni aerodinamiche, per andare piú veloci in acqua?

I pipistrelli comunque non sono affatto ciechi, come si dice, anzi: ci vedono bene anche se non hanno le prerogative dei felini o delle aquile. A scoprire la storia di queste sequenze di suoni con cui «vedere» nel buio è stato uno scienziato quasi reggiano, nato a Scandiano nel Settecento, Lazzaro Spallanzani. Uomo molto acuto e intelligente, arrivò a capire, durante le vacanze estive nella sua casa, che non erano gli occhi ma le orecchie a orientare il volo di queste rondini della notte – non ti pare che sia una bella definizione questa? ma è altrettanto falsa, come quella dei topi. Per verificare la sua scoperta, Spallanzani prima accecò i pipistrelli e poi li fece volare, quindi chiuse loro le orecchie con della cera fusa e capí che era questo il loro segreto. Era il 1793. Spallanzani ne scrisse in un libretto, ma nessuno se ne accorse, per cui il merito viene attribuito a uno zoologo americano, Donald Griffin, che negli anni Quaranta del Novecento coniò il termine *echolocation*.

Insomma i pipistrelli non somigliano a nessun altro animale e sono unici.

P.S. Una volta tu mi hai chiesto perché non ci siano le rondini nel portico della mia casa, e non ti ho risposto. Adesso dopo anni posso dirtelo. Quando sono arrivato ad abitare qui c'erano vari nidi di rondini nel porticato, come nella casa del Carlino, vicino al mio portone. Le rondini nidificano dove ci sono esseri umani; probabilmente si sentono al sicuro. Entravano e uscivano, a volte anche dalle finestre aperte, quelle con le grate di ferro. Un giorno un piccolo cadde dal nido e io, preso da un istinto irrefrenabile, mi munii d'una scala per rimetterlo in uno dei due nidi che c'erano. Appena mi avvicinai al nido, spaventati dalla mia presenza, gli altri piccoli s'alzarono in volo. In quell'istante cominciò a soffiare un forte vento e a piovere a dirotto. Da allora, e sono passati molti anni, le rondini non sono piú tornate a nidificare qui.

Lanzichenecchi

La chiesetta si raggiunge dopo una breve camminata. Il Bandana va avanti e io dietro di qualche passo e mentre sale racconta di questi luoghi. Prima di arrivare in cima al pianoro, da cui si scorge l'intera Pianura nella direzione di Lodi, e piú lontano, almeno fino alle propaggini dell'Appennino, abbiamo sostato presso un'altra cappelletta abbandonata, detta della Santa Croce, eretta nel 1754 da un certo, mi dice lui, «Soagno di Monza», se ho capito bene il nome. Il Bandana ha aperto uno dei due battenti dell'alta porta e dentro c'è solo abbandono e degrado. Niente piú immagini alle pareti, solo qualche pittura scolorita dal tempo e l'altare privo dei decori e della croce cui è dedicata. Pavimento di cotto brianzolo, mi fa notare. – Come quello che c'è a casa mia, – dico io.

Il resto della salita è composto di sassi disposti a gradoni in parte mancanti e in parte sconnessi per via delle piogge, ma anche dal passaggio delle biciclette con in cima giovanotti o signori di mezza età che scendono a rotta di collo l'altura. Scusa l'insistenza sul tema, ma è un mio chiodo fisso dopo che ho visto divelti i selciati di sassi di fiume dell'Adda, suppongo. Anche riguardo a questo mi piacerebbe sentire un tuo parere.

Finalmente in cima arriviamo alla chiesetta, piú piccola della Santa Croce e certamente meno bella ed elegante. Costruita con rustico pietrisco, ha il tetto ricoperto di coppi di fattura locale. Possiede una particolarità per me interessante per cui siamo saliti sin qui: sui lati dell'altare ci sono delle ossa umane – vertebre, tibie, clavicole, omeri, femori e qualche costola. Disposte in due mobili di legno angolari incassati uno a destra e uno a sinistra, sono la prerogativa della cappella, piccola e dimessa. Per vedere l'esiguo ossario si solleva un velo. Anni fa – non è la prima volta che vengo qui – era composto da una garza bianca, adesso è invece un tessuto grigiastro.

Il Bandana mi dice che un tempo c'erano vari crani, ma sono stati portati via. Chiedo da chi. Non si sa, mi risponde. Lui tornerà a breve qui per accompagnare due genetisti dell'Università di Milano che intendono fare delle ricerche sul Dna dei morti. A suo dire sarebbero scheletri di lanzichenecchi.

Qui fuori, sul pianoro terrazzato che s'affaccia verso la Pianura, un tempo c'erano delle vigne, ed è stato scavando con le vanghe per impiantarle che sono saltate fuori le ossa. La gente del luogo dice che sono i resti di chi ha combattuto nelle colline all'intorno: un piccolo distaccamento dell'esercito di tedeschi che venivano dalla Valtellina e avevano attraversato le zone del lago. La voce locale è che avessero combattuto contro milizie locali raccolte per contrastarli, come mi spiega il Bandana. Su chi abbia avuto la meglio non c'è accordo. Mentre a seppellire i morti avrebbero provveduto gli abitanti di queste zone, che un tempo dovevano essere parecchi, perché la montagna all'intorno costituiva un ottimo posto per viverci e difendersi dalle incursioni dei nemici, tema su cui il Bandana insiste spesso nei suoi discorsi.

La storia che dovrei raccontarti se avessi piú notizie comincia con l'arrivo dei lanzichenecchi al soldo del generale tedesco Albrecht von Wallenstein, che aveva servito l'imperatore Ferdinando II durante la Guerra dei Trent'anni, poi morto assassinato nel 1634. Lui mise insieme uno dei piú formidabili eserciti mercenari di tutti i tempi. Nel 1627, poco prima dei fatti che riguarderebbero il piccolo ossario, l'esercito imperiale ai suoi ordini contava ben 150 000 uomini, mentre quello che era sceso dalla Valtellina diretto a Mantova doveva comprendere almeno 36 000 uomini.

Il 20 settembre di quell'anno – questo è accertato – avevano fatto sosta a Colico, poi a Bellano, e quindi erano entrati nel territorio di Lecco, che dista da qui una quindicina di chilometri di strada, e in linea d'aria sono certamente meno. Il terzo luogo dove le truppe s'erano fermate è Gera d'Adda, di cui ti ho già parlato, sulla sponda destra del fiume. Sta scritto nero su bianco in alcune cronache del tempo chiosate e parafrasate dagli storici locali. I brianzoli erano ricorsi all'infausto don Gonzalo Fernández de Córdoba, governatore di Milano, quello dei *Promessi sposi*, per cercare di fermare la soldataglia che terrorizzava la gente delle terre. Invano.

Ci siamo spostati, io e il Bandana, lungo un alto muro che fa da contrafforte a una collinetta, esposto verso il punto cardinale nord, cosí stando alla mia bussola, per cui è tutto ricoperto di muschio verde scuro. Il mio accompagnatore ha detto che è un muro tirato su dai genovesi, non una barriera eretta da gente del posto, perché la tecnica di costruzione è tipica di quei luoghi di mare, il che significa che non è molto antico, dato che questi costruttori furono fatti venire, se non ho capito male, nell'Ottocento per sistemare i sentieri e i contrafforti sui lati delle mulattiere che conducono verso la cima della collina, su fino al monastero di San Genesio.

Dietro il muro, o meglio piú sopra c'è una casa che è stata acquistata tempo fa da uno che abita in paese, e che ha iniziato a sistemarla e renderla abitabile. Ha costruito anche una strada che arriva sin qui, per sostituire lo scomodo sentiero che abbiamo percorso noi; sarebbe una carrozzabile lastricata di pietra nel tratto finale, che però non è ancora accessibile.

Il Bandana voleva farmi vedere, qui di fronte, su un altro costone di terra e roccia, un luogo dove, secondo lui, anticamente c'era una chiesetta. Me l'ha indicata con il braccio: là dove crescono delle canne, proprio lí, ha detto alzando il braccio destro come l'asta della bussola. A testimonianza dell'antica esistenza del luogo di culto ci sarebbero alcuni gradini; per quanto mi sia sforzato da qui non si vedono affatto. Il Bandana voleva che vedessi, o almeno immaginassi, l'esistenza del tempietto, perché sostiene che là una volta c'era un piccolo cimitero, il che potrebbe voler dire che le ossa accatastate sui ripiani provengano da lí. Non c'è nessuna certezza neppure di questo.

– Ma non erano dei lanzichenecchi? – ho chiesto. Di sicuro di qui sono passati, dicono le fonti antiche, ha spiegato il Bandana, ed erano proprio quelli che hanno portato la peste a Milano, quella dei *Promessi sposi*. Al ritorno a casa mi sono subito procurato una edizione commentata del Ripamonti, *La peste di Milano del 1630*, presa a prestito da Mario, grande studioso della materia. Si tratta del libro da cui ha attinto Alessandro Manzoni per il suo romanzo.

Di queste storie so poco piú di quello che c'era nelle note di una edizione per la scuola del libro che ho letto in passato – almeno tre volte nel corso della mia vita scolastica: alle elementari in forma riassunta, alle medie inferiori per ampi capitoli e quasi completamente durante il primo anno delle superiori. Ma della storia militare che fa da cornice a quella di Renzo e Lucia ci dicevano poco a scuola, se non per i riferimenti a Ferdinando d'Asburgo. Il resto, della guerra di successione di Mantova e del Monferrato, dell'assedio di Casale nel 1628-29 e del terrore che i lanzichenecchi seminavano qui attorno all'epoca, l'ho poi letto negli anni successivi.

Si dice che uno degli edifici piú vecchi del paese, un piccolo torrione con un arco sotto cui passa la strada, fosse stato un ospedale per i feriti della battaglia contro i lanzichenecchi. Ma non c'è certezza, come pure riguardo all'affresco che era dipinto sotto l'arco, di cui resta una traccia minuscola. Per qualcuno è stato staccato dalla proprietaria prima di vendere l'immobile e trasportato altrove. Il Bandana invece sostiene che è stato demolito e i frammenti gettati come molti materiali di risulta nel Valle. Non si sa se l'ospedale sia servito da ricovero per i combattenti tedeschi o per le milizie del luogo che li avevano affrontati. Mi dice da anni che sta per pubblicare un suo libretto in cui chiarisce tutte queste vicende e lo attendo con molta curiosità, per ora mi fermo a queste notizie. Nel frattempo mi sono documentato leggendo il libro di uno studioso di Monaco, Reinhard Baumann, che è una delle poche storie attendibili sui mercenari provenienti da quelle terre e calati qui secoli dopo gli invasori barbarici per saccheggiare Mantova, altra storia della Pianura che non ti ho raccontato a suo tempo.

La parte che mi ha piú interessato del libro è quella che riguarda i costumi dei lanzichenecchi, in particolare la scarpa tardogotica a becco d'anatra che mi aveva colpito osservando i loro ritratti sui libri di scuola. In una serie di incisioni di Albrecht Altdorfer, forse anche quelle incluse nel volume che però non possiedo piú, si scorgono le maniche a sbuffo, sporgenti sulle spalle, le lunghe calze separate della foggia che è chiamata «bipartita» a due colori almeno, con variazioni tra i calzoni e il farsetto.

Provo a immaginarmeli qui intorno per i campi e sulle colline. C'era meno bosco un tempo, perché veniva tagliato per far legna con cui riscaldarsi e i ronchi erano tutti coltivati. Che impressione avranno fatto ai montanari di San Genesio questi soldati che viaggiavano con le loro vettovaglie, armi e donne al seguito? Nel foglio del *Corteo trionfale dell'Imperatore Massimiliano*, che risale a un secolo prima di questa piccola battaglia locale, scovato nel libro di Baumann, sono raffigurati i carri tirati dai buoi, i cani che scodinzolano, mentre la maggior parte dei militi sfila a piedi e tiene la lunga lancia poggiata sulle spalle; è la medesima postura che usavano sino ai primi anni Cinquanta i contadini riportando a casa la zappa dopo le giornate di duro lavoro.

lanzichenecchi

Mi piacerebbe raccontarti del sacco di Mantova e di come l'esercito lanzichenecco entrò di soppiatto, grazie a un tradimento di un altro mercenario, forse svizzero, cosí come sarebbe interessante rifare il tragitto a piedi dalla Valtellina sino a qui, per capire come i lanzichenecchi abbiano potuto attraversare quel territorio e poi calare verso Milano e spandervi la peste. Ma lo hanno fatto molto bene altri, e a me basta questa salita con il Bandana e la raccolta delle ossa, una cosa che avevo visto da bambino nei luoghi delle battaglie della Prima guerra mondiale, nei grandi ossari del Carso, visite che mi avevano suggestionato e prodotto anche qualche incubo notturno.

Adesso queste ossa accatastate in ordine le une sulle altre non mi fanno molto effetto, anzi, mi sembrano qualcosa di riposante e il pensiero che siano di persone raffigurate nelle incisioni degli artisti altotedeschi è quasi rasserenante. Aspetterò l'analisi dei genetisti di Milano per sapere se sono i soldati mercenari di Wallenstein, o se invece si tratta delle spoglie di abitanti dei luoghi. Sarà mai possibile saperlo? Non avranno sepolto qui sottoterra sia gli uni che gli altri cosí da confonderne le ossa? Ti aggiornerò, appena posso, sugli esiti delle indagini genetiche, se si sbrigano in tempo per scriverti.

Hugin e Munin

Cra cra cra cra cra cra. Alla mattina mi capita sovente d'essere svegliato dal gracchiare dei corvi che vivono qui a fianco appollaiati sugli alberi del ronco, là dove comincia il bosco. Scendono a volte fino alla casa, soprattutto nei giorni in cui esponiamo l'immondizia, il cosiddetto «umido», prima dell'arrivo del camioncino che la raccoglie. Per i corvi è un cibo prelibato. Becchettano i sacchetti con quella specie di rostro che possiedono, ben piú grande di un semplice becco, dopo aver sollevato con facilità il coperchio dei cestini dove riponiamo gli avanzi dei nostri pasti.

Quando li vedo venire con le loro ali nere spiegate, mi fanno impressione, sebbene sia sufficiente un forte rumore con le mani per farli scappare: si rintanano nella boscaglia, oppure si spostano nell'orto qui di fronte, vicino al torrente, dove trovano sempre qualcosa da mangiare. Il pattume costituisce tuttavia un'attrattiva unica. L'altro giorno, poi, c'era un po' di immondizia sparsa, gusci di vongole, probabile resto di una pasta allo scoglio di uno dei miei vicini. Un corvo teneva nella bocca una conchiglia come un trofeo, poi si è levato in aria e l'ha lasciata cadere.

I corvi sono due, in coppia. In verità, per la precisione, si tratta di cornacchie, con il dorso grigio e il resto del corpo nero. Non somigliano ai corvi reali dei libri di zoologia, ma non sono meno piccoli. Suppongo che anche dalle tue parti, in montagna, siano lí da anni. Di certo a Roma, non lontano dalla casa che hai in affitto, ne ho visti, di corvi, competere con i gabbiani, piú grandi ancora di loro, che stazionano sui cassonetti urbani e ho subito pensato al film di Hitchcock *Gli uccelli*.

I miei due, che svolazzano intorno alla casa, li ho battezzati con il nome dei corvi che secondo un'antica leggenda stavano appollaiati sulle spalle di Odino, il dio della cultura norrena, ossia di popoli che abitavano le terre settentrionali dell'Europa, da cui discende parte degli scandinavi. Odino era cieco da un occhio. I due corvi avevano nome: Hugin e Munin. Il primo in norreno significa «pensiero», mentre il secondo è un termine che può essere reso come «memoria». Andavano di giorno in giro per il mondo e alla sera ritornavano a poggiarsi sulle spalle del dio, vicino alle orecchie, uno di qua e l'altro di là. Gli riferivano tutto quello che facevano e dicevano gli uomini. Cosí Odino era sempre al corrente di tutto.

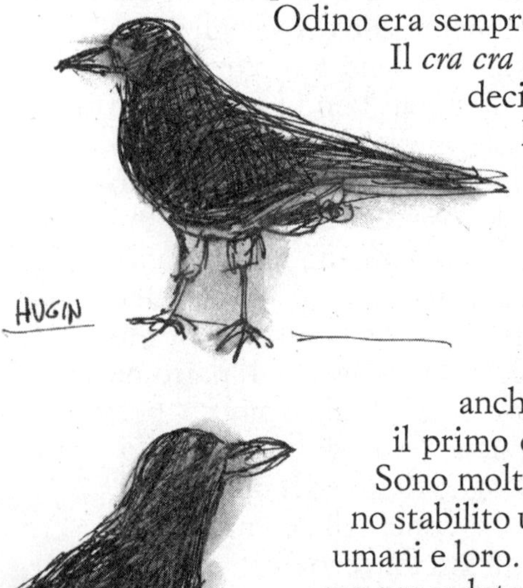

Il *cra cra* dei miei Hugin e Munin è indecifrabile e io purtroppo non ho l'anello di re Salomone, come il protagonista di Selma Lagerlöf nel *Meraviglioso viaggio di Nils Holgersson*, che tanta influenza ebbe sul giovane Konrad Lorenz. I corvi mi affascinano, ma mi incutono anche timore. Del resto, non sarei il primo che prova questo sentimento. Sono molto intelligenti. Gli etologi hanno stabilito uno stretto parallelismo tra noi umani e loro. Pare che noi e i corvidi abbiamo proceduto appaiati nel corso della storia della Terra, in perfetta simbiosi, per quanto, poi, gli uccelli neri siano sempre arrivati prima di noi e dei nostri antenati in ogni luogo del Pianeta. I primi ominidi, dopo essersi mossi

dall'Africa per seguire i grandi mammiferi, di cui si nutrivano, scoprirono di essere stati preceduti dai corvi. Ventimila anni fa (o quarantamila secondo alcune ricerche recenti, da quel che capisco, o ancora prima, chissà) i gruppi di *Homo sapiens* che avevano attraversato lo stretto di Bering ghiacciato e raggiunto la terra che oggi chiamiamo America li avevano trovati già là. Per cui non dobbiamo meravigliarci troppo se oggi si sono trasferiti vicino alle nostre abitazioni.

Da una decina di anni o poco piú hanno infatti colonizzato le campagne e le colline qui attorno, inibendo cosí la presenza di altri volatili di piú piccola taglia. I falchetti, ad esempio, che qui sino a qualche tempo fa si libravano facendo cerchi molto in alto nei giorni di bel tempo: questi rapidi cacciatori di topi e altri piccoli animali adesso sono diventati piú rari. E dunque è il verso delle cornacchie che domina il paesaggio sonoro di questo ritaglio boschivo della Brianza.

Sarebbero perciò dei messaggeri secondo molte leggende. Sarà ancora vero? Ho provato a collegare il loro gracchiare agli eventi che si verificano, a distanza di un giorno o due dal loro passaggio, ma senza molto costrutto. Anche Noè avrebbe usato un corvo per capire se le acque s'erano ritirate dopo il Diluvio universale, e prima di lui Gilgameš in una situazione analoga utilizzò una colomba, poi una rondine e infine un corvo: solo il corvo gli diede la risposta giusta. Nell'epopea di Flóki, una delle molte storie norrene, il navigatore scopre l'esistenza dell'Islanda attraverso tre corvi che teneva in una gabbia sulla propria imbarcazione. Li libera, ma il primo non torna e il secondo vola verso ovest, però, infine, seguendo il terzo, Flóki approda in quelle terre emerse. Sta forse lí il Nord?

Non posso cercare di catturare le cornacchie qui attorno, e men che meno Hugin e Munin, a questo scopo. Non ne sarei capace. Poi se anche ci provassi, come li seguirei, ammesso e non concesso che loro volessero davvero mostrarmi il Nord Nord? A piedi, in bicicletta, in moto o in automobile?

Qualcuno in paese di recente ha detto che anche qui stanno per arrivare i lupi. Attraverso le Alpi e le Prealpi caleranno in questi boschi, posti tra il monte Barro e il monte San Genesio, ovvero proprio alle mie spalle. Credo sia una diceria senza fondamento, per quanto i libri spieghino che corvi e lupi sono legati tra loro: i primi vivono dei resti delle prede dei secondi. La verità è che i corvi hanno colonizzato anche le città. I corvi ci guardano. In alcuni giorni trovo Hugin e Munin appollaiati a uno dei chiodi che spuntano da una trave a vista che sostiene la casa, lí dove un tempo sostavano le rondini dopo i loro vorticosi giri. Appena mi vedono volano via virando di colpo all'indietro per evitare di passarmi sopra la testa. Immancabilmente provo un senso di disagio. Lasciano le tracce dei loro escrementi, bianchi e scuri sul muretto sotto la trave.

Nelle letture fatte da quando il *cra cra* s'è intensificato e le cornacchie hanno preso a frequentare il mio cortile, ho scoperto che hanno la fama di annunciatori di morte da epoche remote, cosa certificata da alcune pitture ritrovate nelle grotte di Lascaux. Sarà vero? Di certo si sa che osservando gli animali selvatici e non solo quelli, si è in grado di capire da impercettibili segni se qualcuno è ammalato o ferito, o se sta per morire. Chissà cosa sanno di me questi corvacci?

Da un'altra lettura ho appreso che questi volatili – famiglia dei corvidi, ordine dei passeriformi e classe degli uccelli: 130 specie e 25 generi comprese gazze e ghiandaie azzurre – sarebbero degli sciamani praticanti, lo dice Gregory Bateson, non proprio un biologo qualunque, visto che è uno dei padri della cibernetica. Pensano, ma non come noi attraverso le parole: possiedono un pensiero che nasce dalla capacità di visualizzare, di produrre immagini, per cui in certi aspetti possiedono un'immaginazione non troppo diversa dalla nostra. Un esempio di questo riguarda i corvi di Tokyo. Hanno imparato ad aprire le noci facendole rotolare sotto le auto di passaggio ferme ai semafori. Un loro studioso, un biologo tedesco di origine, Bernd Heinrich, sopravvissuto vivendo da bambino nei boschi durante la Seconda guerra mondiale, ha osservato sul campo il comportamento dei corvi e sostiene che esiste una forma di pensiero che si radica nel sistema nervoso ed è automatica, cosí che non è necessario prendere decisioni per farlo accadere, salvo la prima volta, quella iniziale. Credo che ce l'abbiamo anche noi, oltre ai corvi.

Quando mi alzo per riporre i piatti nell'armadio-dispensa, non penso a cosa devo fare, il mio cervello comanda il corpo senza che io abbia formulato l'idea d'una precisa azione: i piatti fondi coi fondi e i piani coi piani. Che sia questo il pensiero delle cornacchie nere di Mondonico? Se potessi chiederlo a Hugin e Munin saprei spiegartelo meglio, sempre che intendano rispondermi e che io riesca a capirli.

Stamane quando si sono appoggiati sul lungo chiodo, l'uno, e l'altro sul davanzale della finestra, non li ho disturbati. Sono certo che hanno ascoltato quello che dicevo al telefono avendo lasciato la porta di casa aperta. Prima o poi imparerò a comunicare con loro e forse diventerò come Odino e potrò utilizzarli per ricevere informazioni dal mondo senza ricorrere a giornali o a internet. Che dici, credi sia possibile?

MONZA

Una corona

Dietro la cancellata si sente la voce della guida. Sta spiegando l'affresco degli Zavattari. Non si può scorgere chi sta parlando perché hanno steso grandi tendaggi che inibiscono la visione di quello che accade al di là della recinzione. Sulla sua cima poi ci sono punte acuminate. Ma perché mai dovrei arrampicarmi lassú, visto che ho pagato il biglietto?

Come ti ho scritto una settimana fa sono tornato a Monza da cui mancavo da anni. Volevo rivedere il Museo del Duomo. Ricordavo il suo tesoro, in particolare la Corona Ferrea che è custodita nella cappella di sinistra a fianco dell'altare maggiore. Ora si entra da una porta laterale posta in via Lambro, dal nome del fiume che scorre in fondo alla strada; in questo tratto il fiume, costretto dentro gli argini di pietra e cemento, si biforca sino a formare una specie di isolotto dentro la città di Teodolinda. Lí c'è la biglietteria e il piccolo bookshop.

Ti garantisco che la visita vale la pena se non altro per contemplare quel meraviglioso oggetto che è la chioccia con i sette pulcini di fattura longobarda del V, o forse del VI secolo d.C.; lo ricorderai poiché figurava in tutti i sussidiari, dalla scuola elementare sino alle medie superiori, accanto al fegato etrusco di metallo rinvenuto a Piacenza. Manufatti misteriosi e quasi opposti, per cui ho perorato a lungo una tua visita in queste due città, solo in apparenza minori, baluardi di storia, che abbiamo compitato nel corso della nostra educazione scolastica.

Pensa che nelle scuole elementari che ho frequentato era d'uso far ricopiare agli studenti il piatto con la gallina e i pulcini nelle ore di disegno, seppure con scarsi risultati: troppo difficile da ritrarre per via della postura dei piccoli intenti a becchettare i punti a sbalzo sulla circonferenza del piatto, che stanno per i semi o altro nutrimento da loro rinvenuto sull'aia. Del fegato vorrei parlarti a lungo, perché ci sono stato a rivederlo non molto tempo fa transitando nella città dei Farnese, ma questo fa parte di un altro racconto che penso di farti in separata sede.

Insomma un bel giorno ho preso il treno a Porta Garibaldi e sono sceso a Monza. Una mattina piena di sole con tutte quelle nuvole che da qualche anno si osservano nei cieli di Lombardia, bellissime e cariche, che non somigliano per nulla all'album *Nuvole mediterranee* che ho acquistato anni fa per studiarle – anche di questo, perdonami, non parlo qui, ma altrove. Il viaggio è breve sui treni della Trenord che somigliano a pollai in certe ore del giorno, quando i pendolari della regione con il Pil piú alto d'Italia, forse uno dei piú alti d'Europa, come tu sai bene, salgono per raggiungere il loro posto di lavoro nella ex capitale morale del Belpaese. Per fortuna era semivuoto e il viaggio non è durato piú di dodici minuti, forse quindici, se si parte, come capita qui, in ritardo. Anche la passeggiata dalla stazione, la cui costruzione originaria fu voluta nel 1840 dagli austriaci che governavano il Lombardo-Veneto, è altrettanto rapida. Si attraversa il centro di Monza e si arriva al portale di via Lambro dove c'è la biglietteria.

Eccomi qui per lei, la Corona Ferrea, uno dei tanti misteri italiani in cui si ingarbuglia la nostra stessa storia, un groviglio di nodi e contro-nodi che non è facile districare neppure muniti di validi manuali storici. Intanto c'è da dire che i Longobardi, che sono uno dei riferimenti storici piú citati da queste parti, insieme naturalmente ai Celti, sono stati padroni delle terre limitrofe e non solo per poco piú di duecento anni. Un tempo lungo, ma certamente breve se confrontato con quello che era trascorso prima di loro nella Penisola. Cosa ti ricordi di loro, a parte le pagine di storia con frasi di Paolo Diacono? Personalmente rammento la vicenda di Rosamunda – Rosmunda secondo la storia –, ma non quella canonica, bensí quella cantata dal gruppo I Gufi: «Bevi Rosmunda, bevi | nel cranio vuoto del tuo papà. | Non esitare sciocca, | ti mostro io come si fa. | Bevi Rosmunda bevi, | la schizzinosa non devi far, | se te lo dice Alboino | che ti vuol bene | lo puoi ben far | suvvia dai retta al maritino | se no la testa ti fa staccar».

Si cantava nelle gite scolastiche la storia di re Alboino, longobardo, vincitore di Cunimondo, re dei Gepidi, popolazione d'origine gota, che aveva fatto decapitare lo sconfitto e trasformato il suo cranio in una coppa in cui dar da bere alla figlia, Rosmunda appunto. Di tutta la storia di quel fiero popolo, che sottomise parte della Penisola, mi sono rimaste, grazie alla canzone di quel gruppo di cabarettisti, solo quelle frasi, con anche il rimasuglio dell'inizio, che non ricordo oltre la prima strofa: «Va' longobardo | lungo il corso dell'Adda...»

Dietro ai tendaggi la voce della guida, donna dalla parlata stentorea ma gradevole, è cessata. Si apre il cancello ed escono uno alla volta i visitatori del precedente gruppo. Siamo in una decina, per lo piú stranieri: due tedeschi a fianco a me parlottano fittamente. Siamo tutti qui per vedere finalmente la celebre corona. La guida è cambiata – si danno il cambio a rotazione – e la nuova ci illustra la meravigliosa storia di Teodolinda dipinta dai pittori della famiglia Zavattari nel 1441. Ti risparmio il racconto in dettaglio. Vorrei concentrarmi sulla Corona. Un oggetto che è il simbolo perfetto della nostra storia patria e delle sue molteplici ambiguità. Cominciamo dall'architettura che la include.

Al centro della cappella c'è una piccola edicola neogotica di marmo. L'ha progettata Luca Beltrami, un architetto lombardo, che fu anche uomo politico, su mandato, se non ho capito male, del Savoia Umberto I, che volle introdurre la Corona Ferrea nello stemma dello Stato su cui regnava. Il secondo re d'Italia, come sai, è stato poi ucciso da un anarchico proprio qui a Monza, non troppo distante dalla Villa Reale, la reggia progettata a suo tempo per gli Asburgo-Lorena dove hanno vissuto anche i Savoia; nel luogo del suo assassinio è stato edificato uno dei piú tetri monumenti italiani degli ultimi secoli, con l'esclusione forse degli ossari della Prima guerra mondiale: la Cappella Espiatoria; altro luogo che dovresti visitare per capire come il fascismo inizi prima del movimento politico con questo nome.

Per farla breve i Savoia, Umberto I e il padre Vittorio Emanuele II, non vollero mai farsi mettere sul capo quella corona per paura di dispiacere gli altri sovrani d'Italia, i papi di Roma. Invece fu usata per l'incoronazione di Carlo V nel 1530 a Bologna e per quella di Bonaparte, che se la prese e se la pose sulla testa quale re d'Italia, nel 1805 a Milano. Stando ai racconti dettagliati delle guide che ho comprato al bookshop, tra gli incoronati c'è stato anche Ferdinando d'Austria nel 1838. Sembra sia stato proprio il primo ad accorgersi che la corona non era grande a sufficienza per un adulto e che quindi qualcosa non andava in quel reperto longobardo che si diceva trovato in una tomba, forse proprio quella della regina, che adesso sta sul fondo della cappella, cosí almeno ho letto.

Sulla scorta di quello che ho udito quel giorno a Monza, e di quanto ha scritto uno storico dell'arte, Carlo Bertelli, che si è documentato anche su un codice latino manoscritto, datato 1230, custodito alla Bibliothèque nationale di Parigi, opera d'un notaio dal curioso nome di Codagnello, originario di Piacenza – ecco qui di nuovo la città sul Po –, posso riassumerti la vicenda. La storia vede Teodorico regnare a Pavia «in Liguria» (scrive il notaio), Alboino a Verona «in Pannonia» (scrive il notaio). Teodorico è tradito dai pavesi e costretto a fuggire mentre indossa i vestiti e le insegne regali, nonché una corona, e si rifugia a Milano. Ma da Milano tornerà a sottomettere Pavia e a regnare sul «regno di Liguria», detto in seguito «regno d'Italia». È lui (scrive il notaio) che deposita una *corona ferrea* nella basilica di Monza.

Scusa il racconto sommario, come sai non ho mai dato l'esame di Storia romana, e in quello di Storia medievale ho ricevuto il voto piú basso della mia carriera universitaria, per cui quello che so l'ho raccolto senza grandi approfondimenti, e tieni anche presente che la storia del notaio piacentino s'intitola *Cronaca favolosa*. Mi interessava solo capire da dove proveniva questa Corona Ferrea. Sembrerebbe essere stato dunque Teodorico insediato a Milano, città che il notaio piacentino si ostina a indicare come capitale del regno di Liguria, a depositare la Corona stessa nella basilica di San Giovanni Battista a Monza: *cuius corona est ferrea a viris ferocibus dicta*. Questa è comunque la prima apparizione della *corona ferrea* e la citazione latina è come una ciliegina sulla torta, non per la storia, ma per noi due che ci siamo fatti vari anni di studio della lingua dei nostri antenati, seppure al liceo scientifico.

Le storie del diadema qui si ingarbugliano. Nel portale del Duomo di Monza c'è persino una lunetta con la regina longobarda Teodolinda che presenta a san Giovanni la corona con una croce gemmata. Per cui sarebbe stata lei a donarla, mentre altrove c'è scritto che era nella sua tomba, con le sue ossa e quelle del figlio. Per un certo periodo viene anche portata fino ad Avignone, per tornare solo nel 1345 a Monza. Insomma nessuno sa bene chi l'abbia portata per la prima volta qui nella chiesa, salvo poi trovare scritto che è venuta da Costantinopoli e che il suo possessore era proprio Teodorico. Si ipotizza anche senza molte prove che c'entri Romolo Augustolo che, come sappiamo dagli studi liceali, è stato l'ultima testa coronata prima della fine dell'Impero romano d'Occidente. Forse per questo il diadema è cosí piccolo? Era diventato imperatore non ancora adolescente. Cosí almeno ho trovato scritto.

La vera questione non è però questa, ma piuttosto quella della reliquia che è custodita nella parte interna della Corona, per cui è detta Ferrea. Nella parte interna del cerchio gemmato c'è un rinforzo metallico che deriverebbe da uno dei chiodi con cui era stato crocefisso Gesú. La madre dell'imperatore Costantino, sant'Elena, secondo una leggenda, in una spedizione a Gerusalemme alla ricerca della «vera Croce» ne avrebbe raccolti vari: uno era servito a forgiare il morso di un cavallo dell'imperatore, uno era stato gettato in mare per far cessare una pericolosa tempesta nella traversata di ritorno e il terzo sarebbe qui a Monza dentro la Corona, appunto Ferrea.

Il tutto sarebbe stato spiegato, o almeno citato, da sant'Ambrogio in un'omelia pronunciata per la morte di Teodosio nel gennaio del 395. È il cosiddetto culto del Santo Chiodo, per cui questa benedetta Corona custodisce un cimelio tra i piú santi secondo la Chiesa. Ma il supposto chiodo, che funge da rinforzo della Corona, composta di placchette mobili di forma rettangolare, come scrive Bertelli, analizzato qualche anno fa s'è rivelato d'argento puro.

Concludendo. Non si sa da dove provenga la Corona, chi l'abbia portata a Monza, e quando. Non è stata ritrovata in uno scavo, non in una tomba e alla fine non è neppure «Ferrea». Dovrebbe a rigore essere chiamata Corona Argentea. Sta lí da secoli, ma non se ne sa poi molto. Tante chiacchiere e discorsi.

Il grande momento è venuto. La nostra guida infila una chiave nel tabernacolo in cui è preservata lontano dagli sguardi degli astanti. Apre lo sportello. Poi tira verso di sé la teca di vetro quadrata, che sembra scorrere su dei binari, e ce la mostra. L'oro e le gemme sotto i faretti che l'illuminano sfavillano preziosi. Non possiamo scattare fotografie: è proibito. Per fortuna c'è una cartolina da 1 euro in vendita nella biglietteria che ho già comprato. La estraggo dallo zaino e la guardo confrontandola con quella originale. Sembra la stessa, perché dubitarne? Provo ad avvicinarmi, ma la gentile guida mi fa segno di fermarmi. Uno dei due tedeschi usa un cannocchiale da teatro per vederla meglio. Vorrei chiedergli in prestito lo strumento, ma non oso farlo.

Corona ferrea

Mi resta un dubbio: quella nella teca è davvero la Corona Ferrea originale? Non si sarà piuttosto persa nei vari e innumerevoli viaggi che ha compiuto nel corso dei secoli, cosí che quella che c'è ora nella Cappella degli Zavattari è una sua ricostruzione posteriore? Non sarà che proprio i Savoia se la sono portata via alla fine dell'Ottocento e ora sia depositata in qualche cassetta di sicurezza d'una banca svizzera dove l'hanno collocata i loro discendenti?

No, l'unica e autentica Corona Ferrea è quella che è posta dentro il cubo di cristallo che ho appena visionato. Non può essercene un'altra, perché quella vera non è altro che un falso. Come la stessa casa regnante, che se ne è andata dopo la caduta del Fascismo e dopo il Referendum, come tante cose della nostra storia patria, come questo Nord che non è proprio un Nord ma qualcosa d'altro. La guida spinge la scatola di cristallo a prova di furto, che ritorna nell'edicola, accosta lo sportello, gira la chiave e poi se la mette in tasca.

Lo scarabeo e i colori

La sua trattoria preferita era al Rondò dei Pini. Pochi tavoli, sempre lo stesso menu, un giovane e rubicondo cameriere: spiritoso e persino sarcastico era diventato membro effettivo del gruppo degli avventori senza mai sedersi a tavola. Fu lui che salvò la preziosa cartella con le tavole di Silve il giorno in cui chiusero definitivamente il locale per imprescindibili lavori stradali. La trattoria scomparve e al suo posto fu aperto il tunnel che superava il nodo di Monza lungo la superstrada 36 in direzione di Lecco e Sondrio, da un lato, e Sesto San Giovanni e Milano, dall'altro. Il Rondò è ancora lí, uno spartitraffico che distribuisce lo scambio viario, ma la trattoria è scomparsa per sempre. Anche Narciso Silvestrini, detto Silve, se ne è andato a novantadue anni compianto dal gruppo degli amici e dagli allievi, mitico studioso del colore, noto persino all'estero: un genio.

L'avevo incontrato, come ho scritto e come ti ho raccontato varie volte, nel 1984 all'Istituto statale d'Arte di Monza, scuola sperimentale con due indirizzi: design e grafica. Me l'avevano presentato Mario Porro e Nanni Valentini. Per oltre trent'anni è stato uno dei miei maestri, il piú spirituale e al tempo stesso il piú concreto di tutti: come è il colore, entità spirituale, inafferrabile e indefinibile – si situa imponderabile tra il soggettivo e l'oggettivo – e insieme concreta – è ciò che impregna di sé il mondo, lo fa apparire, qualcosa di sfuggente e insieme di indispensabile per orientarci nella cosiddetta realtà.

Silve aveva una risposta per ogni domanda che gli ponevi, un parere mai prevedibile che non gli derivava dai libri letti – moltissimi e quasi tutti sconosciuti ai piú –, bensí da qualche forma d'esperienza di vita, compresa la riflessione sulla vita medesima. S'intuiva che possedeva uno spazio mentale dove pensieri e atti pratici costituivano un amalgama unico e indicibile, componendo una sorta di misterioso apriori logico. Sembrava che riflessioni, immaginazioni e idee in lui non fossero separabili da ciò che pareva aver appreso dalle proprie esperienze. Non era neppure laureato, visto che aveva lasciato l'università per lavorare, ed era stato assistente di Albe Steiner alla Scuola del Libro della Società umanitaria, poi aveva insegnato al Politecnico di Milano e alla Scuola politecnica di design fondata da Nino Di Salvatore.

Un anno, era il 1986, era stato chiamato alla Biennale di Venezia a occuparsi di colore. L'avevano coinvolto Attilio Marcolli, autore d'un libro affascinante, *Teoria del campo*, anche lui in precedenza docente all'Istituto d'Arte di Monza, e Giulio Carlo Argan, lo storico dell'arte. Silve aveva preparato delle tavole sui sistemi di colore piú importanti in ambito artistico, ma anche scientifico, che poi, a mostra terminata, erano state acquistate dall'industria chimica Bayer. Silve insegnava geometria descrittiva, ma il suo campo di studio era il colore, che lui coniugava con la geometria stessa, scienza antichissima e misteriosa fondata dagli Egizi.

Le lezioni per i ragazzi si svolgevano nelle aule della Villa Reale, nello spazio un tempo occupato dall'Istituto superiore di istruzione artistica dedicato al padre di Galeazzo Ciano, il genero di Benito Mussolini, Costanzo, il cui nome campeggiava, seppure scarsamente leggibile, su una targa murata in facciata. Le lezioni per gli insegnanti si tenevano invece all'ora di pranzo alcuni giorni la settimana alla trattoria Rondò dei Pini, o in altre locande e bettole, dove intorno al desco si riuniva l'allegra compagnia dei colleghi dell'Istituto d'Arte, in gran parte discepoli di Silve.

Il motto del capotavola era: gli studenti passano, mentre gli insegnanti restano, per cui la scuola doveva prendersi cura prima di tutto di loro. Mangiare era la prima forma di premura.

Tra una pastasciutta e una bistecca, innaffiati da qualche bicchiere di vino rosso, intorno al tavolo, lí si svolgeva un seminario permanente, cui partecipava, piú o meno a rotazione, un gruppo d'una quindicina di persone, tutte o quasi interessate alla percezione visiva, alle geometrie, al colore, alla pittura e alla scultura, e a mille altre materie e discipline il cui insegnamento avveniva tra un racconto, una discussione o una breve conferenza. C'era chi prendeva diligentemente appunti su un quaderno, o piú spesso su tovaglioli e tovaglie, che erano sempre di carta. Per anni, tornando da quei pranzi, come ti ho raccontato, mettevo i foglietti dentro una scatola di legno, per poi riprenderli a distanza di tempo alla ricerca di un titolo, di un nome, di un teorema o un disegno.

Lo stesso Silve con il suo rapidograph tracciava su quei fogli improvvisate dimostrazioni di teoremi di autori a me sconosciuti. Lí ho imparato l'esistenza di Gaspard Monge, inventore della geometria descrittiva, vissuto nell'epoca travagliata della Rivoluzione francese: nominato professore, in cambio del segreto militare per la sua invenzione geometrica, Monge fu poi ministro della Marina e scampò con la fuga alla ghigliottina durante il Terrore, quindi in Egitto collaborò con Napoleone. E anche di Jean-Victor Poncelet, allievo diretto di Monge, cui si deve la creazione della geometria proiettiva: ufficiale del genio, Poncelet partecipò alla campagna di Russia con Napoleone stesso e trascorse due anni prigioniero in una località sul Volga; secondo una tradizione orale avrebbe scritto i teoremi di quella geometria sulle cartine per le sigarette prima di tornare a Parigi e riprendere a insegnare meccanica applicata.

Il primo insegnamento di Silve, quando citava questi due studiosi di geometria o altri, era che non esistono condizioni ideali per pensare e per scrivere. Tuttavia s'era creato uno spazio personale quasi monacale, con qualche tavolo e una grande libreria piena di studi sul colore, dove continuava a disegnare e ridisegnare le sue tavole, che costituiscono uno dei capolavori sconosciuti di quella disciplina senza nome che unisce arte e scienza, colore e geometria.

Manlio Brusatin, altro maestro del colore, architetto, autore di libri unici, era affascinato dalle tavole in cui Silve cercava di catturare con la propria scrittura visiva il segreto del colore attraverso quel mondo inanimato composto di cerchi, quadrati, triangoli, pentagoni, esagoni e di figure a piú dimensioni. Una meraviglia che Manlio non esitava a manifestare, lui che aveva studiato scienza dei materiali e geologia con Floriano Calvino, fratello di Italo: un'ammirazione per questo tentativo impossibile di realizzare la quadratura del cerchio. Scriveva tutto a mano Silve; non usava computer o altri strumenti come la macchina per scrivere, se non in rari casi, e redigeva in maiuscoletto i fogli che poi colorava sempre a mano. Bruno Munari, suo estimatore, aveva preso quelle tavole e, con l'aiuto di una collega di Silve, Ave Tornaghi, nel 1981, le aveva pubblicate cosí com'erano in una collana che dirigeva presso l'editore Zanichelli: *Colore. Codice e norma*.

Nel 1992 un gruppo di insegnanti e studenti dell'Istituto d'Arte aveva affittato un pullman per andare a Zurigo a vedere la mostra dei sistemi di colore disegnati da Silve e stampati su grandi fogli rettangolari. Il titolo dell'esposizione in Hardturmstrasse 116 era *Idea Farbe*. Ci trovammo davanti a una serie di piccoli tavoli, quasi dei banchi scolastici di metallo, allineati come se si trovassero in un'aula, su sui erano esposte settantadue tavole: da Pitagora a Newton, da Faber Birren all'Ncs-System. Dai cosiddetti sistemi prescientifici (Cina, India, Grecia eccetera), precedenti all'opera di Newton, a quelli in uso nell'ambito della produzione e nell'utilizzo industriale del colore, nella pittura ma anche nella colorazione degli edifici e nella stampa. Ogni grande foglio era occupato da una serie di disegni, mentre su una colonna c'erano succinte spiegazioni riguardanti il singolo sistema, in tedesco e in italiano.

Oggi è una fredda giornata di fine aprile, per cui ho acceso la stufa e mi sono messo a raccontarti di Narciso Silvestrini, detto Silve. Ho provato a mettere in fila i ricordi e i pensieri dei quarant'anni in cui l'ho frequentato, prima in modo quotidiano all'Istituto d'Arte di Monza, suo collega di lettere e storia, poi con meno costanza, ma con altrettanto interesse e passione, negli anni successivi quando ero passato a insegnare all'università. Dallo scaffale dove ho immagazzinato per decenni appunti, ritagli e fogli, ma anche stampati, opuscoli, pieghevoli, dépliant, ho estratto un raccoglitore dove conservo le carte di Silve, i suoi lavori e i disegni, compresi i ritagli di carta di quelle trattorie. Dentro ci sono fogli tenuti insieme da graffette, ma anche alcune tavole che avevo ricevuto in dono da lui. A un certo punto mi aveva chiesto di dargli una mano a rendere in forma scritta alcuni aspetti riguardanti i sistemi di colore prescientifici. Sapeva che mi interessavano piú dei sistemi utilizzati dalle industrie, fatta eccezione per i sistemi di artisti o filosofi.

Ci incontravamo il pomeriggio, dopo le lezioni in qualche aula vuota, oppure lo raggiungevo in via Previati dove aveva all'epoca il suo studio. Silve non amava scrivere testi lunghi. In tanti anni sono riuscito solo una volta o due a convincerlo a farlo, ma, per quanto piú esplicativi del solito, il risultato era molto simile a quello prodotto per la mostra della Biennale veneziana: disegni e qualche frase. Uno scritto riguardava il tema dei nodi, il nodo borromeo in particolare, che aveva interessato Jacques Lacan, mentre in un altro paragonava il sistema di colore di Newton e quello di Goethe, a suo parere opposti eppure complementari. Di entrambi ti ho dato copia molto tempo fa. Lui mi spiegava a voce i sistemi e io prendevo appunti; alla fine mi consegnava dei libri in cui il tema specifico era trattato da studiosi di scienza, filosofia, estetica, arte, e dei fogli con appunti redatti con la sua calligrafia maiuscola. Rileggevo tutto e poi scrivevo al computer un testo di un paio di cartelle che rivedevamo insieme e riscrivevo, e cosí di seguito per ogni sistema, fino a che non fu pubblicato in tedesco con i suoi disegni colorati.

Al termine di quel lavoro, durato alcuni mesi, mi aveva donato una sua tavola originale composta di una serie di fogli orizzontali incollati uno sotto l'altro cosí da formare una stringa verticale. Il tema era il sistema dei colori dei chakra nella tradizione indiana: da un lato abbraccia il diagramma mistico, che corrisponde a quello dello yantra o del mandala; dall'altro, il mondo dello yoga e della medicina ayurvedica legata all'induismo e al buddhismo. Scusa il modo sommario con cui ti riassumo questo.

Ho tolto dal raccoglitore la stringa e la riguardo. Mi colpisce una delle tavole disegnate. Vi ha riportato un disegno di Athanasius Kircher, lo studioso seicentesco, gesuita, filosofo, teologo, creatore di una straordinaria *Wunderkammer*. È raffigurato il cammino dello scarabeo, animale sacro, che passa di pianeta in pianeta nella tavola astrologica delineando cosí una figura composta da un grande cerchio e da uno piú piccolo collocato sopra l'altro a formare una specie di protuberanza: insieme compongono una doppia spirale. Lí accanto ha scritto: «Da colore a colore, e trascolorando. Ascende lentamente ma sistematicamente, la sommità della quale ridiscende lungo la veloce curva degli acromatici, a recuperare l'origine e a riprendere il cammino».

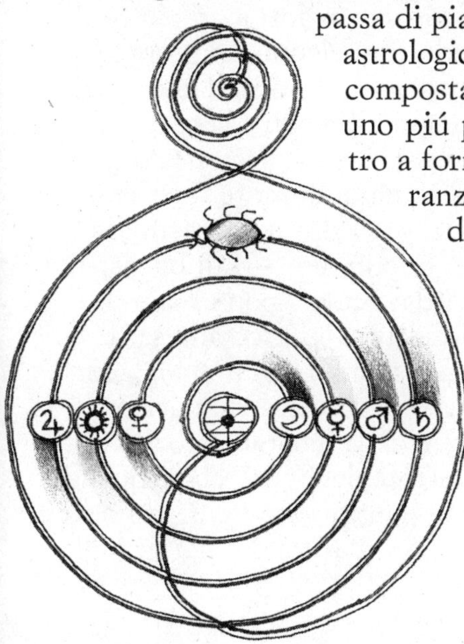

Ogni volta che esamino questo foglio rettangolare a distanza di qualche anno mi sembra di poter leggere in questo cammino ricorsivo e tortuoso, ma assolutamente regolare dell'insetto, che transita per i segni zodiacali abbinati ai colori, il medesimo cammino che ho percorso io, o che sto ancora percorrendo. Io sono lo scarabeo che compie il suo tragitto senza avere alcuna idea del disegno che traccia nel percorso. Al tempo stesso io sono colui che guarda da fuori questo tragitto di forma geometrica e ne distingue la forma complessiva. Una doppia visione che mi ammalia.

Le tavole originali dedicate al *Sistema dei chakra* contengono la descrizione della corrispondenza fra i colori del Prana e i chakra stessi; mostrano anche i chakra maggiori e le varie parti del corpo umano. La tavola finale connette i sette colori tradizionali con i chakra che vanno dalle radici, il piede, sino al capo, la testa, sede del pensiero. In un disegno composto di cerchi concentrici Silve ha collegato tutti i sistemi simbolici dell'antica tradizione indiana connettendoli con quelli della tradizione occidentale, un piccolo capolavoro di forme e figure.

In quelle conversazioni a tavola davanti a un piatto di maccheroni al sugo di pomodoro qualcuno un giorno ha asserito che il colore è un fenomeno prodotto dalla nostra attività mentale; fuori di noi non c'è alcun colore, ma solo radiazioni elettromagnetiche che sono eccitate, o provocate dalla luce, da noi trasformate, durante il processo visivo, in valutazioni cromatiche. Allora ho domandato a Silve: – Ma i colori esistono, oppure no? – Lui ha risposto: – Quando nessuno li guarda, i colori non esistono. Il colore entra nel mondo alla mattina ed esce alla sera. È il nostro sguardo che feconda il mondo –. Poi ha aggiunto: – Il colore nasconde la tragedia e la catastrofe dei bordi delle cose –. Narciso Silvestrini ci ha incoraggiato a fare i conti con la tragedia e la catastrofe dei bordi, che è quella che meno cogliamo: presi come siamo a osservare il mondo nella sua interezza, non vediamo quasi mai i margini, gli orli e i contorni. Un giorno mentre parlavamo del nastro di Möbius disegnato da Escher in una sua famosa incisione – quella superficie che possiede due facce, ma che in effetti è una sola percorribile tra il sopra e il sotto –, Silve mi ha fatto osservare che il nastro è come la vita umana: dolorosa da entrambi i lati.

Piastre

Apro la scatola di cartone. Dentro, avvolte nella carta, ci sono delle formelle di terracotta. Le libero dall'imballaggio e le estraggo. La prima è una piastra liscia che reca due piccoli fori, uno in alto e uno in basso poco piú grande; nella seconda la piastra presenta due impronte incavate; la terza è una testa e ha le dimensioni delle tracce lasciate nella seconda piastra. C'è anche un disegno su un foglio giallo. Indica la posizione che devono assumere sul muro i tre oggetti di ceramica: il primo in alto e gli altri due a seguire lungo un'immaginaria diagonale, non troppo distanti l'uno dall'altro.

Il pacco l'ha confezionato un mio collega di Monza all'Istituto d'Arte, Nanni Valentini. È il 1984. Lo conosco da un anno o poco piú e ci frequentiamo da quando io tengo un seminario di estetica al pomeriggio per studenti e docenti, dove lui non manca mai. A volte m'accompagna in auto a prendere il treno per tornare a casa. Parliamo parecchio. So che è un artista, un ceramista, termine che per me finora significava uno che fa vasi e stoviglie da vendere. Non immaginavo che la ceramica potesse essere questa cosa che ho posto sul tavolo e che guardo e riguardo sorpreso. Nanni mi ha fatto un dono e questo è il suo modo di presentarsi. Mi sono schermito, e lui mi ha detto: – Ma il dono me lo hai fatto tu con questo seminario che mi ha molto appassionato.

Nanni è un uomo di grande umiltà, ma si capisce anche di grande potenza: uno che maneggia la terra, l'impasta e le dà forma, e poi la cuoce. Per farlo serve una grande energia, ma la terra si plasma anche con il carattere, per cui Nanni è un uomo forte, deciso e persino irruente. Non sono ancora andato nel suo studio e quindi non ho visto la sua fucina di Vulcano. Mi è bastato guardare le sue braccia muscolose, di uno che fa un lavoro manuale e piú manuale della ceramica non c'è molto altro in arte: solo i metalli esigono caratteri simili, caratteri risoluti, forse piú risoluti di chi scolpisce il marmo. La ceramica rende poi anche riflessivi, proprio perché non c'è bisogno di battere, tagliare, recidere, saldare, congiungere, come avviene col metallo. Impastare la terra e darle una forma esige un carattere paziente. Nelle forme di Nanni ci sono entrambe le cose: l'azione e il riposo. E insieme il sogno, perché la terra induce i sogni, quasi come il cielo e le nuvole.

Dopo qualche tempo che lo frequento capisco che ha scelto la materia come «poetica», come ha scritto nella presentazione d'una sua mostra, e per lui la terra non è un materiale bensí un partner che gli risponde con segni propri. Volevo scrivere: «una partner», al femminile, poiché non è solo un fatto grammaticale. La «terra» è senza dubbio al femminile, e questo riguarda proprio il modo di essere specifico di Nanni, che unisce questi due aspetti, la forza e la tenerezza. Guardando le sue opere non si capisce se l'una è maschile e l'altra femminile.

Nanni muore nel 1985, un evento inaspettato.

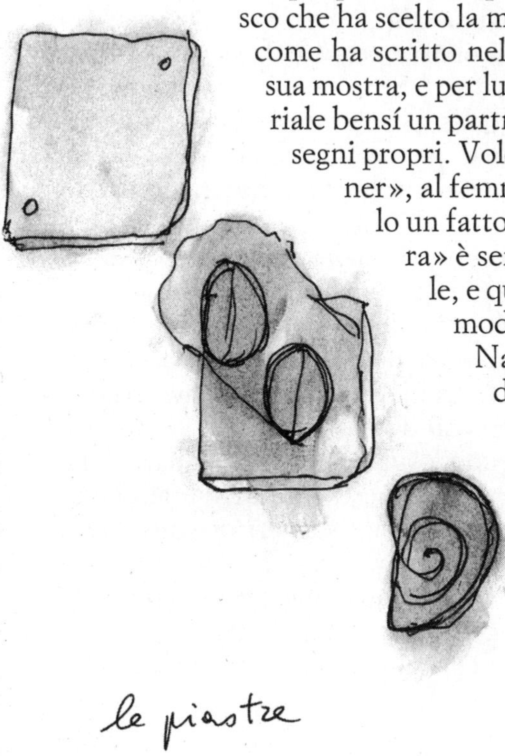

Qualche tempo dopo, ho parlato di lui con Umberto Galimberti. Me l'aveva presentato lo stesso Nanni. All'epoca Umberto insegnava filosofia al liceo classico Zucchi di Monza e aveva come allieva Tiziana, la figlia di Nanni. Lui viveva a Monza e Nanni ad Arcore. Io tornavo quasi ogni settimana a Reggio Emilia, almeno fino a che non ho avuto quel posto di lettere dopo aver vinto il concorso, ma in Emilia, a Sassuolo. Per cui ci parlavamo il sabato o la domenica al telefono, con Nanni e a volte anche con Umberto. In una di queste conversazioni mi aveva detto che Nanni faceva opere al femminile, perché lavorava sul concavo e che questo era particolarmente difficile per un uomo: difficile l'accoglienza e l'ascolto della terra. In quei colloqui parlavamo di psicoanalisi perché Umberto andava avanti e indietro da Roma, dove era in analisi da Mario Trevi per diventare uno psicoanalista. Aveva suggerito anche a me di fare la medesima cosa, proprio con Trevi. Avevo studiato filosofia e Umberto pensava fossi portato per quella professione. Credo si sbagliasse, e infatti non gli ho dato retta. Piú che un analista ero un potenziale paziente, cosa che poi accadde anni dopo, ma questa è un'altra storia.

Una volta Umberto aveva aggiunto che era rischioso essere cosí femminile per lo scultore di terra, ma tutto era reso meno problematico proprio dalla terra stessa. Nanni non cercava mai la tragedia del tellurico, questa era la sua prerogativa. Lui la terra la modellava come in quelle piastre che andava esponendo nelle gallerie di Milano e mi aveva donato. La terra è un luogo vuoto, trovavo scritto nei dépliant e nei pieghevoli delle mostre che Nanni andava allestendo. E delle medesime cose, cosí mi pare di ricordare, parlavo con Narciso Silvestrini. Lui di Nanni non solo era grande amico ma anche un suggeritore discreto e quasi invisibile. Nanni lo ascoltava molto.

Adesso che ti scrivo di Nanni e di quel periodo procedo a memoria, e anche un po' a tentoni, perché è come tirare su dal pozzo una carrucola cui è legato un secchio dove invece dell'acqua da bere, o in cui specchiarsi, ci sono parole da tirare fuori una alla volta e ricomporle su queste pagine con un qualche senso. Dopo la scomparsa di Nanni, ho scritto diverse volte della sua opera, ma non ho ripreso in mano quelle pagine per rileggerle.

Nanni era nato nelle Marche, una regione al plurale, negli Appennini centrali, come diceva. Tutto lo disponeva a praticare un'arte dell'informe, prima con la pittura e poi anche con la Terra, scritta con la maiuscola. La Terra è per antonomasia il caos informe. Umberto era convinto che Nanni fosse un «operatore simbolico», cosí lo definiva, e che le sue forme non fossero traducibili in nessun linguaggio formalizzato. Lavorava con il pieno e il vuoto, il concavo e il convesso, con le fessure, le zolle, con oggetti sensibili che non sembrano avere una forma fissa, anche se l'elemento circolare era importante per lui.

La spirale è una delle sue figure preferite, in cui ci leggo due movimenti: uno che si avvolge verso il suo punto centrale e l'altro che procede in senso inverso allontanandosi dal centro. Sono i nostri due movimenti principali? chiedevo a Nanni, e lui mi sorrideva. Una volta Umberto mi ha detto che il nostro amico ceramista ripeteva i gesti dell'oracolo di Delfi. Gli ho chiesto che cosa volesse dire. Che è un profeta? Un aruspice? Niente di tutto questo: lui fa segni, accenna. I segni sono dappertutto nella sua opera, che è però anche geometrica, o almeno allora a me appariva e appare oggi in questo modo, nonostante tutto. Una geometria invisibile sempre da ricostruire.

Tu non lo hai conosciuto. Negli anni seguenti alla sua scomparsa ti ho portato a Reggio alcuni vasi e ciotole che provenivano dall'attività di ceramista che la moglie Tina e il cognato Marco portavano avanti con la sigla di «Ceramica Arcore», una cosa iniziata da Nanni. Lui voleva fare l'artista, non vendere oggetti ai negozi di Milano, ma bisognava pur vivere, cosí diceva, e poi Tina e Marco erano anche loro dei provetti creatori. In bottega Nanni con la sua trepidazione, la voglia di sperimentare, di trovare forme e movimenti dentro la terra issata sul tornio non aiutava gli affari della ceramica, cosí aveva smesso. Per cui s'era trovato un posto a scuola, da insegnante, a Monza, dove l'avevo incontrato. Era molto bravo con gli studenti. Era un artista: o lo capisci e lo ami, o niente. Nessuna via di mezzo.

Purtroppo quelle che ti ho portato non erano sculture di Nanni, ma qualcosa di lui era presente comunque in quel vasellame cosí tornito e sottile, e cosí imprevisto. La terra è la cosa piú umile che ci sia, tanto è vero che i nostri antenati si facevano seppellire nella nuda terra, avvolti in un lenzuolo, quando non capitava loro di morire in modo cruento o non erano bruciati sulle pire, come si fa ancora oggi in una parte dell'Oriente. La terra paradossalmente è la cosa piú leggera che vi sia, piú del cielo che incombe sopra di noi, che è pieno di nuvole, e per questo altrettanto informe della terra stessa. Cielo e Terra sono entrambi inafferrabili, anche se la terra, la materia, manipolandola, prendendola tra le mani sembra piú vicina a noi, piú prossima delle nuvole e meno cangiante.

Se la terra la manipolavi come faceva Nanni, dandole una forma, immediatamente capivi che la medesima forma non sarebbe durata. Per questo va cotta: per fissarla. Ma appena l'hai fatto comprendi che si tratta solo d'un arresto temporaneo, qualcosa di improvviso e non definitivo. La Terra contiene un inarrestabile movimento, come è evidente nei vulcani e nel magma che vi sgorga. Il fuoco era la prova per ogni sua scultura, una prova ineccepibile e imprevista. Mi diceva Nanni che quella era la vera verifica: metti il pezzo nel forno e non sai cosa ne esce.

C'è una storia che Nanni amava raccontare, e che poi ha anche messo per iscritto per una sua mostra. La stessa storia l'ho ascoltata anni dopo raccontata da altri, forse perché cosí paradigmatica del mestiere di ceramista. Proviene da Norio Shibata, un maestro giapponese della ceramica raku, che Nanni aveva conosciuto, credo in Veneto, in uno dei tanti incontri cui lui partecipava con la discrezione del neofita ma anche l'orgoglio dell'antico maestro. Un racconto mitico, ma al presente. In una terra arida, piena di sabbia e sassi, una comunità forgia le sue stoviglie e anche i vasi che devono servire alla pura sopravvivenza. Scava su un pendio una serie di concavità che sono collegate tra loro attraverso dei gradini discendenti. Dispone la terra che possiede in alto; attraverso dei buchi questa scende nella concavità successiva; l'aiuta la pioggia che scioglie via via la terra di partenza; il risultato è che le parti piú pesanti restano ferme in alto: sassi e sabbia. Ci vuole del tempo, molto tempo, due o tre stagioni, e la presenza dell'acqua limacciosa delle piogge. Alla fine, quando l'acqua è evaporata, la terra rimasta in fondo al percorso viene raccolta, poi impastata e messa in un luogo chiuso e umido. Ogni anno i membri della comunità fanno in questo modo: la impastano sino a che non sembra pronta per poter forgiare i vasi e i contenitori per il frumento. Secondo Norio Shibata gli oggetti cosí prodotti sono usati da quella comunità a lungo per imprigionare il vento e per sentire le risonanze della voce.

Ci sono molte altre cose che potrei raccontarti di Nanni, della sua fucina di lavoro – il fuoco era importante per lui, anzi decisivo –, e poi della sua inesausta inquietudine, che lo coglieva di quando in quando e lo rendeva teso, e delle amicizie che s'erano strette intorno a lui, nella scuola, e non solo. Eppure, nonostante senza dubbio Nanni Valentini sia stato un grande scultore, uno dei piú originali della seconda metà del Novecento, resta a molti sconosciuto. Aveva lavorato con Lucio Fontana e con altri maestri. Una volta parlando con Mario è saltato fuori il nome di Fausto Melotti che è stato scoperto – si dice proprio cosí, come se fosse un continente o un'isola – solo quando era già anziano, vivo certo, ma molto in là con gli anni. Per Nanni Valentini credo che succederà cosí, anche se sono passati quarant'anni. Bisognerà solo attendere, pazientare, la pazienza della terra.

A me dispiace che se ne sia andato cosí, in modo improvviso. Avevamo fatto molti progetti di cose da realizzare insieme e avevo cominciato a imparare da lui qualcosa sull'arte. A un certo punto, infatti, Nanni aveva deciso che dovevo imparare a dipingere con l'acquerello, una tecnica adatta ai letterati, diceva. Sono come appunti presi velocemente, aggiungeva, e un letterato è uomo paziente ma molto frettoloso insieme. Mi ha impartito poche lezioni. La mia attesa allora non era di fare lo scrittore, piuttosto di diventare un artista: un disegnatore, un acquerellista, certo, o forse persino un fotografo, come ultima possibilità, perché una buona fotografia la può fare chiunque, hanno scritto. Come sai volevo iscrivermi al Gaetano Chierici, l'Istituto d'Arte di Reggio Emilia, ma i miei genitori non avevano voluto (il responso del test di Rorschach o chissà), per cui mi indirizzarono al liceo scientifico, che era proprio dietro la scuola agognata. Lí ho conosciuto alcune persone per me importanti, e mi sono innamorato della filosofia per colpa di un altro Marco. E alla fine ci sono andato all'istituto d'arte, ma per fare l'insegnante e non l'artista.

AG

– Professore, lei forse va a Milano con la sua automobile? – Mi giro e vedo il professor AG Fronzoni che si avvicina a me con passo lento ma deciso. È uscito dall'aula dove insegna nella ex Cavallerizza della Villa Reale di Monza, uno spazio che è stato progettato nel Settecento dal Canonica e dal Piermarini. Le auto sono tutte parcheggiate su un fianco del piazzale, che è occupato da una grande fontana; di tanto in tanto i gestori del parco accendono lo zampillo e allora è uno slancio d'acqua che sale verso l'alto. AG Fronzoni – scritto proprio cosí, senza punti fermi accanto alle due iniziali – insegna, quasi l'unico di tutto l'Istituto d'Arte, dentro i locali che s'affacciano sul piazzale e guardano lo spruzzo d'acqua e la vasca rotonda.

– Sí vado a Milano, vuole un passaggio? – rispondo.

– Se non la disturba, volentieri.

Cosí sale sulla mia automobile, una Alfa Romeo ereditata da mio padre, macchina vecchiotta, ma dalla bella linea di design. Nel percorso verso Milano cominciamo a parlare. AG Fronzoni in verità non parla, piuttosto sentenzia. Pronuncia le frasi scandendo le parole, ma sempre in modo elegante, quasi gli scivolassero fuori dalla bocca senza fare attrito. La conversazione si trasforma ben presto in un monologo. Ma a me non dispiace troppo, anzi mi piace. Lo deposito nei pressi di corso Magenta, dove abita, e raggiungo la mia destinazione.

Quella è stata la prima volta che gli ho dato un passaggio, un fatto che è poi diventato una piccola abitudine, sempre introdotta da quella domanda, come un rituale ripetuto a scopo apotropaico, perché AG era un uomo molto abitudinario e soprattutto cerimonioso. Quando lo conobbi aveva superato la sessantina ed era già molto noto nel mondo della grafica e del design, un guru, a partire dall'abito. Indossava vestiti neri, pantaloni del medesimo colore, in stile retrò, ampi sulle cosce e stretti alle caviglie, come ha notato Maria Luisa, detta Isa. Anche le scarpe erano intonate al resto: in tela cinese nei mesi caldi e polacchine stringate in autunno e inverno. Gli occhiali tondi, alla Le Corbusier, rigorosamente neri, completavano il tutto. Unica variante estiva, una casacca bianca.

Anche la sua grafica era cosí: niente colore, solo bianco e nero, molto bianco, e ampi spazi vuoti costellati di piccole lettere nere, a volte in corpo cosí minuscolo da risultare quasi illeggibili.

Insomma AG era un eccentrico, ma di quelli che seguono regole ferree e uno stile di vita decisamente monacale. Il suo insegnamento, «progettazione grafica», era un corso di esercizi zen in cui, piú che di allievi, la classe era composta di fedeli discepoli. Del resto la sua persona fisica, lo stile con cui parlava e le cose che diceva erano cosí precise ed eleganti che la masnada dei giovani brianzoli e milanesi che frequentava l'Istituto d'Arte finiva presto per essere sedotta da un uomo cosí diverso da quelli che loro potevano incontrare, non solo nella vita quotidiana, ma anche nella stessa scuola, composta da docenti estrosi, strani e stravaganti.

Il suo credo era orientato verso il culto del Bauhaus e, unico tra gli insegnanti, aveva ricevuto il permesso d'iniziare a insegnare sin dal primo anno e non dal terzo. Cosí arrivata in quinta la sua non era piú una classe scolastica, ma un cenacolo frequentato da adepti. La sua personalità era cosí spiccata che relazionarsi con lui non era facile. Non tanto per via del carattere, sotto sotto tutto sommato mite, ma per la visione che aveva del mondo, che trasformava la mitezza in una inattesa rigidità – i piú estremisti, tu lo sai bene, in realtà sono dei miti o dei timidi. Seguiva l'idea che progettare significa non tanto realizzare un marchio o un oggetto bensí seguire una regola di vita: progettare sé stessi era il contenuto del suo insegnamento di «progettazione»; lo ripeteva piú volte: se un designer non fa questo, non sarà neppure in grado di progettare un tavolo, una sedia oppure la copertina d'un libro.

Adesso che scrivo di lui dopo cosí tanti anni – ne sono trascorsi almeno ventidue dal giorno in cui è scomparso – mi rendo conto che la prima cosa che mi viene fatto di raccontare è proprio questa apparenza fisica, visiva e anche mentale. L'aspetto che si percepiva per primo della sua identità era questa postura fisica e psichica che voleva trasmettere agli altri. Come se si fosse trattato d'un messaggio molto importante, piú importante di qualsiasi cosa si potesse dire, fare o pensare. Insomma la sua era una forma di religione, cui aveva aderito come fedele e insieme come sacerdote in giovane età, un culto di cui era anche il principale custode.

Isa, anche lei collega di AG Fronzoni, ha narrato in piú occasioni vari episodi della sua vita. Me ne è rimasto in mente uno particolarmente gustoso perché riguarda una persona quasi al suo opposto, Alessandro Mendini, altro grande designer di quella Milano degli anni Settanta e Ottanta che ho avuto modo di incontrare piú volte. Mendini, chiamato da tutti Sandro, era una personalità irriverente e spiritosa, provocatoria e imprevedibile, un giocoliere e un giocatore irridente. Era stato compagno di banco di AG per cinque anni nella redazione di «Casabella», la rivista di architettura e design dove entrambi lavoravano. Fronzoni la disegnava e impaginava. Una delle prime cose che AG aveva detto a Sandro era stata: tu non ti chiami con quel diminutivo, bensí Alessandro, per cui per lui e per tutti sarebbe stato: «A. Mendini». A suo dire nella grafica non c'era posto per i nomi scorciati. O meglio, aveva detto, riferendosi al diminutivo: bando ai messaggi sentimentali. In quella occasione aveva anche pronunciato una frase che ho sentito riferire anche da altri, sebbene mai da lui stesso: «Io sono solo un marchio, mi chiamo AG Fronzoni». Aveva perciò trasformato Germano Celant, collaboratore della rivista, in «G. Celant». Ha detto una volta Sandro che i loro cognomi erano diventati puri riferimenti segnaletici in carattere Elvetica. Anche se nessuno ha mai capito perché AG a differenza dei nomi degli altri non avesse il punto fermo. Un altro segno di distinzione?

Il nome proprio di AG era Angiolo Giuseppe; era nato a Pistoia e dei toscani possedeva tutta la carica di faziosità. Pistoia era stata nel Medioevo un Comune attraversato dalla strenua divisione fra bianchi e neri, un posto di aspre dispute finite spesso nel sangue. Il suo luogo d'origine aveva questa nomea, probabilmente non vera, tuttavia, come molti cliché, per quanto riguarda Fronzoni, qualcosa d'attendibile c'è. Ma a parte questa origine, che si conservava in una leggera inflessione del suo parlare, e nell'amore tutto toscano per le parole esatte dell'italiano colto, AG s'era costruito nel tempo questa identità che non finiva d'irritare alcuni e, invece, di sedurre altri.

Anche la valutazione del suo lavoro di designer grafico, al di là dell'indubbia qualità, era fonte di discussioni infinite: bravo lo era secondo tutti, ma l'approccio religioso infastidiva taluni. Alcune delle sue opere sono rimaste famose. Non a caso, come ti ho riferito a suo tempo, in una visita alla collezione di grafica del MoMa di New York ho visto esposto uno dei suoi manifesti, quello in cui poneva in verticale la scritta: «FONTANA GALLERIA POLENA GENOVA 1-28 Ottobre 1966» e la tagliava a mezzo con un'immaginaria lametta, come se fosse stata una tela del maestro dello Spazialismo.

A un certo punto nella seconda metà degli anni Ottanta e Novanta AG decise di curare gli inviti per una serie di incontri che un gruppo di noi insegnanti dell'Istituto d'Arte teneva presso una libreria di Monza, la Libreria Manzoni. Per cui prese a impaginare le informazioni dell'incontro:

seminario
Mario
Porro
Traduzioni
dalla
scienza
all'
arte
1987
02
28
ore 18
Lo spazio della
ri-
presentazione
03
07
ore 18
La stasi
del
cerchio
14
ore 18
sublime
delle
meteore
21
ore 18
Costruzioni
nell'
estetica
libreria
Manzoni
cultura
32
via
Manzoni
Monza
telefono
365128
iscrizioni
in
luogo

Tutto sul bordo sinistro dell'invito, un cartoncino verticale, una parola alla volta, una sotto l'altra, carattere in corpo piccolo, cosí che lo spazio risultava bianco e immacolato e le notizie microscopiche. C'è da dire che in questo modo si faceva leggere, o meglio: eri obbligato a leggere quasi compitando le singole parole. La sua idea era quella di opporsi al rumore di fondo della società della comunicazione contemporanea sottraendo tutto o quasi, sino a diventare perfettamente aniconico.

Elidendo le parole, scrivendole sui margini, cancellando tutti i tratti orizzontali o verticali delle lettere, diminuendo i corpi all'inverosimile, credo che volesse dirci che l'essenza del reale ci sfugge sempre, per quanto noi l'inseguiamo con ogni mezzo. Il fatto è che la sua grafica aspirava a essere democratica, democrazia della lettura e della visione, ma sempre attraverso un gesto aristocratico in perfetta continuità con la sua idea di democrazia fondata sulla differenza e sulla diversità, da lui praticata con un accanimento mistico. Uno stilita della grafica.

Cosí me lo immagino adesso che sto scrivendo di lui per raccontartelo. Me lo vedo assiso come Simeone nel deserto in cima a un'alta colonna con il serpente della Comunicazione che sale avvolto in spire verso di lui per tentarlo, senza riuscirci. Mentre mi si parano davanti tanti altri ricordi dell'Istituto d'Arte e mi torna in mente la scuola che lui aveva aperto in via Solferino a Milano in uno spazio che non era mai riuscito a ristrutturare per mancanza di mezzi. A forza d'accompagnarlo a casa in macchina, perché AG non aveva la patente e detestava che i giornali indicassero le marche e i tipi delle autovetture, un giorno mi ha chiesto: – Professore, le andrebbe di insegnare nel mio studio?

P.S. Isa mi ha mandato via email una fotografia scattata all'Istituto statale d'Arte di Monza che ritrae AG con una sua classe di studenti: la V E. Una classica foto scolastica. Lo vedi in fondo dietro gli studenti. Mi ha colpito il modo con cui Fronzoni si tiene le gambe con braccia e mani, proprio come le ragazze della prima fila davanti. Sembra un ragazzo anche lui. Solo gli adolescenti sono capaci d'una forma di assolutezza che in lui è durata tutta la vita,

una categoricità che la maggior parte delle persone poi attenua col passare degli anni, allorché diventa adulta. Non che non lo fosse, lo era. E tuttavia era rimasto sempre un ragazzo.

BERGAMO

Un sogno fatto a Bergamo

Ho fatto un sogno. Provo a raccontartelo per quello che ricordo. Salivo per via Pignolo quando ho visto che la porta della chiesa di San Bernardino, di solito sbarrata, era spalancata. Sono entrato e ho scorto nella parete absidale una persona che stava lavorando a una grande tela. Non era solo, altri due gli si affaccendavano attorno seguendo i suoi gesti e le sue parole. Era un pittore coi suoi garzoni. L'opera era quasi completata e sembrava stessero dando gli ultimi colpi di pennello alla tela.

Mi sono avvicinato un po' timoroso e mi sono accorto che il grande quadro era privo di un particolare che ricordavo perfettamente avendolo visto piú volte nei venti e passa anni che sono salito su per questa strada e sono riuscito a intrufolarmi in chiesa. Mancava in basso, sotto il trono della Madonna, il giovane angelo scrivente, quello che è girato verso l'osservatore con aria interrogativa e un poco corrucciata. Non c'era, e mancava anche il gran libro su cui il bambino pare scrivere.

Il pittore mi ha guardato con aria interrogativa e mi ha interpellato: – Non le sembra un'opera riuscita? – Non sapevo cosa dirgli. Ho provato ad aprire bocca e non mi è uscita parola. L'uomo mi ha incalzato: – Possibile che lei non riesca a dire nulla? – Tanto era lo sconcerto che mi sono sentito rattristato e anche un poco dispiaciuto. Poi è intervenuto uno dei garzoni che indossava un paio di jeans e una felpa scura: – Maestro, ma non vede che è senza parole? – Stavo per replicare qualcosa e ancora nonostante mi sforzassi non avevo la voce. Di colpo tutto è diventato scuro e mi sono svegliato: avevo una sete terribile e la gola secca.

Come avrai capito si tratta proprio della chiesetta, poco piú di un oratorio, che si trova all'angolo della strada che salgo per raggiungere il mio ufficio in università al numero 76 di via Pignolo, Palazzo Bassi-Rathgeb, subito dopo l'incrocio con l'impianto semaforico. Te ne ho parlato piú volte, perché lí, in quel piccolo edificio, c'è uno dei quadri piú noti e belli di Lorenzo Lotto, l'artista che ha legato il suo nome alla città di Bergamo nel Cinquecento. Lotto per me è Bergamo. È un autore che prediligo per ragioni che adesso provo a spiegarti. Veneziano, come è noto, è vissuto per oltre dieci anni nella città dove sono venuto a insegnare all'inizio del 2000, per un caso fortunato e per un incontro del tutto casuale.

Per Lotto quelli a Bergamo sono stati probabilmente gli anni piú lieti e di successo della sua vita, nonostante fossero anni complicati. Nel 1502 era scoppiata una pestilenza durata quattro anni. Poi la Lega di Cambrai – che vedeva alleati l'imperatore, il re di Francia, il re di Spagna e il papa – aveva mosso guerra alla Repubblica di Venezia, di cui Bergamo faceva parte. Nel 1509 s'erano installati in città i francesi e c'erano rimasti per tre anni, quindi erano venuti gli spagnoli per altri due. A Bergamo Lorenzo Lotto era arrivato nel 1513 e aveva trovato lavoro lí grazie ai collezionisti locali, che s'erano arricchiti con il commercio delle stoffe.

Nel Borgo Pignolo dove c'è la Pala di San Bernardino, quella del sogno, era insediata una popolazione mista di mercanti, cavalieri, conti, dottori e «honorati cittadini», come dicono le cronache locali successive, quando il momento peggiore era passato. Veniva Lotto dalle Marche e aveva avuto una commissione per una importante opera che noi oggi conosciamo come Pala Martinengo, che si trova a pochi minuti a piedi dall'oratorio di San Bernardino. Opera altrettanto magnifica di grande impegno: gli occorsero tre anni per terminarla.

Penso che prima o poi verrai a Bergamo e insieme faremo il giro delle opere del veneziano, compresa quella meraviglia che è l'oratorio Suardi a Trescore Balneario, un'opera fantasiosa nella sua forma cosí moderna e cosí medievale nell'insieme, col Cristo che funge da tralcio della vite per narrare le storie di santi e personaggi di casa Suardi, i suoi committenti, e naturalmente il percorso delle tarsie del coro a Santa Maria Maggiore realizzate su suo disegno, e poi la chiesa per me piú affascinante, San Michele al Pozzo Bianco, affrescata da Lorenzo, che abitava lí vicino in affitto, con le storie della vita della Vergine. Poi naturalmente ci sono i ritratti all'Accademia Carrara, forse il genere che preferisco, perché la pittura religiosa, per quanto meravigliosa, non riesce ad accendermi come i quadri che raffigurano uomini e donne, dove Lotto dà il meglio di sé.

Lí alla Carrara, a poca distanza dal palazzo dove lavoro, c'è un quadro straordinario per piú di una ragione, che unisce i due aspetti dell'opera di Lotto: le opere religiose e i ritratti di nobili e borghesi. Si intitola *Nozze mistiche di santa Caterina d'Alessandria con il donatore Niccolò Bonghi*, e «il donatore» del titolo è il suo padrone di casa per cui si dice che con questo lavoro avesse pagato un anno di affitto di cui era debitore. Ci guarda dritto negli occhi Bonghi e sembra che sia stato messo accanto alla Madonna, al Bambino e alla Santa di straforo. È seduto; secondo alcuni per via della sua malattia della gotta, ma non so se sia vero.

In alto in quel rettangolo grigio manca un pezzo della tela. C'era dipinto in origine un paesaggio che si vedeva attraverso la finestra aperta dietro ai personaggi, sul cui davanzale è appoggiato quel tappeto che si scorge appena. Un soldato francese cui piaceva quella parte del quadro l'aveva tagliato e se l'era portato via: mai piú ritrovato. Questo è accaduto nel periodo in cui l'esercito francese aveva rioccupato la città e l'opera era stata ricoverata proprio nella chiesa di San Michele al Pozzo Bianco. Una storia che dice molto dell'epoca in cui Lotto è vissuto e anche dell'alterna fortuna delle sue opere.

Insomma per me Lotto non è veneziano bensí bergamasco, anche se poi se ne andò e non fece piú ritorno nella città in cui tanto aveva lavorato. Era rientrato nella sua città natale, ma poi morí nelle Marche dopo la delusione di quel rientro a casa, dove non fu accolto come meritava: sconforto e sconcerto. C'erano altri pittori piú famosi di lui, e Tiziano che occupava ogni spazio, e per lui non ci fu altra possibilità, alla fine, che prendere casa a Loreto e farsi oblato.

Ti parlo di lui anche perché ho scoperto che oltre a quadri e tele sparse per l'Italia e per il mondo, Lorenzo ha lasciato un carteggio legato alle tarsie del coro di Santa Maria Maggiore, i cui disegni e istruzioni mandava da lontano, e poi anche un libro curioso, il *Libro di spese diverse*, dove per sedici anni aveva registrato l'avere e il dare – una specie di partita doppia – di quanto riceveva e spendeva nella sua opera. Da quelle noterelle economiche si capisce che aveva un carattere non facile, probabilmente soffriva d'ansia o di qualcosa del genere. Lorenzo parla di sé definendosi «inquieto nella mente» nel momento in cui stende il proprio testamento.

Poi c'è la storia della lotteria – pensa al suo cognome, Lotto, che ha almeno due significati. La mise in piedi nell'agosto del 1550 ad Ancona per vendere sedici quadri e trenta cartoni che aveva preparato per le tarsie di Bergamo, ma vendette quasi nulla. Era ridotto in miseria e trovò casa e desco presso i domenicani che lo avevano protetto e aiutato nella sua carriera. Quando muore ha poco o niente e non si sa neppure dove sia stato sepolto. Forse a Loreto nella basilica, ma non c'è certezza neppure di questo. Non ha avuto alla fine, come dice il Vangelo, neppure una pietra su cui posare il capo.

Infine, la storia che qui interessa per il racconto riguarda le ombre che proiettano a terra gli angeli che svolazzano nei suoi quadri per lo piú in alto. L'ombra, tecnicamente detta «ombra portata», è l'oscurità che fanno i corpi opachi sulla parte opposta alla sorgente luminosa. Nel quadro che già ti ho nominato, che oggi si trova nella chiesa di San Bartolomeo, *Madonna in trono con Bambino e i santi* (1516), ossia la Pala Martinengo, gli studiosi hanno individuato un'ombra che si trova a destra di chi guarda sul pavimento composto di quadri bianchi e rossi. Non corrisponde a nessuno dei personaggi presenti nella scena, per cui un critico ha avanzato l'ipotesi che sia l'ombra del pittore, di Lorenzo Lotto, che non si è raffigurato nella tela, e forse rappresenta anche lo spettatore, cioè noi, che la guardiamo in quel momento. Non so se ci siano ombre simili in opere di altri artisti, ma mi piace pensare che sia unica, e che sia un pensiero venuto a Lorenzo quando ha terminato il quadro: esserci senza esserci e insieme essere noi. Un gesto di modestia e di preveggenza.

Non so dirti bene se questa sua inquietudine sia un tratto tipico dei bergamaschi. Sarei propenso a dire di no, per quanto c'è nella gente di questa città qualcosa d'instabile nel profondo, un'agitazione e un'apprensione che produce esternamente l'effetto contrario: tanta azione e funzionalità, e insieme qualcosa di ruvido, che però non sembra negare del tutto l'ansia, sino a tramutarsi nel suo opposto, in smania di fare. Forse per questo, oltre che per l'indubbio successo che raccolse nei nuovi borghesi bergamaschi, Lorenzo qui si sentí a casa sua, in quel decennio cosí agitato.

Non è sempre facile, se si è cresciuti in una città, e poi ci si trapianta in un'altra per ragioni di studio o di lavoro, comprendere l'anima degli abitanti del luogo che si è raggiunto. Negli anni che ho trascorso a Bergamo, seppure da pendolare, ho poi capito che non c'è solo un carattere bergamasco, ma piú d'uno in virtú del paesaggio e della disposizione geografica. Un conto è la città, che come ha detto qualcuno gira le spalle alle valli, e un altro conto appunto sono le valli principali – Val Seriana, Val Brembana, Valle Imagna, Val di Scalve, Valle San Martino, Val Cavallina –, ciascuna con sue specifiche caratteristiche; per non dire poi dei bergamaschi della piana, diversi ancora, ad esempio quelli di Fara e della Bassa e della Gera d'Adda. Lotto divenne bergamasco della Città Alta e solo in parte di quella Bassa, amando soprattutto la parte borghese e mercantile, quella dei committenti che ritraeva. Anche questa divisione tra alto e basso, notata da tanti viaggiatori nei secoli, è il segno di una duplicità, tanto che una studiosa francese, venuta qui a osservare la Lega di Bossi, ha scritto che Bergamo è una «città doppia». Forse ha ragione ripercorrendo la sua storia.

Ti sembrerà strano che per raccontarti di questo luogo di cui sono stato ospite diurno piú che notturno – ci ho dormito poche volte in venti e passa anni – abbia deciso di raccontarti di Lotto, un veneziano, un pittore, un uomo del Cinquecento. Ma ci sono cose in lui che mi commuovono, come il suo carattere sensibile e generoso, come dicono i suoi studiosi, ma anche il risvolto opposto: era pignolo e pedante. Un solitario e inquieto, in cui mi riconosco, e anche con una suscettibilità e persino una ipersensibilità che mi paiono a tratti anche mie.

Lo guardo da distante anche se sono trascorsi vari secoli, ma capisco bene il suo desiderio di vedersi riconosciuto per il lavoro che aveva fatto: una gran fatica. E io?

Arlecchino e i facchini

Ci sono incontri che sembrano predestinati, per cui, a cose fatte, non si può che dire: doveva essere cosí. Cosí mi è capitato con Alberto Castoldi. La prima volta che l'ho incontrato è stata in una pagina di un libro di André Chastel, lo storico dell'arte francese. Lo citava in un saggio che aveva come argomento la grottesca, il genere ornamentale che compare nella pittura italiana del Quattrocento dopo la scoperta degli affreschi della Domus Aurea di Nerone rimasta nascosta per secoli. Chastel riferiva di un libro d'un autore italiano che s'era occupato del tema: *Grandville and Company. Il perturbante nell'illustrazione romantica*. Mi affrettai a procurarmelo.

Nel 1994 trovai in libreria un altro curioso volumetto d'uno psichiatra a me sconosciuto, Gaëtan Gatian de Clérambault, morto suicida nel 1934: *Stoffe e manichini*. Conteneva un lungo scritto di Castoldi in cui presentava il testo dell'autore e raccontava la storia di questo studioso che fu maestro di Jacques Lacan. Nel giro di poco mi imbattei in un altro inconsueto libro sempre con la firma di Alberto Castoldi: *Il testo drogato*, uscito anch'esso nel 1994, dedicato agli scrittori che hanno avuto a che fare con le droghe e ne hanno scritto, dall'età romantica ai giorni nostri.

Divorai le tre pubblicazioni e mai avrei immaginato che di lí a qualche tempo mi sarei trovato davanti il loro autore in carne e ossa e che lui avrebbe deciso, almeno in parte, della mia vita. Mi dilungo a parlarti di libri perché nella vita di Castoldi, come nella mia, sono stati una cosa molto importante. Uno dei suoi ultimi volumi, quasi tutti di piccole dimensioni, stipati di storie, racconti e idee, s'intitola *Bibliofollia*.

Insomma a un certo punto lo conobbi, a una conferenza a cui ero stato invitato per parlare di un libro. Non poteva che essere cosí; del resto i libri sono stati il filo conduttore nel nostro rapporto durato quasi vent'anni. Sin da quella prima volta rimasi colpito dalla sua persona; aveva un modo di fare deciso, cioè esprimeva le proprie opinioni in maniera chiara e diretta senza mai aggredire gli altri, rivelando nel contempo una forma di timidezza e di riservatezza che si accompagnava a una sottile ironia. Era il suo modo per dire di sí o di no, a seconda dei casi, e al tempo stesso di lasciare uno spazio all'interlocutore, manifestando pur sempre la propria deliberazione.

Castoldi era il rettore dell'Università di Bergamo. Lo era diventato nel 1999 e lo restò per dieci anni. Subito non riuscii a capire come lo studioso di temi eccentrici e la figura istituzionale potessero convivere in lui. Poi una mattina lo vidi molto stanco e affaticato, con vistosi segni neri sotto gli occhi, e gli chiesi se non stava bene. Lui mi rispose che era stanco perché la notte scriveva, mentre di giorno faceva il rettore. Questo spiegava perfettamente sia la brevità dei suoi libri sia il suo ripartirsi fra due momenti di vita. Dopo qualche anno compresi che il Castoldi notturno e quello diurno condividevano il medesimo stile espressivo, una forma di manierismo che innervava la sua passione per l'eccentrico, cosí come segnava il modo con cui amministrava l'università che, come sai, è un luogo complesso, difficile anche perché pieno di personaggi non meno eccentrici di lui. La forma è stata la sua passione di tutta una vita, la forma informe, su cui poi ha finito per scrivere il suo ultimo libro che attende ancora di essere compreso nella sua singolarità.

Cosí per due decenni Alberto Castoldi è stato per me Bergamo, e ha coinciso in tutto e per tutto con la città dove ho insegnato. Di Bergamo è stato un attento osservatore ed esegeta; ne ha scritto in modo indiretto in ogni libro o saggio che ha pubblicato, e le ha dedicato un testo singolare intitolato *L'altra Bergamo*, perfetto baedeker che fornisce la chiave per capire questa città di frontiera situata tra l'Ovest e l'Est del nostro Paese. Questa è una delle cose che ho imparato da lui: non esiste solo la direttrice Nord/Sud, ma anche l'altra, Ovest/Est, ben poco intesa, se non forse nel periodo della Guerra fredda, mentre in realtà questa opposizione riguarda l'intera storia italiana di almeno cinque secoli.

Città singolare e bizzarra, Bergamo è dotata poi d'una lingua dialettale quasi incomprensibile. Gli scrittori, quelli che l'hanno visitata come quelli che la conoscono solo da distante, hanno fantasticato a partire dal dialetto sul carattere dei suoi abitanti. Come saprai questa lingua ancora oggi in uso proviene dal ceppo gallo-italico delle parlate del Nord, ibridata inoltre da apporti longobardi, ovvero germanici; possiede una fonetica molto diversa dai dialetti vicini, per via della sua tendenza ai troncamenti cosí poco amati da Dante e invece usati dall'autore del *Barone rampante* per mettere in scena i carbonai bergamaschi che urlano nel romanzo *Hura! Hota!* e si scontrano con i pirati maomettani, *Inshallah!*, in un conflitto linguistico fondato sull'incomprensione. Nel suo racconto di Bergamo attraverso i secoli Castoldi mostra come alla bellezza del paesaggio, tanto amato da Stendhal – «il piú bello che io abbia mai visto» –, si giustapponga la leggendaria rozzezza e pulsionalità dei suoi abitanti, uno schema che è stato, e in parte continua a essere, dominante anche oggi. La figura che meglio esprime questa duplice identità è Arlecchino, la maschera della commedia dell'arte nata a Bergamo e diffusa in tutto il mondo.

Ci sono autori che sostengono che questo personaggio teatrale non sia nient'altro che il discendente diretto di un demone del folclore germanico chiamato Herlekin, a sua volta risalente al dio Wotan. Il suo compito sarebbe quello di guidare la processione dei morti, una figura che funge da comunicatore tra il mondo dei vivi e quello dei trapassati: il Signore del superamento dei confini tra Ade e mondo terreno, che va e viene attraverso questo passaggio conosciuto da lui solo, come scrive anche Resnik. Probabilmente è vero. Forse l'Arlecchino bergamasco, anche se Castoldi non ne parla nel suo libro, viene da lí, ovvero da qualcosa di piú remoto e arcaico portato in quelle terre dai popoli d'origine germanica durante i regni romano-barbarici, e divenuto con il tempo una maschera buffonesca che esorcizza con la propria presenza gli aspetti nefandi del regno dell'Oltretomba.

Alberto era attirato da Arlecchino proprio come era attratto da tutti i valicatori di confine, essendo nato e vissuto in una terra contesa tra il mondo lombardo, rappresentato da Milano, e quello veneto governato dalla Serenissima: Bergamo è zona di confine appunto. E sicuramente quella linea passava anche dentro di lui per quanto non era sempre facile da cogliere. Il suo cognome, Castoldi, viene dal longobardo *gastald*, ossia «castaldo»: l'amministratore delle rendite del re installato in un territorio preciso che governa per delega, e per estensione significa chi si prende cura di una comunità.

Per tornare ad Arlecchino, persino Carlo Goldoni, dovendo andare da Brescia a Milano nel 1732, come racconta Alberto nel suo libro, decide di passare da Bergamo per visitare la patria degli Arlecchini. Tuttavia, per quanto si guardi in giro da tutte le parti, al fine di identificare un Arlecchino bergamasco, finisce per non incontrare «né quei visi neri, né quei piccoli occhi, né gli abiti a quattro colori che facevano ridere». Vede solo, scrive Alberto, «delle code di lepre sui cappelli, che fanno ancora oggi moda per i contadini di quel territorio». L'opera piú famosa del commediografo veneziano *Arlecchino servitore di due padroni* è di tredici anni dopo quel passaggio in città. Per capire

Bergamo e la sua dualità – spirito pratico e intraprendenza, da un lato, curiosità e spirito comico, dall'altro – bisogna partire proprio da *Arlechí* e dal suo compare *Brighèla*, furbo e attaccabrighe, entrambi servi; insieme incarnano le due anime della città divisa tra Alta e Bassa. Alcuni commentatori riportati da Castoldi indicano in Brighella il campione della prima – furbo e dai mille mestieri – e in Arlecchino l'esponente tipico della seconda – spensierato, allegro, pigro e ignorante, seppure divenuto col tempo astuto anche lui.

In una incisione che commenta visivamente l'istituzione dell'Albero della Libertà in piazza Vecchia, cuore della città, che è riprodotta nel volume, si vede in primo piano un Arlecchino «giacobino» che scaccia a pedate il veneziano Pantalone. Una sintesi dei conflitti di quella frontiera che Bergamo rappresentava. Poi, a ben guardare, è anche un confine antropologico che attraversa l'intero Paese: da un lato lo sciocco, incarnato dallo stesso Arlecchino, e dall'altro Brighella, il furbo, due figure ben presenti nella storia sociale, politica ed economica italiana. Bergamo le include entrambe.

Poi c'è la storia dei facchini, su cui Castoldi si sofferma. È dal Cinquecento che l'immagine dei bergamaschi è collegata alla professione dei facchini e quindi alla necessità di trovar lavoro altrove. Insomma sono stati degli emigranti fin da allora. Io stesso in Svizzera ho conosciuto diversi bergamaschi emigrati lí negli anni Cinquanta dopo la fine della guerra. Nel poema *Baldus* di Teofilo Folengo c'è una descrizione non molto lusinghiera dei facchini di Bergamo: «Sono uomini bassi, grassi, e grossi di sedere, | hanno petto e stomaco dappertutto folti di peli». Nella pagina che dedica a loro, Alberto trascrive i versi del poema comico in latino maccheronico del 1517 e in questa citazione si coglie il suo tratto ironico: sembra che provi piacere a riportarne il ritratto. Di certo le fonti antiche riferiscono della bravura dei facchini bergamaschi nel trasportare le merci soprattutto nei porti. Paul Valéry passando per Genova scopre che il porto-franco, la spedizione a totale carico del mittente, lí è prerogativa di una compagnia detta dei Caravana che ha l'esclusiva nel trasporto dei pesi nello scalo ligure; ne fanno parte, tra la fine dell'Ottocento e l'inizio del Novecento, duecentoventi persone. Sono bergamaschi. Arlecchino è in origine un facchino, o quantomeno svolge lavori umili. La stessa commedia dell'arte sembra sia nata nel Cinquecento dalla satira sui facchini bergamaschi; e del resto facchini sono Zanni, l'antenato di tutti, Brighella e i vari personaggi del teatro nati a Bergamo.

Ho scoperto solo ora che la parola «facchino», coniata nel latino medievale, ha una curiosa origine. Viene dall'arabo *faqīh* che indica la figura di un giureconsulto, un sacerdote musulmano, un sovrintendente; poi passata a indicare lo «scrivano»; quindi, scendendo ancora nel livello gerarchico, ha preso il significato di «piccolo mercante di stoffe», mestiere che a Bergamo, città di produzione di tessuti, era assai diffuso, come sapevano bene anche Lorenzo Lotto e Giovan Battista Moroni, il quale fu il primo a ritrarre un sarto al lavoro; successivamente, da «venditore ambulante» ha indicato per traslazione il portatore di pesi, ovvero l'uomo di fatica. Una volta, come ricorderai, nelle stazioni c'erano i facchini che attendevano i viaggiatori sulle banchine; poi l'evoluzione delle valigie, forse l'uso dei trolley, insieme allo scadimento della loro funzione – chi vuole fare piú il facchino? – li ha fatti scomparire. Per un certo periodo erano poi apparsi facchini abusivi, per lo piú immigrati; probabilmente sono stati allontanati. Cosí adesso ciascuno di noi porta i propri pesi, piú o meno bene.

Ancor piú che dei facchini di Bergamo, Alberto si è occupato del *flâneur* e ne ha anche scritto in un volume, pure questo breve: la parola sembra che derivi dallo scandinavo, lingua del Nord, *flana*, «correre qua e là sbadatamente». Il verbo *flâner*, spiega Alberto, significa molte cose: gironzolare senza motivo da una parte all'altra, non fare niente, condurre un'esistenza girovaga e vagabonda; e anche pigrone, fannullone, ozioso, uomo che non sa dove trascinare la propria noia insopportabile. Alberto è stato un *flâneur*. Era la noia che lo tormentava. Se n'è andato nel 2019, ma lo immagino ancora la notte nel suo studio mentre passeggia da un testo all'altro, attraversa a rapidi passi un intero continente di libri senza uscire dalla stanza. Aveva una doppia personalità Alberto: da un lato è stato un vagabondo del pensiero, che è poi il suo aspetto arlecchinesco, dall'altro era l'uomo del fare, simile ai facchini portapesi della sua città. Se di giorno lavorava a costruire l'università, che è stata la sua opera piú manifesta, la notte smontava tutto quello che aveva edificato in quel gioco a perdere che è stata per lui la scrittura, arte della divagazione e del continuo camminare senza meta.

VERSO NORD

Straniere a Chiasso

A Chiasso ci sono delle clandestine. Hanno attraversato il confine provenendo da varie parti del mondo: Asia, Africa, America. Naturalmente anche dall'Italia. Chiasso è per noi del Nord la porta d'ingresso all'estero, un estero molto vicino e addomesticato, eppure di là è già diverso. Certo ti ricordi la famosa *Gita a Chiasso* di Arbasino, molti anni fa. Noi siamo venuti dopo. Le clandestine invece sono lí dalla metà degli anni Sessanta.

Nel 1957 gli svizzeri decisero di sbancare un'area a ridosso della stazione di Chiasso. Il traffico dei vagoni e delle merci era cosí aumentato che pensarono bene di creare uno scalo molto piú ampio. Per dieci anni, fino al 1967, trasformarono una zona di acque, piccole paludi, campi e boschetti in una landa industriale in cui operavano ruspe, caterpillar, scavatrici, trivelle. Deviarono fiumi e piccoli corsi d'acqua e prosciugarono le zone umide. I primi treni merci arrivarono quindi mentre noi due passavamo dalle scuole medie inferiori alle superiori.

Perché ti racconto tutto questo? Perché è una storia davvero curiosa che mi induce a qualche speranza in un momento cosí difficile per la Terra, e poi perché è accaduto al Nord del mio Nord, nella Svizzera di lingua italiana, un territorio che a noi è sembrato uno spazio ibrido, qualcosa di interposto tra l'Italia e il Nord. Quello dei cantoni è un esperimento verso cui abbiamo sempre guardato con perplessità, che però ho cominciato a rivalutare per la sua intersezione di lingue e culture diverse, per la sua natura spuria, nonostante tanti difetti. Le clandestine c'entrano con tutto questo. Cerco di spiegarmi.

Prova a immaginare un treno merci che trasporta derrate alimentari; ad esempio, cereali e sementi provenienti da un Paese lontano. Transita da Chiasso diretto al Nord – verso la Germania, la Danimarca, la Svezia o la Norvegia. In uno scambio i vagoni sussultano e lasciano cadere inavvertitamente dei semi sul sedime ferroviario. Passa del tempo e quel seme dà vita a una pianta, a un'erba o a un fiore, che prima non c'era. Magari proviene dalla Mongolia e ha viaggiato attraverso i secoli prima ancora che nello spazio, fino a toccare quello coperto di binari e traversine. Prova a immaginare che si tratti di un seme, o piú d'uno, di *Medicago sativa*, quella che noi chiamiamo erba medica, una delle piú antiche piante da foraggio. La nostra Pianura, come sai, ne è piena. Plinio dice che l'erba medica è stata portata in Europa dall'Asia ai tempi delle guerre persiane. Ne parla anche Virgilio, che la include tra le piante piú coltivate in Italia, perché durante i periodi di siccità non appassisce mai, e poi la si taglia cinque volte l'anno. Ecco cosa è successo dal 1967 nella zona della stazione di Chiasso, dentro quell'intrico di binari che ogni giorno smistano treni.

Ho imparato dell'esistenza della «flora ferroviaria» qualche anno fa, non tanti, da un libro che ho scoperto per caso e che mi ha appassionato. Nel 1980 un «botanico per passione» svizzero di nome Ernesto Schick decide di esaminare le erbe che si trovano fra le traversine e lungo le massicciate della stazione di Chiasso, o a lato, nelle porzioni di terreno tra una linea e l'altra. Un lavoro certosino di ricerca che Schick accompagna con tavole a colori delle singole piante raggruppate per categorie. Scopre, riconosce, descrive e disegna quasi trecento specie diverse, piante vagabonde che, sulla spinta del suo lavoro, verranno poi censite in tutta la rete ferroviaria del Ticino, fino ad arrivare a 763 specie.

Sono piante tradizionali, piante strane e soprattutto piante fuggitive, evase da giardini botanici e distese coltivate; sono erbacce provenienti da altri continenti, piante storiche e piante nuovissime in quel luogo. Le hanno portate i treni merci carichi di sacchi magari con un piccolo buco o di scatole che perdono la loro integrità negli sballottamenti del viaggio. Le strade ferrate sono degli interstizi che s'inseriscono negli spazi delle nostre città, li solcano simili a fenditure. S'insinuano e cosí permettono a persone, merci, oggetti e piante, in questo caso semi, di percorrere distanze molto grandi. Una volta intorno alle ferrovie non c'erano case e palazzi, poi la crescita delle città ha trasformato queste vie ferrate in strisce strette di metallo, legno e cemento, solchi che attraversano le nostre metropoli creando spazi vaghi circondati da orti improvvisati, luoghi senza nome dove vivono i migranti senza casa, tutti terreni senza giurisdizione se non quella d'affiancare il transito dei vagoni. Lí crescono erbe e cespugli, e lí si sono installate le clandestine.

La *Flora ferroviaria*, questo il titolo del libro di Schick, è per lo piú composta da piante cosiddette terofite che passano l'inverno sotto forma di seme, e un esempio sono i papaveri, quelli che spesso si vedono lungo le massicciate di molte tratte ferrate. Oppure sono piante bienni, che formano una rosetta nel primo anno di vita e poi fioriscono su lunghi steli in quello seguente. Una delle piú invasive, scrive nell'introduzione il biologo Nicola Schönenberger, la *Senecio inaequidens* che viene dalla regione del Capo in Sud Africa, ha riempito mezza Stazione Centrale di Milano, ma a Chiasso è in minoranza. Le famiglie di piante meglio rappresentate sono le *Poaceae*, che sono i classici fili d'erba, e le *Asteraceae*, le quali appartengono alla famiglia del girasole. Le aree che ci hanno fornito piú piante clandestine sono senza dubbio l'America del Nord e l'Asia, a partire dal Cinquecento, quando tutti hanno cominciato a viaggiare sulle navi e a trasportare vegetali da un

CENTAUREA CYANUS L.

continente all'altro. Mentre a fornire piú erbacce e piante preziose europee è sempre l'area del nostro Mediterraneo, un mare che è a sud come a nord, anche se poi c'è un vero Mare del Nord, lassú. Il *Mare Nostrum* va dal Meridione al Settentrione, sempre per ribadire l'asserto che ti vado ripetendo.

Questa popolazione clandestina non aveva trovato sino ad allora il proprio Linneo, il classificatore che scova e identifica le diverse piante e specie. Sono loro, le clandestine, ad aver trasformato quel deserto arato da macchine e scavatori in un territorio con chiazze e tratti verdi, dopo che i tratti umidi e boschivi erano stati devastati per l'ampliamento e trasformati in geometriche congiunzioni e disgiunzioni di linee ferroviarie, una geografia da ingegneri del traffico, bella come un quadro astratto del Bauhaus.

A osservarlo a lungo nella realtà questo luogo sembra qualcosa d'incongruo e d'assurdo come è, almeno in parte, la civiltà macchinistica in cui viviamo. Senza i binari e i treni non riusciremmo a vivere. Certo c'è anche il piacere del cemento e del ferro, delle macchine e delle molte Torri Eiffel erette a partire dalla seconda rivoluzione industriale in poi. Anche i grattacieli sono bellissimi. E sono qualcosa che abbiamo prodotto noi, che quindi amiamo, ma oggi sono in conflitto con il Pianeta. Per fortuna però ci sono le erbe clandestine che ci riportano a qualcosa di diverso, che ci illuminano sui destini futuri.

Una delle prime piante comparse nel deserto degli scambi di Chiasso è l'*Equisetum arvense*; appartiene alla famiglia delle Equisetacee, un vegetale che era in quel territorio prima ancora dell'ultima glaciazione. Schick scrive che compare piú di frequente nelle zone rurali, nei campi e nei prati, e molto raramente nei pascoli, ama i substrati poco alcalini e moderatamente secchi. Ha un forte rizoma, il fusto sotterraneo che scende molto profondamente nel terreno, striscia parallelo alla superficie e sviluppa piante nuove. Schick lo descrive nei dettagli affascinato dalla sua potenza vegetale. Passa in rassegna poi le *Asteraceae*, le piú numerose nella flora nostrana, e quindi, commenta, non c'è da meravigliarsi se si vedono spuntare copiose «in questo giardino listato di binari e frammezzato di traversine». E non sto a dirti degli ortaggi che si trovano tra i sedimi: cipolle, pomodori, verze, cavolfiori, piselli, fagioli, insalata. C'è anche la cicoria, *Cichorium intybus*, molto inselvatichita. Un possibile minestrone.

I doganieri a Chiasso controllano come da tradizione svizzera – questo non è forse il Paese degli orologi e delle regole? – le sementi degli ortaggi al loro passaggio attraverso il varco di Chiasso. Per questo aprono i vagoni, e senza volerlo seminano le piante sulla massicciata. Cosí sono arrivati lí i semi di grano saraceno portati in Europa dai Mongoli e dai Turchi partendo dal Mar Nero, passati poi attraverso Venezia nel Quattrocento, città di scambi per eccellenza.

TANACETUM VULGARE L.

La lotta intrapresa contro le clandestine, racconta Schick nel 1980, ha comportato ogni anno l'irrorazione di diserbante: 300 chilogrammi di veleno diluiti in 60 000 litri d'acqua, dato che l'intero impianto ferroviario ha un'estensione di 120 chilometri di binari. Dopo aver constatato l'inefficacia della dispersione del veleno, la direzione dello snodo ferroviario ha imposto, a partire dal 1976, di tornare al lavoro manuale, per il quale servivano 66 giornate per cancellare le clandestine che invadevano la stazione e il suo spazio di smistamento. Ragione per cui l'irrorazione non è mai cessata davvero.

Ti rimando al libro, che tuttavia sembra introvabile, per quanto tu sappia smanettare nel web e forse reperirlo: risultava esaurito ed è stato ripubblicato nel 2010; è arrivato alla sua quarta edizione nel 2015, ma ora è di nuovo esaurito. Forse però riuscirai a trovarlo. Alla fine del volume che ho consultato c'è una poesia di Fabio Pusterla, poeta ticinese di lingua italiana. Avendo avuto tra le mani la prima edizione del libretto di *Flora ferroviaria*, Fabio ha scritto una poesia in occasione della sua ristampa. S'intitola *Collage delle piante pilota*; la si legge anche nel suo libro *Le terre emerse*. Rinuncio a trascriverla tutta, e a farne la parafrasi, credo che capirai perché. Ti cito solo i primi versi:

Alla base di un cordolo di marciapiede, al punto
di contatto con il calcestruzzo del ponte, germogliando,
dapprima,
e poi vegetando discretamente,
nonostante i 300 kg di veleno, diluiti
in qualche cosa come 60 000 litri di acqua, e lo strato
di sabbia
e gli argini di cemento, e ancora
i giorni e giorni del diserbo
e della rabbia,

ma *germogliando dapprima*, praticamente senz'acqua,
per preparare il terreno alla primula,
alle successive fioriture misteriose...

Fabio ha raccontato di essere stato colpito dalla caparbietà biologica delle piante pilota, quelle che preparano il posto alle erbe che verranno dopo in quel territorio desolato della ferrovia commerciale di Chiasso e che lo ripopoleranno a dispetto di ogni sforzo umano. Pusterla, che ha piú o meno la nostra età, appartiene alla generazione-di-mezzo, a quella che mi piace chiamare del *già-e-non-ancora*. Ha scritto che noi abbiamo abitato un mondo passato afferrandolo però per la sua coda mentre scompariva, e insieme visto il nuovo che è arrivato dopo, «il nostro modo di essere in bilico tra due età». Si ricorda anche di aver giocato da bambino lungo quei binari di Chiasso prima della grande trasformazione. Lí «si vagava alla ricerca di qualcosa a cui non avremmo saputo dare un nome; e qualcuno di noi ogni tanto ci ritorna ancora, come in un luogo speciale e a suo modo sacro. Non si tratta di nostalgia, niente affatto; è che in quel paesaggio devastato ritroviamo qualcosa di noi, uno strano miscuglio di veleno e di vita». Non lo si poteva dire meglio di cosí, non credi?

Tutti giú per terra

I lombrichi sono arrivati con il corriere. Li ho comprati per corrispondenza su internet a un prezzo scontato: 69 euro per 1500 grammi. Sono lombrichi rossi californiani e sono vivi. Nome: *Eisenia fetida*, certo non incoraggiante. Quando li ho presi in mano mi hanno provocato un po' di repulsione, ma la reazione è presto rientrata. Mi trovo meglio con gli anellidi nostrani di colore grigiastro che usavo da ragazzo per andare a pesca nei canali della Bassa. Di questo abbiamo già parlato, se ricordi. E so che avrei potuto chiedere a te, dato che hai sistemato cosí bene lo spicchio di giardino che hai dietro casa in Val di Sole. Ma una volta tanto ho voluto fare da solo. Sbagliando s'impara, mi sono detto.

Non ho il compostaggio per il riciclo degli scarti organici, dato che ho poco terreno intorno a casa e poi, non risiedendo qui tutto l'anno, sarebbe un lavoro inutile. I lombrichi vanno inseriti nell'angolo dove tengo le piante aromatiche, un'aiuola che si trova sotto la gronda nella parte anteriore della casa, in modo da aumentare la sostanza organica del terreno, come mi è stato consigliato dai miei vicini che coltivano i campi qui di fronte.

Chi me li ha venduti ha un metodo sicuro per tenerli vivi durante il loro viaggio fino a me: prepara l'ordine inserendo i lombrichi in un substrato umido dentro il contenitore, e lo spedisce solo da lunedí a mercoledí, affinché i vermi non restino fermi dal corriere nel fine settimana, cosa che ne pregiudicherebbe l'arrivo in buona salute. Li ho estratti e messi a mia volta in un contenitore dove avevo inserito terra, foglie morte e altro materiale organico d'origine vegetale, in modo che possano riprendersi velocemente. Prima di metterli nell'aiuola ho aggiunto terra alla medesima, e l'ho rimescolata con la vecchia. Non ce n'era molta, ma penso che possa funzionare.

Come sai i lombrichi sono una mia passione, passione culturale dovrei precisare, anche perché, a parte l'uso come esche – li compravo nei negozi di caccia e pesca oggi quasi scomparsi, oppure li reperivo scavando con una piccola paletta nella terra dell'orto dei miei genitori –, non mi ero mai molto interessato a loro. Poi, passando in rassegna un vecchio catalogo scritto a mano nella Biblioteca Panizzi di Reggio Emilia che conteneva la lista di tutti i libri di Charles Darwin, mi sono imbattuto in un volume a me sconosciuto: *La formazione della terra vegetale per l'azione dei lombrici con osservazioni intorno ai loro costumi*, tradotto dal professor Michele Lessona, direttore del Museo zoologico di Torino, edito dall'Unione Tipografico-Editrice via Carlo Alberto 33, Torino, anno 1882.

Adesso quel volume è disponibile on line, per cui me lo sono sfogliato di nuovo avanti e indietro a partire dalla *Prefazione degli editori* e dalla *Prefazione del traduttore*. La prima volta che lo incontrai erano gli anni Ottanta, epoca di letture darwiniane, ma questa è un'altra storia che non metto conto di raccontarti qui, anche perché ne sai già abbastanza. Avevo poi anche scoperto che una rivista di psicoanalisi comprata ogni tanto in libreria, «Il piccolo Hans», aveva pubblicato una nuova traduzione del libro sui lombrichi, quando la testata aveva aggiunto sotto il titolo la dizione «Il Cefalopodo» – animale marino: testa-piede – ed era stampata a Bergamo. Era accaduto quando m'ero trasferito in Lombardia negli anni Novanta. La traduttrice della versione aggiornata la conoscevo, una poetessa amica di Giulia Niccolai: Milli Graffi. Anche di questo abbiamo parlato a volte, dato che a un certo punto sono andato ad abitare in zona Sarpi, a Chinatown, vicino a lei, cosí la vedevo passare di tanto in tanto per strada con la sua inconfondibile chioma rosso fuoco. Insieme a Giovanni Anceschi Milli era la direttrice del «Verri», la rivista di Luciano Anceschi, padre di Giovanni, mio professore di estetica a Bologna, pagine su cui tempo addietro avevo scritto anche io. Insomma tutto si tiene, come direbbe un altro nostro amico.

La storia che ti voglio qui raccontare riguarda ovviamente il grande Charles. Nell'estate del 1837 rientrato da meno di un anno dal suo viaggio intorno al mondo con il celebre brigantino *Beagle*, il giovane naturalista, che si diletta di giardinaggio, accompagna lo zio Josiah a passeggio per il terreno di Maer Hall. Il luogo è incolto, racconterà in seguito, e tempo prima, ricordava, è stato cosparso di calce e di cenere, che ora non si vedono piú. C'è solo uno strato argilloso. Lo zio gli spiega che probabilmente sono stati i lombrichi a trasformare con il loro incessante lavorio il terreno. Il fatto accende subito la curiosità di Charles: come possono dei vermi modificare in modo cosí evidente il giardino?

Come sai ci sono dei pensieri che ci restano come confitti nella mente. Simili a vecchie talpe scavano il loro tragitto fino a che un bel giorno vedono la luce e cosí nasce qualcosa d'inatteso: un'idea. Non è accaduto anche a te? Ora molte delle cose di cui ti vado raccontando in queste pagine rimontano a parecchi decenni fa. Ti sei forse dimenticato che proprio ai lombrichi di Darwin avevo dedicato una parte di un romanzo scritto alla metà degli anni Ottanta? Io stesso me ne ero scordato, poi di colpo, loro sono riapparsi. Cosa è accaduto? Forse la situazione penosa dell'aiuola che volevo rivitalizzare? Dopo averla cosparsa di un sacco di terriccio per piante aromatiche, acquistato qui vicino da un florovivaista, m'è tornata in mente la vicenda dei vermi di Darwin e la loro portentosa azione.

Ora anche Charles ci deve aver pensato a lungo, dato che quel libro è stato l'ultimo che ha scritto, poco prima di morire. E fu un inatteso successo editoriale per l'epoca: 8500 copie vendute in poco tempo, ben piú del suo fondamentale *L'origine delle specie ad opera della selezione naturale*, per cui noi oggi lo ricordiamo e omaggiamo. Non so dirti perché sia diventato un piccolo best seller, forse perché c'erano molti agricoltori interessati a migliorare le prestazioni delle loro coltivazioni? Il successo di un libro, come sai, è un fatto altamente stocastico. Del resto Darwin è stato piú volte toccato dalla divinità dell'occasione, cugina della fortuna, e ha usufruito in varie occasioni di casualità favorevoli. Un uomo fortunato, almeno cosí ho letto in una sua biografia, compresa la partenza inattesa sul *Beagle*. Cosa sarebbe successo se non ci fosse salito per il lungo viaggio?

Ti faccio un piccolo riassunto di quello che c'è scritto nel volume di Charles, spero senza annoiarti. I lombrichi attraverso l'apparato digerente passano e ripassano il terreno dove si trovano. Una forza silenziosa, invisibile, che rimescola la terra e l'arricchisce prima di tutto da un punto di vista minerale. Nel suo volume Charles cita un proverbio latino: *De minimis lex non curat*. Cosa c'è di piú «minimo» d'un verme? Nessuna creatura terrestre è meno di cosí. Però, come sai l'humus mangiato dai lombrichi – è scritto nella pubblicità dei venditori dei vermi californiani – si presenta sette volte piú ricco di fosforo e undici volte piú ricco di potassio; poi producono cento tonnellate di feci per ettaro nel corso di un anno: una manna. C'è da restare strabiliati.

Questi anellidi, che procedono strisciando, non hanno naso e neppure occhi, ma sono dotati di fotorecettori alle due estremità in modo da poter differenziare la luce dal buio. Nella riproduzione sono ermafroditi e depositano

lombrico

dei bozzi che somigliano a piccole uova: ce ne sono dentro una decina circa. Forse hai visto anche tu nel web i video dei coltivatori di lombrichi che mostrano come trattarli e spiegano come la loro merce scavi cunicoli verticali lunghissimi. Per terra ce ne sono tantissimi: 53 767 lombrichi per acro aveva calcolato Charles. Ti pare poco? In realtà rigirando l'aiuola ne ho trovati ben pochi. Perché? Non so.

La cosa piú interessante del libro è però un'altra. Ma prima lasciami dire che Charles era un grande sperimentatore e dopo quel giro nel giardino dello zio Josiah aveva cominciato a procurarsi dei vermi e a studiarli. Forse non subito, ma stando alle biografie che ho consultato, aveva allestito nel suo studio tavoli per studiarli. Li conservava dentro dei vasetti e munito di candele scendeva anche di notte per vederli: voleva verificare il loro lavoro. Faceva esperimenti, come scoprire se apprezzavano o meno i colori usando vetrini rossi e blu, e s'era concentrato anche sul loro olfatto.

Però ecco che cosa fanno i vermi, la cosa piú interessante: contribuiscono in modo sostanziale ad affondare le cose che si trovano sulla superficie della Terra. Cosí era accaduto con la cenere e la calce nel giardino di Maer Hall. Charles aveva intuito che, dopo aver mangiato la terra per decenni e per secoli, i lombrichi facevano affondare sassi e macigni che scomparivano dentro il terreno. Nel momento in cui decide di scrivere il suo libro il padre dell'evoluzionismo si reca a visitare i resti megalitici di Stonehenge. Va fin là, e fa le sue misurazioni. Poi se ne torna tutto soddisfatto a casa. Ha capito: il mondo sta affondando, non il mondo in generale, ma il mondo costruito da noi umani. Le pietre neolitiche erano scese pian piano sotto il livello del terreno: alcune spuntavano appena. Conclusione: i megaliti situati nei pressi di Amesbury stanno sparendo. L'interramento non si fermerà di certo, e non solo per quanto riguarda le pietre druidiche di quel sito archeologico. Charles forse pensava anche all'abbazia di Westminster dove sono sepolti i re inglesi che pian piano sta inabissandosi nella terra grazie ai lombrichi.

Due sono le cose che vorrei farti notare di questa storia dei vermi di Charles e dei miei lombrichi rossicci della California. La prima riguarda il fatto che non c'è nulla di trascurabile quando si studia un oggetto o una questione. Il padre dell'evoluzionismo amava i particolari; l'ammiro per questo. I particolari, i dettagli, le minuzie apparentemente poco rilevanti spesso sono le cose piú importanti in una ricerca. La seconda cosa è che non ci sono solo gli eventi catastrofici, come spesso crediamo, le calamità improvvise e imprevedibili, ma un numero incalcolabile di eventi minuscoli, di cui non ti accorgi neppure, sebbene avvengano sotto i nostri occhi, produce piú cambiamenti di altri accadimenti eclatanti. I nostri occhi sono quelli di creature che vivono un tempo limitato, certo oggi piú lungo che in passato; ma si tratta in ogni caso di un tempo limitato rispetto a quello della vita del Pianeta azzurro. Poi i processi visibili sono determinati in gran parte da aspetti invisibili, non immediatamente percepibili. Tutto affonda, non solo noi stessi, ma il mondo che abbiamo costruito.

Ad attirare l'attenzione di Darwin sono stati degli anellidi. Non ti pare straordinario? Un altro piccolo dettaglio. Ho letto al riguardo che il nostro Dna è simile per quasi il 99 per cento a quello di altri primati come gli scimpanzé, ma per quasi il 70 per cento a quello dei lombrichi stessi. Incredibile, no? Per Natale ti regalo un pacco dei vermi rossi della California per i tuoi venti o trenta metri quadrati di terra dietro casa. Vedrai, funzionano!

Mare del Nord

In una delle sale del Museo di Geografia dell'Università di Padova è esposta una carta geografica del 1940 realizzata da un grande geografo, Bruno Castiglioni, per il Touring Club Italiano. Se non ricordo male tu, o forse tuo padre, eravate abbonati alle pubblicazioni del Touring negli anni Sessanta. Grazie a quel po' di denaro in piú che affluiva nelle tasche degli italiani dopo il boom economico, eravamo tutti contagiati dal virus della cultura e del sapere. Era l'epoca delle enciclopedie e dei dizionari, e cosí ce li siamo trovati sugli scaffali di casa: nel 1960 ero entrato in prima elementare e mi ricordo l'acquisto a rate dell'enciclopedia *Conoscere*. Scusa la digressione, ma era per incorniciare questa mappa che mi ha colpito – inoltre il Touring è un'istituzione del nostro Paese.

L'ho trovata, la carta, grazie a un libro di Telmo Pievani e Mauro Varotto, il primo è un filosofo delle scienze biologiche e insegna a Padova, il secondo è geografo e docente nella medesima università. La carta di Castiglioni rappresenta la Penisola italiana «nell'età quaternaria», com'è scritto. In particolare siamo nel periodo finale della glaciazione würmiana, intorno a ventimila anni fa. La Pianura padana è molto estesa ed è rappresentato un reticolo fittissimo di fiumi e fiumicelli, che converge verso il fiume che noi abbiamo chiamato Po, il quale sboccava nel mare molto piú a sud, dove ora ci sono le Marche. La pianura era grande almeno il triplo, o forse il quadruplo dell'attuale e coinvolgeva anche parte dell'Istria, della Slovenia e della Croazia. Era l'Italia dell'ultimo periodo glaciale come la si può descrivere grazie alle ricerche di Albrecht Penck e Eduard Brückner, due studiosi che all'inizio del Novecento si sono applicati allo studio della climatologia.

Nella parte inferiore della mappa, a sinistra, Castiglioni ha invece mostrato in un riquadro la Penisola nel Pliocene, termine proposto da Charles Lyell, il geologo scozzese molto ammirato da Darwin, che si portò nel suo viaggio intorno al mondo una copia dei *Principî di geologia* (1830). La durata di questa era geologica è stimata tra i 5 milioni e i 2,5 milioni di anni fa. Come saprai nella fase finale la Pianura padana non esisteva; al suo posto c'era un mare con acque piuttosto calde, tropicali: il Golfo pliocenico padano. Si scorge la dorsale alpina e quella appenninica che la continua. Gran parte dell'Italia è sommersa e composta da una serie di isole e penisole assediate dal mare: si vede che la Toscana è un vasto arcipelago, l'Appennino meridionale una serie di isole, la Sicilia una striscia di terra dimezzata rispetto alla sua dimensione attuale, mentre Sardegna e Corsica formano un'unica isola, la Puglia tutta sott'acqua, tranne un paio di isolette.

La domanda che mi sono fatto vedendo le due carte geografiche è la seguente: a quale delle due somiglierà nel prossimo futuro il nostro Paese? Secondo Telmo a quella in cui il mare arriva quasi fino a Milano sommergendo l'Emilia-Romagna: questa è la forma che si coglie nelle carte disegnate dal cartografo Francesco Ferrarese per il libro di Pievani e Varotto. I lidi marini e gli impianti balneari potrebbero esserci ancora, ma poco sotto le colline sopra Piacenza, Parma, Reggio, Bologna, Forlí, Cesena, Rimini e Pesaro, mentre le città con questi nomi saranno interamente sommerse dall'acqua. E tutta questa acqua da dove viene? Dalla fusione dei ghiacciai continentali, che comporterà un sollevamento di circa sessantacinque metri del livello dei mari rispetto a oggi. Per cui, affacciato alla finestra della casa di Mondonico, se io ci fossi ancora all'epoca in cui tutto questo accadrà, potrei traguardare il mare proprio al di là del colle Montevecchia. Non male, non credi? È come stare a Verucchio e scendere al mare là dove una volta c'era Rimini. Un buon investimento questa casa per i miei discendenti, ammesso e non concesso che ne abbia, altrimenti tanto meglio per chi sarà qui dopo di me.

Secondo gli scienziati già 120 000 anni fa, subito prima dell'ultima glaciazione, la fusione della calotta glaciale dell'Antartico occidentale, molto sensibile al variare del riscaldamento globale dato che poggia per buona parte su un fondale marino invece che sulla terraferma, aveva fatto innalzare i mari di tre metri. E allora il livello del mare era tra i sei e i nove metri piú alto di ora. Adesso la questione è: se è già accaduto, può accadere di nuovo? E se accade, cosa diventerà il Nord? Una serie di località marine sotto una catena montana rilevante, le vecchie Alpi, e una molto estesa, gli Appennini? Alla prima domanda non c'è una risposta sicura, anche se devo dire che io farei il tifo per questa soluzione marina: non dover andare dall'altra parte degli Appennini partendo dalla Brianza per mettere i piedi a mollo come succede ora; e soprattutto avere il mare con i suoi benefici climatici a poche miglia da casa. Ma ci sono variabili che, come sai, non sono di poco conto, come la spinta tettonica della placca africana contro quella europea: nessuno sa cosa succederà davvero. La teoria delle placche detta legge, anche se poi sono solo nostre ipotesi, e queste ultime riguardano scenari ben piú remoti.

Nel passato tutto è avvenuto nel corso di decine di migliaia di anni. Data l'accelerazione attuale, nell'Antropocene, cioè nell'era in cui è l'uomo a modificare gli equilibri ereditati, la mutazione prevista dai modelli climatici guarda a cosa potrebbe accadere già tra un centinaio di anni.

Tornando alla mappa ipotetica, di un futuro «fantascientifico e distopico», disegnata da Ferrarese, mi viene in mente un problema che vorrei sottoporre alla tua fervida mente. Quando al posto della pianura si estendeva quella sorta di Mare del Nord, *Homo sapiens* non c'era ancora. Però, adesso, con milioni di esseri umani come si farà? Dove ci si sposterà se il territorio emerso si restringerà cosí tanto? E chi riparerà i danni arrecati al nostro Paese dall'invasione dell'acqua? Non credo vi siano delle assicurazioni disposte a prendersi questo rischio con polizze adeguate. Poi andrebbe

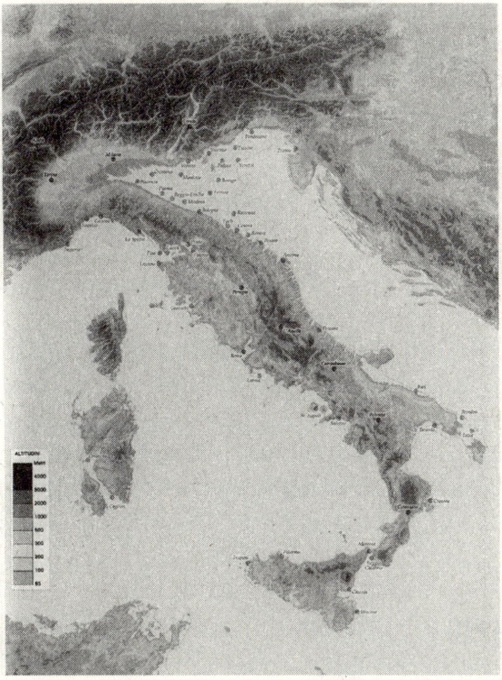

sott'acqua la parte piú industrializzata dell'Italia, e tutte le città e cittadine con le loro opere d'arte, chiese e musei. Le ville e villette della Pianura che fine farebbero? Per non parlare di ponti autostradali e nastri d'asfalto, caselli, stazioni, linee ferroviarie. Un gran casino. Poi chi pagherà il conto della trasformazione? Dovrebbero trasferirsi almeno venti milioni di persone, o forse piú, una migrazione non piccola, che nessun governo in carica, o aspirante tale, sarebbe capace di gestire visto quello che abbiamo sperimentato con i flussi di migranti dal Sud verso il Nord. Tu che sei cosí bravo con i numeri, sapresti dirmi cosa si potrebbe fare per alloggiare tutte quelle persone?

Con i suoi scenari futuri Telmo ha finito per stimolare la mia fantasia. Scrive: «Avremmo poi una serie di città sulla battigia, ovvero a bagnomaria in pochi metri d'acqua: uno scenario di estese "palafitte urbane", con edifici abitabili forse dal terzo piano a Verona, Parma, Piacenza, Reggio Emilia, Firenze». Insomma una sorta di Oriente in Occidente, per quanto qui siamo al Nord Nord. Il resto, scrive Telmo, del territorio della Penisola non sarebbe altro che una sorta di «rugosità», dove le colline e le montagne costituirebbero la maggior parte del territorio. E anche la sua preoccupazione riguarda lo spazio ridotto per allocare i milioni di persone della popolazione italiana nel 2786, data immaginata nel libro di Pievani e Varotto, successiva al grande allagamento.

La risposta la forniscono gli statistici: ci saranno sempre meno persone nello Stivale. Già adesso stiamo calando in modo deciso. Da 60 milioni che eravamo siamo scesi a 59 milioni, e una parte significativa è composta di una quota di immigrati; gli italiani di origine italiana sono 52 milioni. Puoi credere che le persone provenienti dal Meridione del mondo vengano a vivere su una penisola composta di soli luoghi montagnosi? Di cosa vivranno i nostri discendenti e i migranti se le città piú belle saranno sott'acqua? Nessuno scenderà piú per compiere il suo rituale viaggio in Italia. Vivranno di allevamento di pecore e capre? Di ortaggi e di frutti della terra, o sapranno rinverdire la tradizione dell'accoglienza dell'antichissima riviera romagnola? E il mare fornirà pesci e molluschi o la popolazione ittica del Mediterraneo sarà estinta? Insomma tra lombrichi che inabissano Westminster e calotte che si sciolgono, il futuro non appare cosí roseo. Pievani e Varotto ci hanno avvisato. Il nostro destino è quello di diventare un Mare del Nord.

Merluzzo

A casa mia il baccalà era ospite gradito il venerdí a cena, e quello che avanzava, poco in genere, si consumava il sabato a pranzo. La ricetta proveniva dall'Artusi, *L'arte di mangiar bene*, copia stampata da Giunti Marzocco nel 1960 tutta consunta e lacera sul dorso, che mia madre teneva su un ripiano alto della cucina e in silenzio apriva, leggeva e riponeva sullo scaffale; poi, dopo i primi gesti con la casseruola tornava a prendere e leggere, e quindi la teneva aperta vicino ai fornelli. La ricetta piú usata del prontuario del grande romagnolo era la 506: *Baccalà alla fiorentina*.

Cominciava come una voce d'enciclopedia con la definizione della famiglia di appartenenza del pesce, «Gadidee», e con la specifica «delle specie piú comuni de' nostri mari» che sono «il *Gadus minutus* e il *Merlucius esculentus*, o nasello, pesce alquanto insipido, ma di facile digestione per la leggerezza delle sue carni e indicato ai convalescenti, specialmente se lesso e condito con olio e agro di limone»: il merluzzo del Mediterraneo. Dall'informato Manzoni della cucina italiana – definizione di Piero Camporesi – s'apprendeva che c'erano in circolazione due qualità di baccalari: *Gaspy* e *Labrador*; la prima proveniente dalla Gaspesia, ossia dai «Banchi di Terra Nuova», «ove si pescano ogni anno piú di 100 milioni di chilogrammi di merluzzi», ma questa qualità, aggiunge Pellegrino Artusi, è «secca, tigliosa e regge molto alla macerazione»; la seconda invece si pesca sulle coste del Labrador ed è «grassa e tenera e rammollisce con facilità, ed è assai migliore al gusto».

Non so perché mia madre aprisse e chiudesse il libro per consultarlo, la ricetta è semplice: «Tagliate il baccalà a pezzi larghi quanto la palma della mano e infarinatelo bene». Nel tegame o teglia si aggiunge parecchio olio, e due o tre spicchi di aglio, si rosola il baccalà, infine s'aggiunge una cucchiaiata di sugo di pomodoro e conserva diluita nell'acqua. Si fa bollire ancora un poco e si serve. Per anni questo è stato il piatto preferito nel desco di casa nel giorno di magro. Qualche vota c'era l'aggiunta di prezzemolo passato sotto il trattamento della mezzaluna. Unica variante era l'assenza di pomodoro e abbondante olio acquistato immancabilmente da mio padre in Umbria, nei pressi di Perugia. Questo appunto è il *Baccalà alla fiorentina*. Ci sono nell'Artusi altre sei ricette: *Baccalà alla bolognese*, *Baccalà dolce-forte*, *Baccalà in gratella*, *Baccalà fritto*, *Cotolette di baccalà* e *Baccalà in salsa bianca*. Il fritto era in alternativa alla fiorentina, ricetta anche questa molto facile e piacevole al palato.

Il baccalà che utilizzava mia madre era il merluzzo salato offerto in una drogheria di via Emilia dentro dei recipienti di legno, penso provenienti dal Nord Europa, con i pezzi di baccalà disposti a raggiera. Veniva avvolto in un pacco di carta gialla e consegnato cosí per essere riposto nelle sporte anch'esse di paglia o di altre fibre vegetali intrecciate. Niente plastiche. Poi a casa tutto veniva messo a bagno per togliere il sale. Mia madre mi raccontava che c'era un'altra possibilità con il merluzzo: lo stoccafisso, che è poi il merluzzo essiccato. Il valore di questo era ai suoi occhi molto minore, poiché lei ricordava che in famiglia si riferiva di gente cosí povera che il loro stoccafisso non lo cuocevano ma lo appendevano sopra al centro della tavola, attaccato a non so cosa, forse una lampada o al soffitto, e le persone strofinavano il loro pezzo di pane per ricevere il gusto di pesce al momento del pasto. Solo quando era consunto per via dell'abrasione continua, lo stoccafisso veniva cambiato e si appendeva un nuovo pesce.

Tuttavia l'Artusi ha solo una ricetta per lo stoccafisso: in umido. Va debitamente ammollito, poi privato della pelle, tagliato a fettine sottili dalla parte della schiena e soffritto nel solito olio, aglio, e qui è prescritto il prezzemolo. Il tutto condito con pepe e sale. Anche in questo caso si univano dei pomodori senza buccia e semi e veniva fatto bollire tre ore adagio, bagnandolo ogni tanto con acqua calda e aggiungendo delle patate a tocchetti. Ricordo di averlo mangiato nonostante il rifiuto di mia madre a portare in tavola il merluzzo dei poveri. In realtà, la storia dello stoccafisso su cui frizionare il pane la raccontava mia nonna, tramandata al solo scopo di spaventare mia madre e sua sorella quando erano piccole. La famiglia di mio padre non era ricca; avevano un po' di terra, che gli consentiva di essere contadini proprietari, per cui loro lo stoccafisso lo passavano nella padella con l'olio.

Molti anni dopo, presa la laurea, feci un viaggio in America, quasi un premio, e passai ben due volte per l'Islanda. Il biglietto era il piú economico che avevo trovato, però bisognava far tappa lí una notte. Fu in quella terra settentrionale, al ritorno dagli Usa, che appresi che quella era una importante zona di provenienza del baccalà. In quel periodo era scoppiata la terza guerra del merluzzo, per via del saccheggio che inglesi e altri facevano nelle acque islandesi, ma io non lo sapevo. Solo un riferimento su un giornale trovato tempo dopo; si spiegavano le ragioni del dissidio che provocava speronamenti e attacchi navali: il merluzzo stava per scomparire, troppi a pescarlo.

Questo pesce, che ai miei occhi di padano era un piatto prima che un essere vivente, ora lo so, appartiene a un ordine che comprende una decina di famiglie con moltissime specie. Tutte o quasi si trovano nelle acque fredde a settentrione dell'Italia. Uno scrittore americano gli ha dedicato un bel libro da cui ho appreso molte cose. Sembra che 120 milioni di anni fa nel mare di Tetide, acque calde che stringevano da oriente a occidente tutte le terre allora emerse, il protomerluzzo nuotasse felice e non ancora cacciato. Nella divisione dei continenti il pesce finí poi per collocarsi nelle acque del Nord che diventarono quello che Mark Kurlansky chiama l'Atlantico settentrionale, ma appena ci fu un altro spostamento continentale – la famosa tettonica a zolle di cui sai – una parte si diresse verso il Pacifico settentrionale. Questo merluzzo orientale, debitamente definito nei manuali ittici, dubito però che sia mai arrivato nella padella di mia madre.

La distinzione tra i merluzzi, nel senso lato del termine, dicono gli esperti, si evidenzia nelle pinne: il *Brosme brosme* ne ha una sola che gli gira tutto intorno al corpo; il *Molva molva* possiede due pinne dorsali; il *Merluccius merluccius* ne possiede una dorsale ben visibile; infine il *Gadus morhua*, quello comprato il giovedí da mia madre, possiede tre pinne dorsali e due distinte pinne anali. Queste pinne non le vidi mai perché in tavola arrivava qualcosa di ben diverso, dentro l'intingolo rosso con conserva non comperata in negozio ma ostinatamente fabbricata da mia madre usando i pomodori dell'orto piantato dietro casa e ricorrendo, in caso di scarsità, all'acquisto dall'ortolano di corso Garibaldi.

Il traduttore del libro di Kurlansky, Giuseppe Bernardi, spiega che esistono tre merluzzi: fresco, mai visto; salato, il nostro baccalà; essiccato, lo stoccafisso appunto. In inglese l'autore usa *dried cod* per l'essiccato, e non *stockfish* che è la parola da cui viene «stoccafisso». In Veneto, che sarebbe il luogo dove si consuma il 95 per cento del merluzzo importato in Italia, si chiama «baccalà» quello che per noi della Pianura a meridione del Po, e non solo, è lo «stoccafisso». La stessa cosa avviene a Bergamo, territorio a lungo veneziano, dove mi è capitato di consumarlo «alla veneta» di recente.

Per anni, prima del passaggio a Reykjavík, ero convinto che il merluzzo fosse un pesce che si pescava nelle nostre acque, del resto il suo vero mercato sono stati per secoli i Paesi del Mediterraneo. Quando scesi all'aeroporto della capitale islandese, allora un prolungamento di quello militare americano, o forse della Nato, pieno di *yankees* in divisa, non ero conscio della mia ignoranza riguardo al *Gadus morhua*, che ho colmato in seguito con piccole e grandi scoperte.

La prima risale a una lettura casuale in cui venni a conoscenza dell'esistenza di Giovanni Caboto, un veneziano d'adozione, una delle vittime della fama di Colombo – ti ricordi a scuola: quando comincia l'età moderna? nel 1492 con la scoperta dell'America! –, noto in Inghilterra come John Cabot, nato probabilmente a Gaeta, anche se Kurlansky lo dà per genovese e lo suppone conoscente di Colombo, anzi testimone di un suo trionfale ritorno dal secondo viaggio verso le Indie. Caboto lavorava per il re d'Inghilterra ed esplorò le coste settentrionali del Nord America in suo nome aprendo la strada alla colonizzazione di quelle terre. Perché non si trova quasi mai il suo nome nei libri di storia per le superiori? È lui che scopre la nuova fonte di merluzzo nell'agosto del 1497. In una lettera di tal Raimondo da Soncino al Duca di Milano si riferisce che Caboto dice d'aver incontrato un mare che pullula tanto di pesce da eclissare quello dell'Islanda: è la Terra Nuova di cui parla Artusi. La faccio breve per ragioni di spazio e necessità, tuttavia penso che Caboto meriterebbe la nostra attenzione. Uomo sfortunato, se ne partí di nuovo verso le terre scoperte. Era l'anno 1498. E come sai scomparve forse in mare. Nessuno ne seppe piú nulla.

Qualche anno fa, tu mi hai mostrato un libro su un altro veneziano, questo sí che possiamo considerarlo l'inventore dello stoccafisso, almeno di quello che consumiamo noi. Si chiamava Pietro Querini ed era un mercante di Malvasia oltre che un navigatore esperto, membro del Maggior Consiglio della Serenissima. Pietro partí da Candia, perché era a Creta che possedeva le terre vitivinicole, nel 1431, diretto nelle Fiandre su una nave con mercanzie varie tra cui il suo vino. Dopo aver superato Finisterre fu colto da una serie di tempeste. Gli si ruppe il timone e la nave non fu piú governabile. Con l'equipaggio l'abbandonò e divise gli uomini in due scialuppe. Una scomparve, l'altra con Querini raggiunse fortunosamente un'isola della Norvegia. Venne salvato insieme ai suoi compagni da una comunità di pescatori locali che li ospitarono. È presso di loro che scoprí appunto il pesce chiamato «stocfisi», che gli abitanti di Røst essiccavano all'aperto, lí, oltre il Circolo polare artico.

Querini è oggi ricordato per la sua relazione di viaggio consegnata alla Repubblica, una specie di documento etnografico in largo anticipo sui vari Lévi-Strauss, ma è stato soprattutto colui che ha portato a Venezia la passione per lo stoccafisso. Un'idea, non il pesce, che già c'era, e sicuramente circolava sulle tavole. Per la sua praticità, la conservazione nei lunghi viaggi, per essere un cibo magro, e anche per ottemperare alla pratica del non mangiar carne il venerdí, regola fissata successivamente dalla Chiesa cattolica con il Concilio tridentino, lo stoccafisso di Querini per i veneti diventò il «baccalà», una grande risorsa.

Il merluzzo è rimasto per me il vero pesce del Mare del Nord, per quanto non l'abbia mai cucinato, ma solo assaggiato da mia madre e, da quando lei non c'è piú, solo al ristorante: se lo trovo lo ordino subito. Ma anche lui è in serio pericolo d'estinzione. Gli scienziati svedesi e americani che si sono messi a studiare i pesci attuali confrontandoli con quelli di 4500 anni fa hanno scoperto che è possibile contare le «pietre uditive» nelle teste dei pesci – ti risparmio la spiegazione scientifica del termine –, che sarebbero come gli anelli degli alberi, per stimare l'età dei resti di pesci ritrovati in villaggi preistorici, e hanno concluso che per la pesca intensiva oggi i merluzzi sono piú piccoli di quelli della cosiddetta Età della Pietra. La popolazione di questo pesce cosí prolifico a livello di uova – altro tema messo in rilievo da tutti – è dunque in grave pericolo. Chissà cosa avrebbe detto mia madre non trovando piú il merluzzo nella sua drogheria preferita di Reggio Emilia.

Cartoline

Mio padre le cartoline le comprava ma non le spediva. Dopo la sua morte, come ti ho scritto tempo fa, ho trovato uno stipetto in cui erano accatastati parecchi raccoglitori fotografici che includevano alcune serie di cartoline del medesimo argomento. La prima sequenza che mi è capitata fra le mani s'intitola «Castelli parmensi» e comprende le immagini di oltre una decina di fortificazioni di quella provincia. Per ciascuna rocca mio padre aveva acquistato piú d'una immagine che la rappresentava sotto vari punti di vista. Ci sono manieri, come quello di Soragna, che si trovano in paese, e sono palazzi con torri angolari e merli, e fortilizi invece arroccati in cima a rialzi collinari, come quello di Bardi, che sorge su uno sperone roccioso. Le aveva comprate nel corso dei suoi viaggi in giro per l'Italia e le collezionava come si fa con i francobolli. Le adagiava in ogni pagina in perfetta simmetria, centrate, due per foglio, e le ricopriva con una pellicola per salvarle dalla polvere su un fondo colloso che ora non mi permette piú di estrarle salvo strappandole.

Sono immagini di un mondo che non c'è piú, quello che si scorgeva un tempo nelle immagini degli Alinari, un mondo in cui le automobili sono rare, o neppure compaiono, in cui l'asfalto non ha ancora invaso le piazze e le strade, e il cemento è una realtà a venire. Questa parte della raccolta di mio padre è il perfetto contrappeso della modernità che lui adorava e che non ha mai smesso di lodare in ogni occasione. I mattoni, e in parte i sassi, sono infatti la componente principale di queste costruzioni militari, cui il Touring Club Italiano aveva poi dedicato un bellissimo libro intitolato *Castelli e fortificazioni* nella serie *Italia meravigliosa*,

che mio padre ha acquistato nel 1974, quando già la sua passione per questo tipo di costruzioni aveva dato il via alla collezione dei rettangoli postali.

Le cartoline sono oggi un genere in via di scomparsa, per quanto, anche dopo l'introduzione delle macchine fotografiche, e poi dei cellulari dotati di fotocamera, continuino a essere prodotte e vendute. Mio padre possedeva una macchina reflex, ma la usava esclusivamente per i ritratti familiari, e a partire da un certo punto in poi, credo verso i quarant'anni, ha cominciato ad acquistare cartoline dei luoghi dove si fermava durante i propri viaggi di lavoro. Lo interessavano soprattutto i monumenti storici, di cui aveva una discreta serie di immagini, come ad esempio gli archi di trionfo romani, o di epoche successive, cui ha dedicato tempo e denaro, non molto invero, perché la cartolina era ed è ancora un genere economico, e in qualche misura povero.

La prerogativa di queste fotografie è poter portare via dopo la visita l'immagine del luogo, o del monumento, invece d'uno scatto personale, che all'epoca richiedeva tempo: compri una cartolina e hai subito quello che hai visto, cosí come lo hai visto, o almeno come credi di averlo visto. Oggi con il digitale questo differimento temporale è eliminato: tutto è immediato e l'hai in tasca. Forse per questo il genere cartolina illustrata è kitsch, poiché appartiene ai souvenir turistici cosí legati ai cliché visivi. In definitiva sono fotografie scattate da altri, che non registrano lo sguardo di chi sta dietro la macchina fotografica, come abbiamo piú volte letto nei libri sul tema. Sono sicuro che era questo che piaceva a mio padre, che vedeva in questi rettangoli qualcosa di affascinante proprio per il fatto di essere cosí anonimi.

L'artificialità che si coglie in queste immagini di ignoti fotografi, acquistate a 50 o 100 lire – cosí mi pare di ricordare –, era per lui probabilmente un valore. Nonostante avesse una certa repulsa per il passato, per l'epoca della sua infanzia e giovinezza, in cui mancavano i mezzi economici per viaggiare e l'orizzonte del mondo era limitato a Cadelbosco di Sotto, la frazione di Cadelbosco di Sopra, il paese della Bassa Reggiana da cui proveniva, le cartoline gli sembravano qualcosa di nuovo. Un paradosso. Non collezionava paesaggi naturalistici, non ne ho trovati salvo un paio nella scatola con i raccoglitori, perché era stufo della campagna che aveva osservato per gran parte della sua vita da ragazzo.

Forse la passione per gli accastellamenti e i fortilizi, per i castelli di città e le torri medievali, gli era venuta da quella eretta dai signori di Cadelbosco di Sopra, il suo comune, i Della Palude, cognome quanto mai adeguato alle condizioni di quel territorio, vassalli del marchese Bonifacio di Canossa, il padre di Matilde. Poi i feudatari della zona erano stati per secoli gli Estensi e durò cosí fino alla Rivoluzione francese e poi alla discesa in Italia di Napoleone. Per quanto mio padre sostenesse che loro, i Belpoliti, erano arrivati con la Repubblica Cispadana, provenienti dalla Toscana. Ma non c'è traccia certa, se non in un quadro che mio padre aveva acquistato in quella regione dove si recava spesso, presso un fabbricatore di alberi genealogici, e che adesso è qui in garage tra i vecchi quadri. Un falso. L'unica cosa vera è che la strada che circoscrive la proprietà della sua famiglia, come sai, si chiama viottolo Belpoliti. Non una vera strada ma solo un viottolo di campagna o poco piú.

Qualche album della collezione era dedicato alle automobili e alle motociclette. In particolare aveva raccolto un discreto numero di auto da corsa degli anni Sessanta e Settanta: Ferrari, Jaguar, Toyota, Chevrolet, Porsche, ma anche Matra, BRM, Honda, Lotus, e altre ancora che non so riconoscere. Automobili che correvano a Le Mans e nel circuito di Monza. Sono tutte incollate nei suoi album e rappresentano quella che per lui era la velocità, lo sprint, in una parola: la modernità.

Per questo una parte della sua collezione è dedicata alle città del Nord, in Italia come in Europa, quelle in cui era stato per lavoro come ad esempio Rotterdam, che gli era sembrata, a metà degli anni Sessanta, un luogo davvero moderno. Mio padre forse non conosceva la parola «contemporaneo», o meglio non la usava. E semmai l'avesse fatto, il termine gli sarebbe calzato perfettamente perché con quella parola dava forma, anche se lui non lo sapeva, ai suoi pensieri sul presente. Era per il progresso e per il miglioramento delle condizioni di vita. La guerra l'aveva segnato: dopo il servizio militare ventenne, era andato al fronte e poi spedito in Libia.

Amava l'industria e anche le fabbriche, per quanto non ci avesse mai lavorato avendo svolto per lo piú la professione di commerciante di vernici e colori per belle arti, che vendeva all'ingrosso. Questo dopo aver avviato per breve tempo un'attività industriale per la produzione di vernici.

Ma non ci si sentiva tagliato, a differenza dei suoi cugini, che avevano realizzato delle piccole produzioni nel settore dei tubi smaltati e dei pennelli.

Le cartoline postali sono adesso in uno scatolone nel mio studio. In un luogo che a lui non piaceva troppo, anche se poi ci ha trascorso qualche anno da anziano, in questa casa contadina ristrutturata e un poco modernizzata, eppure troppo simile a quella da cui proveniva. S'era emancipato dal mondo contadino, anche se la sua famiglia non ne aveva davvero fatto parte. Ogni tanto le tiro fuori, le cartoline, e le guardo e cerco di capire cosa ci vedesse lui. Non sono sicuro di riuscirci. Tutto quello che ti ho scritto è quanto ci ho cavato in un pomeriggio di fine estate per poterti raccontare qualcosa di lui e anche di me.

Querce

Prima di partire ho pensato bene di ritornare nei boschi dietro la casa. Una passeggiata facile, come sai, almeno fino a Campsirago, ma anche per ritrovare lo slancio necessario per chiudere questo viaggio. Le piante sono infatti una consolazione: saranno qui anche dopo che noi umani ce ne saremo andati. Del resto, sono arrivate ben prima di noi, piú di cinquanta milioni di anni fa per quanto riguarda la pianta che sto cercando. E il bosco racconta di loro.

Un tempo in questi luoghi c'erano i Celti. Me lo ricorda il Bandana e lo attestano gli storici locali. Come facciamo ad averne la conferma? Perché ci sono le querce. Per i Celti è l'albero per eccellenza: lo sai che identificavano queste piante angiosperme dal fiore vero e dal seme protetto, la ghianda, con Giano Bifronte? Poiché esistono querce caducifoglie e querce sempreverdi, quel popolo, che s'era insediato qui attorno, stimava che le prime segnassero l'inizio dell'anno e ne custodissero il senso crescente, mentre le seconde indicavano lo svolgimento calante e lo chiudevano. L'importante era tenere in azione il movimento del tempo e Giano guardava contemporaneamente in due direzioni. La quercia custodiva sia il passato che il futuro. È un albero sacro.

Nei boschi che salgono a San Genesio ci sono in prevalenza *Quercus robur* e *Quercus pubescens*, entrambe sono arrivate qua per restarci dopo la fine della glaciazione di Würm, iniziata 110 000 anni fa; le seconde, poi, resistono meglio al freddo e all'assenza d'acqua. Durante quel lungo raffreddamento nel Pleistocene, anche le querce avevano dovuto arretrare. Quando circa ventimila anni fa i ghiacci raggiunsero la loro massima estensione, loro si rifugiarono in alcuni luoghi dell'Europa per riprendere successivamente il cammino. Un botanico, che ha studiato questa pianta proveniente dall'emisfero settentrionale, ha stimato che al momento del suo ritorno la linea della quercia avanzava di circa 380 metri l'anno. Una bella velocità, non credi? I Celti le trovarono qui tra il V e il III secolo a.C. e ne fecero il loro totem arboreo. Sono stati gli alberi stessi a scegliere come loro habitat le zone collinari e montuose, per questo le ritrovo nella boscaglia che è ricresciuta dopo l'abbandono delle coltivazioni.

Il primo tratto della salita rampa di colpo; è stato cementificato anni fa per consentire l'accesso dei mezzi a quattro ruote. Solo dopo le prime due curve la strada torna a essere ricoperta di sassi. In una delle nostre salite il Bandana mi ha mostrato l'acciottolato che lui e i suoi amici hanno rifatto poco tempo fa. Sono alcuni metri, ma decisivi; è una manutenzione necessaria. Dopo un breve pianoro, dove chi fa legna nei boschi accatasta i tronchi per portarli a valle con un mezzo meccanico, la strada si trasforma in un sentiero e si stringe. A quel punto appaiono le querce. Le vedi una accanto all'altra, piú maestose e disegnate della restante parte del bosco che è composto principalmente di robinie arrivate dall'America. Queste ultime sono delle acacie introdotte in Europa da Jean Robin – da cui il nome –, un giardiniere ed erborista della corte del re di Francia Enrico IV, che le fece venire dagli Appalachi, una specie considerata invasiva e che diminuisce la biodiversità, e tuttavia fornisce la legna che si usa da queste parti per via della velocità di crescita.

La quercia è invece un albero solenne, non tanto per estensione ma per la sua forma e per il tronco. Anche chi non sa nulla o quasi di piante, come me, se ne accorge immediatamente. Le querce possiedono la maestà che è concessa solo a pochi alberi, un'autorevolezza che possiedono persino quelle piú piccole, i quercioli, come sono chiamate. Il tronco è un corrugamento composto di scaglie che non somiglia a nessun altro ceppo: la *texture* corrugata è di color marrone scuro punteggiata di piccole muffe verdi che fornisce quell'autorevolezza assoluta insieme a una naturalità inconfondibile.

Come saprai le querce sono una fonte alimentare per una lista lunghissima di animali e funghi. Uno studioso di querce, che ho consultato, definisce la pianta al maschile: è un oste, dice. Allude al fatto che ogni esemplare fa accomodare a tavola molti commensali affamati. Insomma un taverniere che però sa tenere a bada i propri clienti, poiché ogni parte di questo albero contiene una sostanza amara, il tannino, che modera l'appetito e la presenza degli ospiti. Naturalmente alcuni dei suoi habitué pagano in natura il loro parassitismo: ci sono funghi che danno acqua alla pianta, mentre gli animali che si nutrono delle ghiande, soprattutto gli scoiattoli, le seppelliscono nel bosco attorno quindi contribuiscono alla diffusione dell'albero.

Solo se ti siedi all'ombra di una quercia, là dove il bosco è stato ripulito da chi fa la legna, ne capisci la nobiltà. Sotto il cappello protettivo della quercia ti senti al sicuro. Non saprei dirti perché, ma soltanto come avviene: quel tronco cosí aristocratico, e a un tempo cosí umile, fornisce rassicurazione e tutela in un ambiente, la boscaglia, che resta misterioso e arcano per gli esseri umani.

Il Carlino, il mio vicino di casa scomparso alcuni anni fa, mi diceva che un tempo qui il bosco era talmente pulito che si poteva salire a piedi nudi senza incontrare rovi. Si rastrellavano le foglie dei castagni, altri alberi sacri, per usarle come giaciglio per le mucche nelle stalle, e si usavano le ghiande per i maiali, dato che molte famiglie attorno ne avevano uno o due che allevavano. Inoltre le ghiande erano un alimento per gli uomini, non solo per gli animali. Si ricavava una farina da questo frutto con cui si facevano dei pani. Mi parlava di una ricetta usata a lungo in casa sua. Farina di ghianda, oltre che farina di castagne, due alimenti essenziali per questo luogo di montagna. In un libro ho trovato che le tribú dei nativi del Nord-Est dell'America usavano le ghiande con il medesimo scopo oppure le bollivano per estrarne l'olio e ricavarne un unguento adatto per cicatrizzare le ferite.

Passeggiando per il bosco questa mattina provo a distinguere i vari tipi di quercia che ci sono. Ma è difficile. La famiglia delle Fagacee a cui appartengono è molto vasta, e anche riconoscere una quercia è complesso perché questo albero opera spesso dei cambiamenti genetici. Per essere sicuro ho chiesto ad Angela, che se ne intende, di darmi indicazioni, ma le diverse specie presenti in un bosco si scambiano geni di continuo, per cui nel corso dei secoli anche gli stessi boschi cambiano configurazione. Un modo per sopravvivere. Del resto se sono riuscite a superare la grande glaciazione un motivo ci sarà, non credi? In quel lungo lasso di tempo, lungo per noi, non certo per la vita della Terra, si estinsero molti insetti impollinatori e quelli che riuscirono a farcela si spostarono altrove.

A differenza di altri alberi le querce formano poi delle comunità. Sono piante regali e insieme socialiste, anche se di un socialismo particolare. Sebbene nasca isolata, una quercia non lo resta a lungo. Le sue radici, come potrai vedere anche nei boschi che frequenti, dove il terreno ha ceduto e sono apparse le parti nascoste dell'albero, coprono una superficie che può essere sei o sette volte superiore a quella della sua chioma, cosí come l'estensione delle radici è quasi il doppio della sua altezza. Quando radici di diverse querce s'incontrano nel sottosuolo si creano degli innesti e si formano degli esseri arborei unici. Questo non impedisce che alcuni alberi siano dominanti e tengano in posizione sottomessa altri piú piccoli impedendo loro di crescere oltre misura, senza tuttavia sopprimerli, anzi spesso aiutandoli, pur mantenendoli in uno stato di minorità. Li nutrono attraverso le radici comuni. Non ti pare che somigli a una sorta di *welfare state*? Insomma come vedi c'è molto da imparare dagli alberi, e dalle querce in particolare.

Mi sono seduto lungo il sentiero in un punto dove ci sono tre grandi esemplari di *Quercus robur* e un sasso, forse un erratico, quasi una naturale panchina, e ho aperto le *Metamorfosi* di Ovidio che avevo messo nello zainetto.

Quercus robur

Mi sono riletto la storia di Filemone e Bauci, il cui tema è quello dell'ospitalità. Forse la ricorderai. Giove e Mercurio hanno assunto fattezze umane e vagano per la Frigia. Sembra che vogliano mettere alla prova gli umani e bussano alle case chiedendo accoglienza. Tutti li respingono e li lasciano fuori dalle proprie case. Solo l'anziana coppia composta da Filemone e Bauci li accoglie nella loro casupola di paglia e canne. I due vecchi compiono quindi tutti i gesti dell'ospitalità e a tavola capiscono che i due forestieri sono delle divinità. Il mito comprende la conseguente distruzione per allagamento della Frigia, il castigo per l'inospitalità dimostrata, come avviene in certe storie bibliche dell'Antico Testamento dove il dio monoteista rade al suolo intere città. La capanna della coppia viene invece trasformata in tempio di Giove e i due anziani chiedono di diventare sacerdoti e, quando accadrà, di morire insieme. Gli dèi realizzano il desiderio di Filemone e Bauci che al termine dei loro giorni vengono trasformati in alberi: una quercia e un tiglio, due essenze diverse, ma con i rami intrecciati e i tronchi vicini.

Non è la prima volta che leggo questo testo, e ogni volta mi chiedo perché i due coniugi non siano stati metamorfizzati nel medesimo albero, ma in due diversi. Forse perché sono entrambi delle angiosperme? Non basta. Ovidio non dice chi sia diventato quercia e chi tiglio, ma la tradizione vuole che a lui sia stata attribuita la quercia e a lei il tiglio. Perché? Forse perché la quercia è simbolo di forza e maestà? Entrambe sono piante molto longeve, ma il tiglio in particolare ha una vita lunga oltre i duecentocinquanta anni, e forse è la pianta adatta a Bauci perché, oltre che robusta, possiede fiori molto profumati, cui ricorrono le api? Non so rispondere, naturalmente. Forse tu ne saprai piú di me al riguardo. Oppure no. I miti non si spiegano e non per tutte le cose ci sono delle interpretazioni plausibili. Non ne convieni?

La Drava

L'uomo scende deciso lungo il sentiero che corre a fianco del torrentello. Indossa due grossi stivali da motociclista e si muove con grande agilità. Non parla italiano. È tedesco. L'avevo capito dalla moto parcheggiata sotto il cartello, là dove è indicato il nome del flusso d'acqua: questa è la fonte della Drava. Provo ugualmente a chiedergli qualche informazione. Per fortuna c'è chi mi traduce. Arianna mi spiega che il tedesco sconsiglia di salire perché è molto scivoloso e poi ci sono i serpenti nel bosco. Quali serpenti non lo dice: bisce o vipere? Non gli do retta. Voglio vedere il punto preciso in cui zampilla l'acqua, sono venuto qui per questo. Ci sarà pure, come per il Po, la sorgente da cui sgorga il fiume: al Monviso hanno posto un sasso inciso vicino alle rocce: «QUI NASCE IL PO».

Per cui salgo. Il sentiero finisce subito e l'unica è procedere tra le pietre dentro il getto d'acqua: è faticoso. Mi aiuto con le piante che spuntano qui e là, piccoli abeti che pungono. Vado avanti per una ventina di minuti. Fino a che l'acqua smette di scendere. Piú niente, un mucchietto di sassi umidi. Fine della salita. Che sia questo il punto zero della Drava? Nessun cartello o pietra lo indica.

Mi guardo attorno e vedo che non c'è solo questo torrentello. Di fianco, a destra e sinistra, scendono altri ruscelletti che infradiciano il terreno. Non mi resta che scendere. Non per la strada che ho percorso, è ripida e rischierei di scivolare e cadere. Cerco nel bosco qualche sentiero. Nulla. Non posso fare altro che provare a percorrerlo in diagonale cercando le radure, tenendomi vicino agli abeti che salgono dritti come fusi o pennoni di nave. Dopo altri venti minuti, in cui metto i piedi a mollo in piccoli acquitrini nascosti sotto la vegetazione, arrivo alla strada che riporta alla fonte ufficiale. La Drava è questa qui. La fonte è un torrente.

L'acqua scorre rapida su lunghe lastre di colore arancio, passa sotto la strada e si allontana allegramente nel prato sottostante. Lo dice anche il cartello bilingue che cita un antico detto: «L'acqua non si ferma mai tanto in un posto, leggera e silenziosa percorre la propria strada». Un tubo di legno porta il flusso d'acqua dentro un tronco scavato che funge da vasca: un fontanile, per cui basta avvicinare la bocca per bere l'acqua fredda. Sul lato il cartello che spiega:

> QUI – TRA DOBBIACO E SAN CANDIDO A 1175 M D'ALTITUDINE – CONFLUISCONO ALLA FONTE DELLA DRAVA, NELLA COSIDDETTA ZONA DELLA PIANA DI DOBBIACO, TUTTI I RUSCELLI E CORSI D'ACQUA DELLA ZONA. LUNGO I 750 KM DI CORSA VERSO IL DANUBIO, LA DRAVA BAGNA CINQUE STATI EUROPEI: ITALIA, AUSTRIA, SLOVENIA, CROAZIA, UNGHERIA.

La fonte è plurima dunque?

Sono venuto qui andando verso nord per un viaggio che è durato piú di cinque ore partendo la mattina da Mondonico per cercare il punto dove scaturisce questo fiume che è il piú lungo nato in Italia – il Po, come sai, è solo di 652 chilometri. Ho seguito prima il tuo consiglio di andare a vedere il posto in cui le acque di un torrente, la Rienza, che sgorga sul versante occidentale, all'inizio scorrono verso ovest e poi confluiscono dopo 90 chilometri nell'Isarco, che alla fine versa le sue acque nell'Adige che a sua volta sfocia nel mar Adriatico, e il suo delta è a fianco di quello del Po. La Drava invece, dal versante orientale, dopo aver attraversato Lienz e Spittal in Austria, superata la Slovenia arriva nel bassopiano pannonico – toponimo evocatore d'antiche leggende e storie –, entra nel Danubio, che dà vita alla fine a un ampio delta al confine tra Romania e Ucraina. L'acqua del torrentello che ho risalito finisce perciò nel Mar Nero.

Dal termine dell'ultima glaciazione, poco piú di diecimila anni fa, nella cosiddetta Sella di Dobbiaco c'è lo spartiacque tra il bacino dell'Adriatico e il bacino del Mar Nero. Dobbiaco, Toblach il suo nome in tedesco, è a 1256 metri. Una di qua, la Rienza, e una di là, la Drava. Una va a sud e una va a nord? Se guardo la cartina qui siamo sicuramente a nord. Del resto, la strada che ho percorso puntava verso l'alto. Allora il Mar Nero dov'è: a nord o a sud? È a est, anche se nel suo percorso il Danubio dopo Budapest sembra flettere verso sud: attraversa la Serbia e la Bulgaria, poi si rialza un poco e sbocca un po' piú in alto. Il Mar Nero comunque non è a nord. Non suona come un nome orientale? Mentre noi siamo in Occidente. Ti sembra giusto che scriva cosí?

Dopo essermi rifocillato con una buona cena in una *Stube* di Dobbiaco, in alto, proprio in fronte alla Cima Nove, apro il libro di Neal Ascherson, un giornalista, ma anche archeologo scozzese, autore di *Mar Nero*. Nell'edizione italiana il sottotitolo recita: *Storie e miti del Mediterraneo d'Oriente*, espressione che non figura nell'originale inglese. Allora siamo proprio in Oriente e quel mare dove finisce l'acqua della Drava non è nient'altro che un Mediterraneo, solo piú a est? Il racconto di Ascherson comincia decisamente da Gengis Khan e dai Mongoli dell'Asia centro-orientale, conquistatori di questa parte del mondo, Cina compresa. Poi aggiunge che gli Sciti si trovavano già nella steppa della Crimea, e nelle pianure dell'entroterra, intorno al Mar Nero, quando i Greci nell'VIII secolo a.C. vi sbarcarono per la prima volta.

Gli Sciti sono una popolazione iranica di nomadi, scrivono le enciclopedie, e appartengono a una cultura scito-siberiana. Furono anche loro dei conquistatori, in virtú del fatto che usarono il cavallo per impadronirsi delle pianure eurasiatiche, dai monti Carpazi sino alle zone della Cina, Siberia meridionale inclusa. Il loro fu un impero asiatico fino ad arrivare nel mare dove sbocca l'acqua del Danubio, da qui cacciarono i Cimmeri, altro popolo nomade di provenienza iranica.

Il libro spiega come dopo cinquecento anni gli Sciti si spostarono verso ovest e al loro posto arrivarono i Sarmati, e poi i Goti, scendendo da Nord, e quindi gli Unni, che poi giunsero nella nostra Penisola anche loro, e allora fu la volta dei Chazari, nomadi di lingua turca. Ti salto tutta la storia che corre tra questo popolo e la conquista della Crimea realizzata da Caterina la Grande nel 1783 che l'annesse all'Impero russo: un po' di secoli. Ascherson nel fare la storia di questo mare e delle sue terre scrive che «la vera essenza della Crimea – il suo appartenere a tutti e a nessuno – è stata violata». L'edizione inglese è del 1995. Quello che è accaduto nei trenta anni seguenti lo sai bene.

Insomma le acque che ho pestato e in cui mi sono abbeverato a Dobbiaco sono finite nel Mar Nero e ancora fluiscono, visto che il getto è copioso lungo quella montagna che ho provato a salire. Ora il Mar Nero, come saprai, trae il suo nome dai Turchi che lo chiamavano cosí in contrapposizione al Mare Bianco, che sarebbe il Mediterraneo. Secondo alcuni questi due colori deriverebbero dalle tinte attribuite ai punti cardinali – nero al nord e bianco al sud –, il che starebbe a significare che per loro Mar Nero vuol dire Mare del Nord, mentre il Mediterraneo è un Mare del Sud.

Io credevo invece che il «nero» del nome riguardasse il fatto che sotto i 200 metri di profondità nelle acque del Mar Nero non c'è piú ossigeno, per cui non c'è vita, salvo i batteri anaerobi. Un mare morto? Solo in parte.

Anche qui ti risparmio le spiegazioni e ti rimando al libro di Ascherson, che racconta bene questa situazione: deriverebbe dalla «eutrofizzazione», ovvero dall'eccesso di principî nutritivi organici e chimici, nitrati e fosfati che provengono dai rifiuti agricoli e dai residui dei detersivi portati dal Danubio nelle terre che attraversa e dai fiumi che vi affluiscono; esclusa la porzione della Drava che transita in Val Pusteria.

Arrivato a questo punto s'impone una conclusione. L'avrai già capito anche tu: il Nord non esiste, o meglio è qualcosa di fluttuante, legato a fattori di varia natura, non solo geografici, ma anche linguistici e storici. Per cui tutto è relativo e dipende da come si guardano le cose. Anche la bussola, indispensabile per orientarsi, è alla fine solo un punto di vista. Utile, naturalmente. Non voglio fare la lode del relativismo. Proprio no. Un punto fermo, uno o piú di uno, bisogna averlo, per cui mi tengo fisso al Nord, di cui ho parlato sinora, ma c'è anche il Nord Nord che con il suo raddoppiamento esprime questa continua necessità di riorientarsi, o meglio d'aggiustare via via il proprio orientamento. Niente di assoluto, niente di relativo, da negoziare di volta in volta, e secondo le necessità. Non credi che come conclusione possa bastare? Non è tanto, lo so. Mia madre usava il q.b. nelle sue ricette: il *quanto basta*, per il sale, per lo zucchero e per altri indispensabili ingredienti. Una misura difficile da quantificare, eppure necessaria. In ogni caso molto, come sempre, dipende da noi.

eccetera

Nota bibliografica.

Questo libro usufruisce di alcuni testi e articoli da me scritti nel corso degli anni, qui ripresi o riscritti. Tra le altre fonti citate: Pellegrino Artusi, *La Scienza in cucina e l'Arte di mangiar bene* (1891), Giunti, Firenze 2019; Neal Ascherson, *Mar Nero. Storie e miti del Mediterraneo d'Oriente* (1996), traduzione di R. Serrai, Einaudi, Torino 1999; Bandana, *Ul Func Barben. Ricordi del passato*, Molgora Print, Olgiate Molgora (LC) 2019, *La piòta del murne*, pro manuscripto, 2020, e *La triplice cinta*, pro manuscripto, 2022; Reinhard Baumann, *I lanzichenecchi. La loro storia e cultura dal tardo Medioevo alla Guerra dei trent'anni* (1994), traduzione di F. Bassani, Einaudi, Torino 1997; Marco Belpoliti ed Elio Grazioli, *Alberto Arbasino*, «Riga», 18, Marcos y Marcos, Milano 2001; Carlo Bertelli, *La corona ferrea*, Skira, Milano 2017; Alberto Castoldi, *L'altra Bergamo*, Lubrina, Bergamo 1997; Gianni Celati, *Finzioni occidentali. Fabulazione, comicità e scrittura* (1975), Einaudi, Torino 1986; Guido Ceronetti, *Insetti senza frontiere*, Adelphi, Milano 2009; Marco Comolli, *La cancellazione dei Navigli*, Theoria, Roma-Napoli 1994; Vincenzo Consolo, *Esercizi di cronaca*, Sellerio, Palermo 2013, e *Le pietre di Pantalica* (1988), Mondadori, Milano 2019; Andrea Cortellessa (a cura di), *Alberto Arbasino A-Z*, Electa, Milano 2023; Giampaolo Dossena, *La Brianza dei poeti. Paesaggi, opere, personaggi tra Monza e Asso, tra Cassano D'Adda e Lecco, tra Cusano e Cantú*, Vallecchi - Banco Lariano, Firenze 1980, e *Fai da te. Saggi di letteratura, turismo e bricolage*, Rizzoli, Milano 1991; Umberto Fiori, *Poesie 1986-2014*, Mondadori, Milano 2014, *Il Conoscente*, Marcos y Marcos, Milano 2019, e *Autoritratto automatico*, Garzanti, Milano 2023; Hugo von Hofmannsthal, *Il libro degli amici*, a cura di G. Bemporad, Adelphi, Milano 1980; Mark Kurlansky, *Merluzzo. Storia del pesce che ha cambiato il mondo* (1998), traduzione di G. Bernardi, Nutrimenti, Roma 2023; Giovanni Macchia, *Il principe di Palagonia. Mostri, sogni, prodigi nelle metamorfosi di un personaggio*, Mondadori, Milano 1978; Michele Masneri, *Stile Alberto*, Quodlibet, Macerata 2021; Giulia

Niccolai, *Un intenso sentimento di stupore*, a cura di S. Mazzucchelli, Einaudi, Torino 2023; Telmo Pievani e Mauro Varotto, *Viaggio nell'Italia dell'Antropocene. La geografia visionaria del nostro futuro*, Aboca, Sansepolcro (AR) 2021; Mario Porro (a cura di), *Gadda e la Brianza. Nei luoghi della «Cognizione del dolore»*, Medusa, Milano 2007; Fabio Pusterla, *Le terre emerse*, Einaudi, Torino 2009; Ernesto Schick, *Flora ferroviaria. Ovvero la rivincita della natura sull'uomo. Osservazioni botaniche sull'area della stazione internazionale di Chiasso 1969-1978* (1980), Edizioni Florette-Humboldt Books, Chiasso-Milano 2015[5]; Ferdinando Scianna, *La villa dei mostri*, Einaudi, Torino 1977, e *Quelli di Bagheria*, Fondazione Galleria Gottardo, Lugano 2002; Leonardo Sciascia, *La corda pazza. Scrittori e cose della Sicilia* (1991), Adelphi, Milano 2016; Damion Searls, *Macchie d'inchiostro* (2017), traduzione di B. A. D'Onofrio, il Saggiatore, Milano 2018; Stendhal, *Diario del viaggio in Brianza (agosto 1818)*, Bellavite, Missaglia (LC) 2009; Lea Vergine, *L'arte non è faccenda di persone perbene*, conversazione con Chiara Gatti, Rizzoli, Milano 2016.

Fonti musicali.

A p. 125: *Stalingrado*, testo di Umberto Fiori e musica di Tommaso Leddi © 1975 Universal Music Publishing Ricordi Srl. Tutti i diritti riservati per tutti i Paesi. Riprodotto su autorizzazione di HAL LEONARD EUROPE BV.

A p. 181: *Va', longobardo*, testo di Roberto Brivio e musica di Ario Albertarelli © 1965 EMI Music Publishing Italia Srl. Tutti i diritti riservati per tutti i Paesi. Riprodotto su autorizzazione di HAL LEONARD EUROPE BV.

Illustrazioni.

La foto a p. 148 e, quando non altrimenti specificato, tutte le illustrazioni sono dell'autore.

A p. 24: illustrazione di Giorgio Frisoni; p. 53: foto Ugo Mulas © Eredi Ugo Mulas. Tutti i diritti riservati; pp. 58 e 153: foto © Giulia Niccolai / Archivio Giulia Niccolai; p. 65: foto © Archivio Mario Dondero; p. 70: foto © Gabriele Basilico / Archivio Gabriele Basilico; pp. 76 e 98: foto © Ferdinando Scianna; p. 104: foto © Giuseppe Varchetta; p. 121: foto © Marina Ballo Charmet; p. 131: foto © Umberto Fiori; p. 207: foto di classe; p. 243: cartina di Francesco Ferrarese, da Telmo Pievani e Mauro Varotto, *Viaggio nell'Italia dell'Antropocene. La geografia visionaria del nostro futuro*, Aboca, Sansepolcro (AR) 2021; p. 254: cartolina postale.

Indice

Einaudi usa carta certificata PEFC
che garantisce la gestione sostenibile delle risorse forestali

PEFC
PEFC/18-32-03

Certificato PEFC
Questo prodotto è realizzato con materia prima da foreste gestite in maniera sostenibile e da fonti controllate
www.pefc.it

Stampato su carta HOLMEN con fibra vergine
proveniente da foreste sostenibili
www.holmen.com/paper

Stampato per conto della Casa editrice Einaudi
presso ELCOGRAF S.p.A. - Stabilimento di Cles (Tn)
nel mese di gennaio 2025

C.L. 25766

Ristampa						Anno			
0	1	2	3	4	5	2025	2026	2027	2028

N
O
E
S
NORD NORD
LASSÙ IN ALTO
LAGO DI COMO E DI LECCO
GADDA
COMO
BRIANZA
STENDHAL
CORONA FERREA
NAVIGLIO PAVESE
SORGENTI DEL PO
FIUME PO